현장체험
육아여행이야기

업고 메고,
남미육아여행

업고 메고, 남미육아여행

초판인쇄	2018년 11월 26일
초판발행	2018년 11월 30일
지은이	류대희 김지양
발행인	조현수
펴낸곳	도서출판 프로방스
마케팅	최관호 최문섭
IT 마케팅	신성웅
디자인 디렉터	오종국 Design CREO
ADD	경기도 고양시 일산동구 백석2동 1301-2
	넥스빌오피스텔 704호
전화	031-925-5366~7
팩스	031-925-5368
이메일	provence70@naver.com
등록번호	제2016-000126호
등록	2016년 06월 23일
ISBN	979-11-88204-82-3 03810

정가 17,800원

현장체험 육아여행이야기

업고 메고,
남미육아여행

CECILIA(류대희)/JOSÉ(김지양)지음

 프로방스

"올라!(¡ Hola!), 멕시코"

1 _ 남미 너는 내 운명

José

아르헨티나. 내 어린 시절에는 축구선수 마라도나의 나라. 지금은 메시의 나라.

오늘 우리에겐 첫사랑의 느낌으로 남아있는 나라.

소중한 추억이자, 가슴 시리게 보고 싶은 사람들이 있는 곳, 유유남매의 어린 시절을 아름답게 해준 곳. 가장 힘든 육아기를 강렬한 행복과 도전의 경험으로 채워준 곳. 우리 가족을 삶의 여행으로 이끌어준 곳. 아르헨티나 뿐 아니라 중남미는 우리에게 그런 장소로 남아있다.

2018 러시아 월드컵에서 우린 한국 뿐 아니라 멕시코, 우루과이, 페루 등 많은 중남미 나라들을 응원하였다. 역시 삶은 이야기이며, 우리에겐 아르헨티나를 비롯한 중남미의 이야기가 있다. 짧은 여행으로는

알지 못할 생활여행자로서의 남미 일기를 남겨보고자 한다. 이는 우리의 삶을 기억하기 위함이기도 하고, 남미에서 우리를 기억하는 그들을 기억하기 위함이기도 하다.

어둑어둑한 밤 시계를 본다. 한국은 밤 11시를 넘어가고 있다. 자연스레 오전 11시를 보내고 있을 아르헨티나 친구들을 떠올려본다. 매일 아침 출근길에 인사를 나누던 이웃들, 언제나 밝은 인사말로 웃음 짓게 했던 경비원 까를로스, 내 인생의 멘토이자 친구(amigo) 마르띤 형. 우린 이방인의 모습으로 아르헨티나를 살았지만, 우리도 모르는 사이 그들의 삶 속에 깊숙하고 자연스럽게 함께하고 있었다. 인생에 운명의 동반자가 있듯이, 우리 삶에 영원히 잊혀 지지 않을 운명의 나라로 자리하게 될 아르헨티나와 남미. 너는 분명 내 운명, 우리의 운명이다.

Ceci

왜 집 떠나 사서 고생을 하느냐? 이런 말을 종종 듣고는 했다. 어차피 하산할 거, 산에는 왜 올라가느냐? 이런 말도 들어 보았다. 그럼 나는 속으로 이런 생각을 했다. '그건 마치, 어차피 죽을 거, 왜 사는 거지, 라는 질문 같잖아.'

집을 떠나면 고생이라는 어른들의 말씀은 늘 틀린 적이 없었다. 무언가 결정을 내려야 할 때 늘 내 편에 서서 내가 가장 행복하고 편할 수 있는 조언을 해 주시는 부모님께서는 언제나 현명하셨다. 대학생 때, 열심히 모은 용돈으로 난생 처음 해외여행으로 배낭여행이라는 것을 하면서 부모님은 처음엔 반대를 하셨지만 '여행계획서'를 제출하면 승낙을 해 주시겠다고 하셨다. 그리고 40페이지에 달하는 계획서를 아버지께 한 부 드리고, 또 한 부는 내 손에 쥐고 당당하게 유럽 땅을 밟은 나는 그 때 처음 스페인을 만나게 되었다.

　나는 고등학생 때와 대학교 1학년 때 제2외국어로 스페인을 선택했었다는 얄팍한 근자감(근거 없는 자신감)을 갖고 있었는데 스페인에 도착해서 안타깝게도 현실의 쓴맛을 보고야 말았다. 길 가던 사람들에게 "여기가 어디에요?(Dónde estamos?)"라고 자신 있게 물어본 뒤에는 당최 사람들의 대답을 알아들을 수 없었던 것이다. 그럼에도 스페인 문화와 스페인어는 무척 매력적이었다. 그래서 또 다시 결혼을 앞두고 홀로 산티아고 순례길(camino de Santiago)에 오르기도 했었다. 이후 스페인어를 더 열심히 공부했다거나 하진 않았지만, 스페인뿐 아니라 중남미의 많은 나라들이 스페인어를 쓴다는 것 하나만으로도 그 나라들은 내게 친근하게 다가왔다.

　아무튼 그렇게 집을 떠나 사서 고생을 하면서 느낀 것은, 여행길에 올라 맛있는 것을 먹고, 진기한 풍경을 보고, 현지인들과 즐거운 경험을 하면서 '집'과 '가족'의 존재와 그 소중함에 대해 더 느낄 수 있게 된다는 것이었다. 누군가 '집은 돌아가기 위해 있는 것'이라고 한 말이 떠올랐다. 그렇다고 여행하면서 향수병에 걸린다거나, 집에 얼른 돌아가고 싶다거나 한 건 아니었다. 길 위에서 사랑하는 부모님과 동생들에 대한 미안함과 그간의 고마움이 생각나는 것과 그것은 별개의 일이었다.

그러던 내게 부모님이 또 생겼다. 동생 대신 언니 같은 형님과 오빠 같은 아주버님도 생겼고, 깨물어주고 싶을 만큼 깜찍하게 생긴 조카도 생겼다. 이어 내게 또 다른 세상을 펼쳐지게 해 준 아들도 생겼다.

친정아버지도 다섯 형제 중 맏이셨는데, 시아버님 역시 다섯 형제 중 맏이셨다. 셋째 작은아버님 가족은 멕시코에 살고 계셨다. 그 사실은, 우물을 보진 못했지만 사막이 아름답게 보이는 것처럼, 그리고 외계인을 본 적은 없었지만 우주가 신비롭게 느껴지는 것처럼, 그리고 어릴 적 아버지 친구 분의 지인이 연예인이라는 걸 알고 직접 못 만났지만 왠지 들떴었던 것과 같은 설렘과 막연한 희망을 내게 안겨 주었다.

아주버님께서 겨울방학을 맞아 시유를 돌보는 동안, 우리는 함께 살던 시부모님을 모시고 멕시코 행 비행기에 올랐다. 희망이 현실화된 순간이었다.

2 _ 멕시코에서 중남미를 처음 만나다.

Jose

2014년 12월을 앞두고 우린 엄청난 계획에 들떠 있었다. 인생 처음으로 멕시코 여행길을 앞두게 된 것이다. 장거리 여행을 가기에는 힘든 조건이었다. 우리에겐 이제 갓 돌을 넘은 유준이가 있었기 때문이다. 모두의 만류와 걱정에도 우린 부모님과 함께 5명이 함께하는 멕시코 여행을 준비했고, 실행에 옮겼다.

멕시코시티엔 작은아버지 댁이 있었다. 가고 싶은 마음은 오랫동안 가지고 있었는데, 오랜 비행거리와 비싼 여행경비 등의 이유로 미뤄오던 차에 부모님이 더 나이 드시기 전에 같이 다녀오는 게 좋겠다는 핑계로 우린 멕시코를 향했다.

2018년부터는 멕시코 직항(아에로 멕시코)도 생겨서 멕시코를 편하게 왕래할 수 있게 되었다. 하지만 그 때만 해도 멕시코를 가기 위해서는 미국을 경유해야만 했다. 보통 LA나 디트로이트, 댈러스, 시애틀 같은 도시를 경유해야 했다. 무식하면 용감하다고, 우리는 호기 있게 갈 때는 디트로이트를, 올 때는 시애틀을 경유하기로 했다. 어차피 가는 거 아쉽게나마 미국 여행도 함께 하자는 것이 아내와 내 생각이었다.

디트로이트는 자동차 산업으로 성장했던 도시였다. 인터넷에서 찾아보면 가지 말라는 글이 꽤 보였다. 현재는 산업이 하향세를 걷게 되면서 폐허가 된 도시라고 알려져서 그랬던 모양이었다. 하지만 유준이가 어리기도 해서, 처음 겪는 장거리 비행을 연이어 하는 것보다는 경유해서 구경이라도 하면서 쉬엄쉬엄 가기로 했다. 디트로이트의 시원시원한 도로와 건물들은 그곳이 미국임을 알려주고 있었다. 인터넷의 사진에서 보았듯이 부도가 난 것인지 비어있는 대형 건물들은 작은 두려움을 주기도 했다. 그래도 어쩌겠는가? 여행의 첫 출발이라 다들 불평보단 무엇이든 즐거운 마음으로 보게 되었다. 1박의 짧은 여정이라 아쉽기도 했지만 우린 제법 안정적으로 장거리 가족 여행의 시동을 걸고 있었다.

유준이는 아직 24개월이 되지 않아 유류할증료만 내고 비행기를 탈수 있었다. 어쩌면 유준이가 더 크기 전에 다녀와야 경비가 덜 들지 않을까 하는 생각이 더 우리를 충동질했는지도 모른다. 유준이는 움직임 욕구가 많은 남자아이라 좁은 비행기 안에서 오랜 시간의 비행이 쉽지만은 않았다. 어른 넷에 아이 1명. 지금 생각하면 그 정도면 '식은 죽먹기'라고 생각이 되는데 그 때는 꽤 고생했던 기억으로 남아있다.

한국에서 20시간이 넘는 시간을 날아서 미국 디트로이트를 거쳐 최종 목적지인 멕시코시티에 도착했다. 작은 아버지와 작은어머니의 환대 속에서 우리는 멕시코를 만났다. ¡Hola, Mexico! 지금이야 자연스러운 스페인어 인사가 그때는 왜 그리도 어색했는지, 어색하고 부끄러워 크게 하지도 못했던 인사말 한마디 한마디가 떠오른다.

Ceci

치안이 안 좋기로 소문난 멕시코시티에서 우리는 작은 아버님과 숙모님의 철통보안 속에 안전하게, 사고 없이 3주를 보냈다. 멕시코시티에 대한 인상은 확실했다. '바쁘고 정신없음'과 '여유와 게으름'이 혼재된 곳. 작은 아버님 댁은 그나마 치안이 안정되어 있는 뽈랑코(Polanco)에 위치해 있었다. 그 곳을 조금이라도 벗어나면 우리는 가방과 소지품이 잘 있는지 간간이 확인하며 주위를 잘 둘러보고 다녀야 했다.

한 날은 도련님과 우리 부부 내외가 유준이를 유모차에 태우고 산책로를 걷고 있는데 갑자기 도련님이 뒤를 힐끗 보시더니 진땀을 뻘뻘 흘리며 걸음을 재촉하기 시작했다. 나중에 알고 보니 어떤 두 남성이 유준이의 유모차를 휴대폰 사진기로 찍고는 뒤에서 조용히 따라오고 있었다는 것이었다. 만약 우리에게 그 사실을 바로 알려 주었더라면 우리가 혼비백산하여 당황해 하였을 것이고, 그러면 총이라도 맞았을지 모른다면서, 조용히 걸음을 재촉해 집까지 빠르게 도착했던 것이다. 지금도 그 땅에서 자란 도련님의 직감은 틀리지 않았을 거라고 확신한다.

멕시코 여행자라면 누구나 한번 씩은 멕시코시티의 구시가지 쏘깔로(Zocalo)와 신시가지 소나 로사(Zona Rosa)에 들를 것이다. 우리는 도련님의 훌륭한 가이드로 늘 최선의 동선으로 다니고 최고의 음식을 먹었다. 어린 아이와 연로하신 부모님이 계셨기에 우리는 안전지상적인 선택을 할 수밖에 없었다. 그런 행운은 앞으로도 흔치 않을 것이지만, 내심 시행착오와 사서 고생하던 20대 때의 배낭여행이 그리워지기는 했다.

멕시코시티를 벗어나니 오히려 안전하다는 느낌을 받았다. 인상적이었던 것을 꼽자면 가톨릭 3대 성모 발현 성지 중 하나라는 과달루페. 한 번으로는 아쉬움이 생겨 결국 두 번이나 찾아가서 보았다. 그곳을 찾는 많은 사람들, 특히 아기를 안고도 무릎으로 디디며 먼 길을 왔다는 사람들은 아직도 뇌리에 깊이 남아있다. 빌게이츠의 별장을 포함한 재벌들의 휴양지로 한때는 깐꾼보다 더 유명했다는 아카풀코. 그곳에서 신나게 즐겼던 해수욕과 현지 배에서 직접 공수해온 엄청난 양의 가재요리는 잊을 수가 없다. 그리고 도련님의 안내에 따라 집에서 멀지 않은 시내 노점상에서 사 먹었던 따코. 아무리 유명한 멕시코 음식집을 찾아가도 그 맛을 느낄 수가 없다. 당시 18개월이었던 유준이를 업고 오른 거대한 피라미드, 떼오띠우아칸(Teotihuacán), 아직도 그 냄새가 생생하게 기억나는 유황온천 엘 헤이세르(El Geiser), 유원지 느낌의 똘루까(Toluca), 유준이를 두고 도련님과 남편과 셋이서 향했던 딱스코(Taxco)의 동굴, 시티 근교의 오악스떼뻭(Oaxtepec)에서 구워 먹었던 고기…. 그렇게 바깥 음식을 많이 먹었는데 탈이 나지는 않았냐고? 아침마다 숙모님께서는 어린 유준이를 위해 조기도 구워 주

떼우띠우아깐 피라미드 앞에서

엘헤이세르 온천의 숨결

시고, 몸에 좋다는 음식들을 많이 해주셨는데 그 덕에 우리가 아프지 않고 잘 지내다 온 것 같다.

솜브레로를 쓴 마리아치들의 길거리 연주를 듣지 못했음을 아쉬워하며 멕시코를 떠나던 그 날에도 우리는 다시 중남미에 발을 디딜 수 있을 거라는 생각을 전혀 하지 못했다. 특히 내게 남미는 그저 '죽기 전에 한번쯤은 여행 가 보고 싶은 곳'과 같이 버킷리스트에 막연히 오른 곳일 뿐이었다.

José

멕시코 여행을 끝내고 우리는 한국으로 오기 전 시애틀을 경유했다. 시애틀 하면 떠오르는 것은 단연 영화 '시애틀의 잠 못 이루는 밤'의 도시 분위기. 많은 날을 비와 함께 한다는 시애틀 거리를 우리는 걷고 있었다. 잘못된 정보로 시티투어 버스도 놓치고, 이리저리 헤매기도 했지만, 파이크 스트리트의 스타벅스 1호점을 들러 평생 기억에 남을 커피를 마셨다. 1호점에서만 살 수 있는 텀블러를 기념품으로 사고 얼마나 뿌듯했는지 모른다. 그리고 기억에 남을 만큼 맛있었던 대게 요리를 먹었다. 아버지는 긴 여행 중에서 그곳에서 먹은 대게가 가장 기억에 남는다고 할 만큼 맛있었던 곳이었다. 아마 걷고, 또 걸었던 여행길 끝에 있었기에 더 맛있게 느끼지 않았을까 싶다.

어린 아이를 데리고 다니는 여행이 어떤 모습일지 상상하지 못하고 출발한 멀고도 오랜 여행길이었다. 그래서 실수도 많았고, 힘든 점도 많았지만 다소 어리숙했던 멕시코 여행에서 우리의 작은 가능성을 보았다. 그리고 우리를 힘들고 지치게 만들었던 여행길도 지나고 보면 어느새 소중한 추억이 된다는 것을 알게 되었다. 그 깨달음은 어느새 우리를 먼 여행길로 이끌어 가고 있었다.

3 _ 올라!(¡Hola!), 멕시코.

Ceci

유준이가 작은 아버님 댁 대리석 바닥 위의 온갖 진귀한 장식품을 건드려 깨뜨리진 않을까 조마조마했던 멕시코에서의 3주와 미국에서의 닷새가 지나고, 스페인어도 영어도 그다지 실력이 늘지 않은 채 돌아왔다. 대신 얻은 것이 있다면, 뱃속의 아이, 올라(¡Hola!; 안녕)였다.

올라는 내 기억으로, 멕시코에서 산 두 번째 임신테스트기로 내게 자신의 존재를 알려 왔다. 아니, 정확히는 메슥거림과 같은 입덧 증상이 더 먼저기는 했다. 아카뿔꼬에서였다. 유준이를 시부모님께 맡기고 젊은이들끼리만 2~3일 정도 오아하카까지 가 보려던 계획이 수포로 돌아갔다. 임신 초기라 조심해야 했다. 네팔을 여행하려다 첫 아이를 뱄다는 것을 알고 포기했었던 2년 전이 생각났다.

유준이의 태명을 너무 생각 없이 '콩알이'로 지었다는 죄책감에 둘째의 태명은 글로벌시대의 기류에 맞추어 '올라'로 지었다. 입에도 착착 붙고, 멕시코에서의 추억도 생각날 것 같아서였다. 올라 덕분에 여행 중반 이후로 입맛을 잃은 나는 따꼬도 갑자기 역겨워졌고, 차를 타지 않은 상태에서도 멀미를 했다. 멕시코에서 돌아오는 비행기 안에서는 어떻게 그 시간을 보냈는지 기억조차 희미하다. 내가 힘들어 해서 남편이 유준이를 돌봐야 했던 것만이 아득히 기억난다.

올라 덕에 멕시코에서 다녀온 이후에도 일곱 달을 매일 ¡Hola!를 입에 붙이고 살아서 그랬는지, 우리에게는 부른 배 속의 아이를 향한 일방적인 ¡Hola! 대신, 스페인어권 외국인들에게 매일 서로 ¡Hola! 라고 인사를 주고받을 기회가 찾아왔다.

4 _ 올라를 두고 아르헨티나로.

José

2018년 8월. 아르헨티나 파견이 확정되었다. 짧은 시간에 이루어진 결정이었고, 마음의 준비도 할 여유도 없이 떠날 짐을 싸야했다. 아내는 만삭이었다. 할 수 있는 건 기도뿐이었다.

'뱃속에 있는 우리 딸을 보고 한국을 떠날 수 있게 해주세요.'

하늘이 도왔는지 양수가 부족하다는 이유로 유도분만을 하게 되었다. 첫째 때 고생을 한 터라 다시금 긴장감이 맴돌았다. 둘째는 좀 편하다는 이들의 말은 다 거짓말. 긴 진통 끝에 둘째 올라를 출산했다. 다시 한 번 맞이하는 감격의 순간이었다. 이름은 미리 지어 놓았다. 유나. 멕시코에 가서 한국 이름을 대니 사람들이 어려워하던 기억이 났다. 아들 이름 유준은 '유훈', 내 이름 지양은 '히양'으로, 아내의 이름 대희는 '다에이이'로 읽는 그들이었다. 그래서 둘째의 이름은 전 세계 누구든지 부르기 쉽고 쓰기도 쉬운 이름으로 짓고 싶었다. (하지만 아르헨티나에 도착해 그들이 쓰는 스페인어의 방언, 까스떼샤노 식으로 유나를 '슈나'라고 할 줄은 정말 꿈에도 몰랐다.)

아르헨티나행 비행기에 오르기 하루 전이었다. 핏덩이를 안아보고 나서 하루 만에 나는 아르헨티나행 비행기에 몸을 실었다. 아내는 조리원에 남겨놓고…. 미안했고, 또 감사했다. 최대한 빨리 볼 수 있게 되기만을 바랄 뿐이었다.

Ceci

일이 그렇게 된 데는 한 50% 정도가 '남편이 원하니 내조해야지'라는 것이 동기가 되었었고, 나머지 50%는 '정말 붙겠어? 파견교사로 선정되기가 얼마나 어려운데….'라는 것도 한몫 했다. 그러기에 "어차피 안 될 거 왜 준비해?"가 아니라, "떨어져도 후회 없이 한번 준비해보자"는 남편을 묵묵히 응원했던 것이었다.

행동파이자 실천파인 남편은 덜컥 지원은 했지만 면접에서 골머리를 썩는 눈치였다. 그래서 결국 멕시코에 계신 도련님의 힘을 한 번 더 빌릴 수밖에 없었다. 그렇게 스페인어를 달달 외우고 나한테 틈틈이 가장 기초적인 것을 과외 받은 남편은 면접을 보고 히죽 히죽 웃으며 귀가했다. 왠지 느낌이 좋다는 것이었다. 난 반대로 느낌이 쌔 했다.

만약 선정이 되면 9월 1일자로 근무를 해야 할 것이고, 지내야 할 곳도 물색하고, 시차도 고려하더라도 닷새 정도는 일찍 출국을 해야 하는데, 유나는 9월 초가 예정일이었다. 남편 없이 혼자 아이를 낳는 엄마들은 늘 경외스럽고 대단해 보였다. 하지만 부럽지는 않았다. 유준이를 낳을 때 심하게 고생했기에, 둘째 때에도 예상되는 그 고통을 혼자 겪고 싶진 않았다.

고민 끝에 양수 부족 탓인지, 체질 탓인지 유준이 때와 똑같이 올라도 성장이 더디다는 산부인과 의사와 상의를 해서 남편이 출국하기 전에 유도분만을 시도해 보기로 결정했다. 그리고 유도분만을 시작하고 이틀 뒤, 작디작은 내 딸이 세상의 빛을 보았다.

아이를 낳기 직전과 낳은 직후의 호르몬 변화는 겪어본 사람만이 알 것이다. 발랄하던 사람에게도 산후우울증이 찾아올 수가 있고, 멀쩡하던 사람의 피부도 발칵 뒤집어질 수 있는 것이 호르몬 변화 탓이라면, 유나를 낳은 날부터 나흘을 꼬박 눈이 퉁퉁 부을 정도로 울었던 것도 그 탓으로 돌릴 수 있을 게다. 조리원 원장님이 "무슨 일 있어요?"며 걱정을 해 주어서 "남편이 떠났어요. 아르헨티나로…."라고 대답했는데, 내가 너무 불쌍해 보였다. 심지어 아르헨티나에 도착했다는 남편과의 통화 중에 "나는 안 갈 테니 혼자 잘 살아라."와 비슷한 말도 했던 것 같다. 모두 호르몬 탓인 걸로 하자.

　사실 마음 속 깊은 곳에는 한국을 떠나 다른 곳에서 살아 보고 싶은 생각이 늘 있어 왔다. 문제는 아이들이었다. 기왕 육아를 해야 한다면 인프라가 잘 되어 있고 치안이 확실히 보장되는 선진국으로 가고 싶었다. 영유아기 때는 자주 아플 수 있으니 언제든지 손쉽게 찾아갈 수 있는 병원도 근처에 있어야 했다. 그런데 아르헨티나라니!? 하지만 산후 조리를 하는 동안, 마음이 요동치기 시작했다. 내가 그토록 꿈꿔왔던 스페인어권 국가이자, 죽기 전에 밟아보고 싶다던 남미 땅이지 않는가. 갑자기 호르몬이 정상으로 돌아온 것은 아닐 테지만 적어도 정신만큼은 또렷해졌다. 유나를 딱 백일만 더 키우고 떠나자. 게다가 유준이에게도, 유나에게도 아빠는 필요했다. 내게도, 남편이 필요했다.

JOSÉ(김지양)/CECILIA(류대희)

Contents | 차례

Parte
01

생활여행자로 네 식구
(호세네 가족)이
부에노스아이레스에서
사는 법

베이비시터 미르따와 함께

아이를 엄마가 직접 키우면
그보다 좋은 일을 없겠지만,
사회에서 일을 해야 살 수 있는 나 같은
부족한 사람도 있으니까.
그래서 미르따를 보면 늘 친정 엄마,
시엄마가 떠올랐나보다.

01

여름나라에 온
유유남매

Ceci

26개월과 110일짜리 어린 아이들을 데리고 혼자 감당이 안 되는 허당 엄마인 내가, 비록 미모도, 재력도, 유명세도 없으나 자타공인 자부할 수 있는 것은 바로 '가족'이었다. 짐 꾸리는 것은 시댁 식구들이 도와주고, 부에노스아이레스까지는 친정 엄마가 동행하셨다. 짐은 3년 치였다. 중간에 한국에 돌아올 계획은 없었다. 당시 우리 부부는 3년 동안 아르헨티나 한국학교에 근무하면서 기회가 될 때마다 여행을 다니자는 원대한 포부를 갖고 있었다. 어른은 반복되는 계절마다 같은 옷을 입어도 상관이 없었지만 하루가 다르게 자라는 아이들의 3년 치 옷은 어마어마했다. 한국식품점이 있다고 해도 가격이 몇 배는 더 나간다는 이야기를 듣고 몇 개월간은 먹을 수 있는 조미료와 건조식품을 챙겼고, 아이들을 위한 영양제도 한 짐 꾸렸다. 말 그대로 '살러' 가는 것이었기 때문에 유아변기며 기본적인 장난감이나 학용품, 옷걸이도 잔뜩 가져갔다. 그런데 왜 친정엄마까지 모셔 가야 했냐면, 아이들이 둘 다 어려서 보호자가 둘이 붙어야 한다는 것이었다. 사실 그건 핑계고, 아이 낳아 본 이들은 '친정엄마'가 얼마나 필요한 지 긴 설명이 없어도 그냥 알 것이다.

아무튼 유준이의 생애 첫 재롱잔치 날, 유준이의 무대가 다 끝나자마자 열 식구가 우르르 공항으로 향했다. 이민가방 9개를 체크인 하는데 50분이 걸렸다. 작별인사가 길어지면 눈물바다가 될 것 같아 다소 조급하게 입국장으로 들어갔다.

유준이는 26개월이라 해도 아직은 너무 어렸다. 오히려 110일짜리 유나가 더 데리고 가기는 편했다. 유나는 칭얼거리다가도 젖을 물리면 이내 조용해져서 배시넷에서 곤히 잠든 채로 35시간을 날아갔다고 해도 과언이 아니었다. 이스탄불 공항에서 환승할 때는, 시간을 잘못 본 탓에 유준이는 친정 엄마가 포대기로 업고 뛰셨고, 나는 유나를 슬링에 매단 채로 뛰어야 했다.

이런 저런 에피소드를 겪은 끝에 도착한 부에노스아이레스의 미니스트로 피스타리니 공항은 푹푹 쪘다. 여름나라에 도착한 것이다. 짐 9개를 찾고 유모차 두 개를 끄는 데에는 초인간적인 힘이 필요했다. 그저 불쌍해 보였는지, 아무도 우리의 짐을 검사하지 않았다. 그러나 출국장에는 있어야 할 남편이 보이지 않았다. 남편을 기다리는 10~20분이 마치 1~2시간 같았다. 초조하고 불안했다.

"대희야!"

유준이는 몇 개월 만에 만난 수염 덥수룩한 아빠를 단 10초 낯설어 하고 이내 눈을 감고 볼을 부비며 그 촉감을 느꼈는데 콧잔등이 시큰했다. 그것도 잠시, 날은 너무 덥고, 짐은 많고, 얼른 편한 곳으로 가 쉬고 싶었다.

그렇게 처음 찾아간 곳이 떼헤도르(Tejedor) 247번지. 까삐딸 페데랄(Capital Federal; 부에노스아이레스 중에서도 수도에 속하는 곳)이니 온다 베르데(honda verde; 시속 60km/h를 유지하고 달리면 녹색 신호등이 연속으로 바뀌는 구간)니 남편이 이런 저런 설명을 많이 해 주었지만 당시에는 기억에 남는 것이 없었다. 그중 귀에 쏙 들어온 말은 "어머니도 계시는데 숙소가 많이 허름해서 어쩌나…. 사진으로 봤을 땐 그 정도는 아니었는데 내가 직접 가 보니까 좀 그렇더라." 라는 남편의 걱정이 담긴 한 마디였다.

아니나 다를까. 우리가 아르헨티나에서 처음 머무른 그 곳의 입구는 공사판이 따로 없었다. 우리가 앞으로 3년간 살 집은 12월 31일에 입주할 수 있어서, 그 전 1주일은 남편이 에어비엔비(airbnb)에서 구해 놓은 이 임시숙소에서 묵고, 그 다음 1주일은 멘도사(Mendoza)와 꼬르도바(Cordoba) 여행을 하자는 것이었다. 지금 생각해보니 나는 하루 종일 모유수유와 짐 꾸리는 걱정만 했지, 남편 혼자 우리의 거처를 고민하느라 골머리를 썩인 것이다.

뭐, 겉은 공사판이어도 안은 쾌적할 수 있으니까, 라고 스스로 위안을 삼으며 문을 열고 들어갔는데 그 뒤로 1주일 동안, 1년 동안 지를 소리를 여기서 다 질렀다 해도 과언이 아니었다. 바퀴벌레 탓이었다. 그래도 따뜻한 물은 콸콸 잘도 나왔다. 인도를 배낭여행 하던 때, 이보다 더 심한 곳도 많이 다녀 보기는 했다. 진드기와 먼지 알러지 수치가 급격히 높은 나도 처음에는 알러지약을 한알 먹고 나서 이불과 접촉한 신체 면적을 최소한으로 하며 웅크려 자다가 나중에는 대자로 뻗고 잘 정도로 익숙해졌다. 아이들은 금방 적응할 테니까, 아이들이 먹을 밥과 유축기의 위생만 잘 관리하면 되겠지, 하고 금방 긍정의 힘을 되찾았다.

내가 긍정의 여인이라면, 친정엄마는 긍정의 여신이었다. 이런 퀴퀴하고 누추한 곳에서도 눈 하나 깜짝 안하시던 엄마는 무에서 유를 창조하셨다. 숙소에 생명력을 불어넣으시는 걸 보고 난 '엄마가 괜히 엄마가 아니구나' 했다. 그녀에 비하면 난 아직 엄마 견습생인 듯한 느낌이었다. 식기도 부족한 주방에서 금방 육수를 내어 국을 뚝딱 끓이고, 남편이 한국식품점에서 사 온 두부로 반찬 몇 가지를 해 내시더니 우리의 상차림이 푸짐해졌다. 한국에서 싸온 밥솥으로 흰쌀밥을 해주니 유준이는 신이 나서 밥만 열심히 퍼 먹었고, 남편도 넉 달 가까이 여기 와 있으면서 아침식사를 처음 해 보는 것이라고 했다. 남편은 110일 만에 딸내미를 안아보고, 좁은 세면대에서 처음 목욕도 시켜 주었는데 왕년에 하던 가락이 있어 그런지 꽤 안정적이었다. 이제 애들 목욕은 남편에게 맡겨도 되겠구나, 하며 속으로 쾌재를 불렀다.

우리의 첫 난관은 아이들의 시차 적응이었다. 유준이 14개월 때 멕시코나 미국에 가서는 그럭저럭 시차적응을 잘 했었는데, 한국과 계절도, 낮밤도 정반대인 여기 아르헨티나에서는 밤에는 낮잠처럼, 낮에는 밤잠처럼 자는 것이었다. 남매가 똑같았다. 나랑 엄마는 출국하면서부터 쌓인 급격한 피로로 인해 곧바로 시차적응이 되었을 것을, 요 콩 만한 녀석들이 새벽부터 낮잠 다 잤네 하며 일어나 괴롭히는 덕에 하루 만에 몇 년은 늙은 것 같았다.

소파에서 친정엄마랑 노닥거리다가 세상 불편한 자세로 잠이 든 유준이가 부동의 자세로 세 시간 넘게 꿈적도 하지 않은 채로 대낮에 밤잠모드로 들어가서, 하는 수 없이 문 열고 나가자고 꼬드겨 잠을 깨워야 했다. 유나도 한국에 있을 때는 홈캠을 설치하고 혼자 재우다시피 할 정도로 수면교육을 잘 시켜 놓았는데 일이 이렇게 되어 버리니 수면리듬이 완전히 흐트러져 버렸다. 낮에 그렇게 꿀잠을 자 놓으니 밤에 잠이 안 오는 것이 당연한 법. 유준이는 새벽에 친정엄마를 붙들고 놀아달라고 떼쓰고 텔레비전까지 보려고 해서 하는 수 없이 그 이국 땅에서 처음으로 이놈아저씨까지 소환해야 했다. 나 역시 한국에서 점심 먹고 새참 먹던 가락을 몸이 기억했는지 정신차려보면 새벽에 이것저것 주워 먹고 있었다.

남편이 출근하고 나서 대낮에는 더위 탓에 함부로 바깥에 나가지도 못했다. 그래도 유준이가 텔레비전만 끼고 지내는 것이 안쓰러워서 대낮의 열기를 뚫고 한번 씩은 나가 주어야 했다. 아쌈블레아(Asamblea)길만 따라 가면 안전할 거라는 남편의 조언을 무시하고 좁은 골목으로 들어가니 놀이터가 금방 나왔다. 하지만 노숙자처럼 보이는 아저씨가 비틀거리면서 다가오자 등골이 쭈뼛해지며 유준이를 잡은 손에 저절로 힘이 들어갔다. 다행히 아저씨는 그냥 지나갔지만 그래도 조심해야 했다. 거리는 비둘기와 개똥 천지였다. 아드님은 비둘기를 볼 때마다 멈춰서 "번개~~ 파~~워!"를 외치고 푸드덕 쫓아 보내야 다음 걸음을 계속하였다.

대낮이었는데도 웬만한 상점은 다 쇠창살이나 셔터를 내리고 자물쇠로 굳게 잠겨져 있었다. 처음에는 스페인처럼 시에스따가 있나 하고 생각했었는데 지내다 보니 그 이유를 알게 되었다. 우리가 도착한 그 시기는 바캉스 기간이었다. 휴가철에 오히려 눈에 불을 켜고 장사에 목매는 우리나라와는 달리, 대부분의 상점은 다 같이 짠 것처럼 문을 닫고 가족과 함께 일 년 간 번 돈으로 다른 지방에 가서 가족과 함께 여유롭게 쉬다가 온다고 한다. 빈부격차를 떠나서 말이다. 그래서인지 대낮의 적막은 더 나를 불안하게 만들었다. 또한 집을 나가야 한다면 대문을 나서면서 주위를 꼭 살펴봐야 했고, 다시 대문으로 들어가기 전에는 만에 하나를 대비해 열쇠를 미리 손에 쥐고 있어야 했다. 그리고 들어가자마자 안에서 문을 한 번 더 잠가야 하는 시스템이었다.

우리나라와 또 다른 점이 있다면, 여름에 느끼는 더위의 정도였다. 기온이 높고 낮은 것과 상관없이 부에노스아이레스의 더위가 불쾌하지 않게 다가온 것은 습도의 차이였다. 마치 우리나라가 습식 사우나 같다면 아르헨티나는 건식 사우나 느낌.

오매불망 남편의 퇴근만 기다리던 1주일이 지나고, 멘도사로 떠나는 날 느낀 해방감이 아직도 생생하다. 멘도사에서의 이야기는 나중에 이어가기로 한다.

02

우리의 집,
아쌈블레아 1132 G6

Jose

가족들이 아르헨티나에 와서 넷이 합체를 한 이후 바퀴벌레 나오는 임시 숙소에서 지냈던 그 때를 생각하면 앞이 깜깜하기도 하다. 장모님이 함께 오셔서 도와주지 않으셨다면 어땠을까? 그래도 그때 우린 모든 것에 설렜고, 행복했던 것 같다. 그리고 다음 일주일 정도는 아르헨티나의 멘도사와 꼬르도바를 돌아다니며 우리의 보금자리에 정착하기를 기다렸다.

그리고 충만한 자신감으로 꼬르도바 여행을 마무리하고 난 12월 31일, 드디어 우리는 아르헨티나에서 앞으로 살게 될 집에 드디어 입주했다. 보름정도의 방황을 끝으로 정착한 곳은 아쌈블레아 길 위에 있는 오래된 아파트, 1132번지 6G. 1132번지라는 숫자는 한국에 와 새로 개통한 나와 아내의 휴대전화번호에 남아있다. 그렇게 해서라도 그곳을 오래도록 기억하고 싶은 우리들의 작은 소망이 담긴 것이다.

실은 방 두 개에 큰 거실이 달린 그 곳은 내가 근무하기 이전에 초빙교사로 근무하던 선생님이 기거하던 곳이어서 행정실장님의 도움으로 어렵지 않게 구한 곳이었다. 지금 생각해도 운이 참 좋았던 것 같다. 약국을 운영한다는 젊은 주인, 실비아 아주머니도 우리를 늘 살갑게 대해 주었다.

우연하게도 연말을 마무리하고 연초를 맞이하는 시기에 들어간 집. 40여년은 된 아파트였지만 동네에서 우뚝 솟은 높은 건물이었고, 근무지까지 걸어갈 수도 있는 곳이었다. 바로 집 옆에 대형마트 꼬또(COTO, 처음가서 '코토'라고 불렀다가 두고두고 놀림을 받기도 했다.)가 있었고, 집 앞은 엄청난 크기의 차까부꼬 공원(Parque Chacabuco)이 있었다. 아이들을 키우기 딱 좋은 곳이었다. 이웃들은 다들 정다웠고, 우리 말고도 한국인들이 꽤 살고 있는 곳이어서 그런지 한국음식을 해먹어도 크게 개의치 않는 곳이라 더욱 좋았다.

아르헨티나의 연말연시에는 모든 상가가 문을 닫는다. 어딜 가나 사람들로 북적거리는 한국을 생각해보면 이들의 자연스러운 가족적인 문화가 우리에게 어색하게 느껴지기도 했다. 꼬르도바에서 돌아온 날인 12월 31일에는 짐을 대충 풀어놓았다. 늦은 시각에 도착해서 짐 정리하느라 아이들도 제대로 못자고 있었다.

아쌈블레아 아파트 옥상에서 바라본 부에노스아이레스의 하늘

그런데 1월 1일을 맞이한 시각과 동시에 온갖 폭죽소리가 사방에서 들렸다. 아이들을 재울 수가 없었다. 이 무슨 난리인가 싶어 창문으로 내다보니 하늘은 폭죽 그림판이었다. 사람들을 따라서 올라간 옥상에서 맞이한 풍경은…. 내 평생 그렇게 아름다운 폭죽놀이 풍경은 본 적이 없다. 세계 불꽃 축제도 여러 번 보았고, 놀이동산의 화려한 폭죽놀이도 많이 보았던 나인데, 그날 본 폭죽놀이와는 비교할 수 없었다. 저마다 개인적으로 쏘아 올리는 폭죽들이 부에노스아이레스 도시 전역의 하늘을 수놓고 있었다. 동네에서 유독 솟아오른 우리 아파트의 옥상에서 사방으로 펼쳐지는 폭죽놀이 풍경을 보기에는 최고였다. 나

중에 들어보니 동네의 재력가들, 그리고 수많은 평범한 시민들이 이 날 경쟁적으로 폭죽을 쏘아올린다고 한다. 1시간이 넘도록 끝나지 않는 폭죽놀이에 한참을 넋 놓고 있었던 것 같다. 우리의 입주를 축하하는 것 같았다. 더러운 임시숙소와 크리스마스와 연말에 모든 상점이 문을 닫아 힘들었던 여행길에서 받았던 힘듦을 모두 보상받는 것 같은 기분이었다. 그 이후 옥상은 유준이와 유나의 놀이터로, 이불빨래를 널어놓는 곳으로, Ceci의 야간 운동 장소로 애용되었다. 우리가 한국으로 돌아오기 전 마지막 피에스타(Fiesta)장소도 그곳이었다. 어쩌다보니 우리의 처음과 끝을 아름답게 함께 해준 장소가 된 것이다. 언제 다시 아르헨티나에 가더라도 어색하지 않게, 자연스럽게 가게 될 Av. Asamblea 1132 6G. 그곳은 우리의 마음속의 고향 같은 곳이 되었다.

03

영주권 따기는
하늘의 별따기

Jose

파견자의 신분으로 아르헨티나에 갔던 나는 대사관(외교부)과 교육
부의 입장정리가 제대로 안되어 현지 신분증 없이 4~5개월의 시간을
그냥 흘려보냈다. 3개월이 지나면 불법체류자의 신분이 되는 상황이
었는데, 기다렸던 내게 가까운 우루과이라도 다녀와서 그 체류기간을
연장하라는 게 대사관의 유일한 답변이었다. 답답하고 화가 났지만,
내게는 그런 마음을 표현할 기회조차 주어지지 않았다. 나는 혼자 조
용히 우루과이를 다녀와야 했다. 우루과이까지 다녀온 나에게 대사관
에서 알려준 결론은 '대사관에서는 신분증을 발급해줄 수 없다'는 것
이었다. 그래서 아르헨티나에 노동자로 등록하여 현지의 이민청을 통
한 영주권을 발급받아야 한다는 것이었다. 아르헨티나에 도착하고 5

개월이 넘어서야 영주권을 받기 위한 작업을 본격적으로 진행하게 되었다. 시작이 힘들었으니 그 다음부터는 잘 되겠거니 생각하는 것은 혼자만의 착각이었다.

아내와 아이들이 장모님과 함께 아르헨티나로 들어오고, 가족 모두가 함께 영주권 발급 작업에 들어갔다. 한국에서 떼어 온 범죄경력조회 및 가족관계증명서를 현지에서 번역하고 공증사무실에서 공증까지 받아야 했다. 물론 이 과정에서 많은 돈을 지출해야 했다. 그와 더불어 현지 이민청에 가서 아르헨티나에서의 범죄경력조회도 해야 했으며, ANSES(사회보장국)라는 곳에서 아르헨티나의 직장 급여 및 세금 확인 작업도 해야 했다.

어디를 가든 2시간 이상의 대기시간은 기본이었다. 대부분의 직원들은 하나같이 여유가 있었고, 알아듣지 못 할 대화를 친구들과 나누면서 자신의 일처리는 천천히 했다. 한국 같았으면 몇 번이고 항의를 하거나 후에 민원을 넣겠지만 스페인어로 몇 마디 하지도 못할 것이 빤하니 빨리 해 달라고 이야기하는 것은 무리였다. 간절한 눈빛과 몸짓으로, 때로는 우는 아이들을 방패삼아가면서 도움을 바랄 뿐이었다. 모든 것이 한 번에 된다면 여러 군데를 오가는 영주권 발급이 어렵게 느껴지지는 않았을 것이다. 비싼 변호사 비용에, 이민청 등에 내야하는 비용…. 모든 게 엄청난 낭비처럼 느껴졌다.

그렇게 해서 3~4개월 만에 얻을 수 있었던 것은 고작 1년 동안만 유효한 임시 영주권이었다. 하지만 안심도 잠시, 1년이 지나기 전에 또 새로운 비용을 지불하고 정해진 절차를 거쳐서 재발급 과정을 거쳐야 했다.

긴 발급과정에서 매번 네 식구의 영주권이 한 번에 나오는 법이 없었다. 지문이 잘못 채취되었거나 서류가 누락되었거나 주소가 잘못되었거나 중간에 분실이 되었거나, 혹은 거절당하거나…. 이민 와서 살아가시는 많은 한국교민들에게 들은 바로는 같은 조건에 같은 날 신청해도 누구는 통과되고, 누구는 몇 번이고 거절당하는 것이 아르헨티나의 현실이라니 어쩌겠는가? 누구에게 물어봐도 상황에 따라 달라서 어쩔 수 없다는 것이 유일한 답변이었다. 변호사의 느긋한 웃음에 화를 내봐야 소용이 없었고, 이민청 직원과 현지 경찰서를 오가면서 본 그들의 한결같은 느릿느릿한 태도에도 그저 참을 수밖에 없었다. 조급해 하다 결국 지친 우리 앞에서 그들은 우리의 일처리를 앞두고 태연하게 옆 동료와 마떼를 나누며 웃고 있었다.

그런데 아르헨티나에서 살아가는 시간이 길어질수록 그들의 삶의 모습이 이해가 되는 건 왜일까? 나중에 알게 된 아르헨티나의 영화 〈Relatos Salvajes(와일드 테일즈: 참을 수 없는 순간 이라고 번역)〉를 보며 조금이나마 그들을 이해하고 분을 가라앉히기도 하였다. 영화에서 그들은 삶에 뿌리 깊이 박혀있는 민원처리의 어려움 등의 단점들을 극적으로 잘 표현을 해서 많은 공감을 했다.

반 포기상태로 있을 무렵 네 식구의 영주권이 도착했다. 영주권이 온 날 Ceci와 나는 유유남매를 재워놓고 와인 한 잔을 나누었다. 애들 키우랴, 현지에서 적응하랴, 가족도 없어 의지할 만한 사람도 변변치 않던 시기였다. 한없이 감성적인 상태가 되었던 부에노스아이레스의 밤, 그날 둘이 눈물지었던 기억은 아르헨티나의 작은 추억이 되었다.

그런 소소하지만 쉽지 않은 과정을 경험하면서 '우리나라에서 살아가는 외국인은 어떨까?' 하는 생각도 해본다. 아무리 한국이 민원처리의 천국이긴 하지만 이방인으로 살아가는 그들이 느끼는 서러움은 얼마나 많을까? 기회가 된다면 그들의 마음을 녹여줄 따뜻한 이웃이 되고 싶다.

04

이방인의 일상

Ceci

우리가 살던 아쌈블레아 아파트는 병원만 멀었지, 웬만한 것들은 다 지척에 있어 살기에 무척 편했다. 무엇보다 바로 옆 블록에는 꼬또(COTO)라는 대형 마트가 있었고, 금요일과 일요일마다 페리아(feria)라고 하는 이동식 장이 열려 주부로서 장을 보기에는 최적의 환경이었다. 아이들을 키우고 있는지라 먹거리를 사 먹는 것보다는 없는 요리 솜씨에도 최대한 한식으로 식탁을 꾸려야 해서 각종 야채와 고기류 등이 구비되어야 했다. 야채를 잘 먹지 않는 편식쟁이 아이들은 과일이라면 사족을 못 썼기에 과일 역시 매주 몇 킬로그램씩 사 두어야 했다.

신선한 식재료를 실은 트럭들이 아침 9시를 전후해서 차까부꼬 공

공원 앞 이동 시장, 페리야

차까부꼬 공원의 시민 악단

치깐부꼬 공원에서 바라본 메디나 밀라그로사 성당과 입목

원 앞에 줄지어 서면 바퀴 달린 장바구니를 끌고 지갑에 힘을 주며 출동을 한다. 아이들은 대개 남편에게 맡기고 홀로 장을 봤는데, 그러면서 줄 선 사람들과 이런 저런 얘기…까지는 아니더라도 이 야채 이름은 무엇이냐, 어떻게 요리하느냐 등을 물어보기도 했다. 거의 매 주일 장을 봤기에 특히 야채가게와 생선가게, 계란가게 점원들과는 얼굴이 서로 익을 수밖에 없었다. 갈 적마다 인파가 붐비던 치즈와 하몬 파는 가게에서는 대기번호를 받고 한참을 기다려야 했다. 처음에는 호기심에 눈치껏 다른 사람들이 많이 사 가는 크림치즈와 하몬 등의 피암브레(fiambre)를 사 보려고 했는데 종류가 한두 가지가 아니었다. 결국 동네 할머니, 할아버지들께 먹기 무난한 종류를 여쭤보고 나서 한두 가지씩 사 보게 되었다. 또 가게들마다 볼리비아 점원들이 많았는데, 가끔 유나를 데리고 장을 볼 때면 사과나 바나나라도 하나씩 쥐어 주는 그들의 정이 고마웠다.

한편 두부나 어묵, 액젓이나 한국 라면, 한국 과자, 떡, 김장용 배추 등의 한국식 식재료를 사려면 20분~30분을 걸어 까라보보 거리까지 가야 했다. 까라보보 거리는 예전에 코리아타운이라고도 불렸던 곳인데, 한인교회와 한국식당, 한국식품점으로 돈을 많이 번 한국인을 타겟으로 한 강도가 범람하는 곳이어서 치안이 안 좋기로도 소문나 있다. 근래에는 좀 떨어진 아베쟈네다 거리에서 옷 장사를 하는 한국 사람들이 많아졌다. 그 지역에도 한국식품점이 꽤 있지만 우리가 가기에는 교통편이 여의치 않아 주로 까라보보 쪽 식품점에 다녔다. 유모차를 끌고 출동하면 유통기한이 얼마 남지 않아 처분해야 하는 한국 과자나 막대사탕을 쥐어 주시는 한국 아주머니의 정 역시도 감사했다. "매번 얻어먹어서 어떡해요." 라며 멋쩍게 웃는 우리들에게 "타지에 와서 애 키우느라 고생이 많다."며 힘을 주시던 분들이셨다.

우리의 일상에서 가장 주요한 부분을 차지했던 장소는 차까부꼬 공원이었다. 공원에서는 집에서 간이의자를 가지고 나와 부부가 같은 곳을 보고 앉아 있는 모습이나, 친구들과 잔디에 천을 깔고 앉아 한가로이 마떼잔을 들고 담소를 나누는 현지인들의 모습을 늘 볼 수 있었다. 우리 역시 집에서 과일이나 부리또를 만들어 싸 들고 나가면 매일 소풍을 즐기는 기분도 느낄 수 있었다. 차까부꼬 공원에는 가끔 부에노스아이레스 마켓이라고 하여 푸드트럭과 유기농 장이 열리기도 하고, 매주 토요일에는 수공예품을 파는 부스가 서기도 했다. 시에서 운영하는 운동 동아리의 활기찬 모습도 볼 수 있었다. 공원 가운데는 아단 문화센터(Centro Cultural Adán Buenosayres)가 있어 월간 문화공연 일정을 사진 찍어 놓고 시간이 될 적마다 이용하고는 했다. 특히 스산한 날씨에 집에만 있기에 울적한 휴일이면 아이들 손을 이끌고 뮤지컬이나 연극, 전시회 등을 보러 갔는데, 공원 한가운데 무료로 이용할 수 있는 문화 시설이 있다는 것은 또 하나의 행운이자 행복이었다. 물론 스페인어를 잘 알아듣기도 어렵고, 어두운 공간에서 유나가 가끔

공원에서 함께 크는 유유남매

칭얼대기는 했지만 유준이는 그런 색다른 경험을 좋아했다. 공원 안 어딘가 한적한 곳에서는 어둠이 깔리고 나면 젊은이들이 마약을 거래 한다느니, 총을 든 강도도 돌아다닌다느니 하는 지인들의 이야기를 들었지만 다행히 우리는 그런 모습은 목격하지 못했다.

타국에 가면 종교가 없던 이들도 종교생활을 하는 것이 좋다고들 한다. 한인들끼리 교류할 수도 있고 힘든 생활에 서로 버팀목이 될 수 있기 때문이다. 우리는 그런 이유 때문은 아니고 그저 하루에 세 끼 밥을 먹듯이 매주 일요일마다 성당에 가는 것이 당연한 일상이었기에 그러한 일상을 아르헨티나에서도 이어 갔다. 한인성당과 현지성당을 모두 다녀보고 나니 일장일단이 각기 있었다. 현지성당은 으리으리했 고, 유아실이 없는 대신 미사 중에 아이들이 칭얼대거나 떠들어도 눈 치를 주는 이들이 없었다. 독서와 복음은 주보나 스마트폰으로 검색 해 단어를 사전으로 찾아 가며 그 뜻을 곱씹고 생각해 보느라 조금이 나마 스페인어 공부도 되고 복음 말씀이 더 오래 기억에 남았다. 하지 만 신부님께서 아나운서처럼 정확하지 않은 발음과 현지인에 맞춘 속 도의 까스떼샤노로 강론을 하시는 것을 알아듣기에는 무리가 따랐다. 한인성당은 유아실이 있고, 더욱 쾌적하며, 끝나고 간식까지 나왔다. 한국학교 교장선생님이나 이사님, 총무님, 정수기를 설치해주시던 사 장님 등 안면이 익은 분들도 많이 다니셔서 여러모로 도움을 받을 수 있기도 했다. 성당에 작은 책방이 있어 책을 좋아하는 유준이는 미사

중이건, 미사 후건 이 책방에 들르고 싶어 안달이었다. 현지성당만큼
은 아니지만 한인성당에 다니는 교우들의 연령도 높아지고 있었다.
종종 유아실에 오는 젊은 부부들은 대부분 그 곳에서 태어난 2세가
많아 보였다. 한편 한인 공동체가 폐쇄적이고 발전이 없을 수 있다며
현지성당을 다니는 교포 2세도 간혹 보았다. 우리말보다는 까스떼샤
노로 대화하는 그들의 모습에서 우리 같은 뜨내기 이방인들은 동화되
기 어려운 약간의 이질감도 조금은 느꼈다. 하지만 그들에게 있어 타
국에서 서로의 존재는 얼마나 큰 힘과 위안이 될까 생각도 해 본다.
팔은 안으로 굽고, 가재는 게 편이며, 초록은 동색이라질 않는가. 여
행지에서 우연히 만난 한국인 여행자들과 고추장이나 컵라면을 주고
받는 것보다 더 끈끈한 감정을 느낄 것 같다.

05

아이들의 천국에서
육아하기

1_아들과 함께 학교 가는 길

José

Av. Asamblea 1132 에서 일곱 블록(여기서는 블록을 cuadra라고 한다)을 지나면 Av. Asamblea 1840에 위치한 아르헨티나한국학교가 나온다.

행복한 일곱 꽈드라, 아빠는 출근길, 유준이는 유치원 가는 길.

20분 정도 걸리는 거리를 걷는 이 길을 유준이는 만 2세 때부터 씩씩하게 잘 다녔다. 다들 차를 타고 다니거나 버스를 타는 것을 생각하면 유준이의 등하교 길에서 길러진 체력이 훗날 여행에서도 힘이 되었던 것 같다.

이 길에서 유준이는 참 많은 것을 보고 많은 것을 묻곤 했다. 모든 질문에 대답을 해주는 일이 별 것 아닌데도, 쉽지 않았다.

"저 차는 뭐야? 공사는 왜 해? 나도 공사하고 싶은데…."

그 때는 엄청나게 쏟아내는 질문에 아이의 눈높이에 맞춰서 해주는 것이 왜 이리 어려웠던지….

"미까 할머니 집은 어디야?"

"응, 차를 타고 가야해, 저쪽에 있어."

"왜 멀어?"

"멀리 강이 보이는 부자동네에 있는 거야."

"왜 높아? 나도 높이 살고 싶은데…."

"그런 높은 집에 살려면 돈이 많아야 해."

"나도 돈 많아서 높이 살고 싶은데, 돈이 왜 없어?"

"아빠가 돈을 더 많이 벌어야 갈 수 있어."

"왜 돈 안 벌어?"

"……(미안)……."

모든 것이 새롭고, 모든 것이 알고 싶은 유준. 그 시기의 유준이가 보고 듣는 것이 비록 훗날 기억에 많이 남지는 않겠지만 분명 유준이가 성장하는데 큰 밑거름이 될 거라 믿는다. 고산병도 잘 이겨낸 유준이라면 무엇인들 못하겠나 싶다. 아빠가 돈만 잘 벌면 되겠지.

2_공원과 함께 자라나는 아이들

한국에서 살던 집은 공원은커녕 근처에 놀이터도 없는 외지여서 그 런지 아르헨티나에 가기도 전에, 우리가 살 집 앞에 공원이 있다는 남 편의 이야기를 듣고 나서 나는 무척 설렜었다. 아이들과 매일 공원을 누비고 운동도 하고 소풍도 즐기는 모습을 상상했다. 그리고 그 상상 은 현실이 되었다. 해가 긴 여름에는 매일 저녁 식사 후 공원을 한 바 퀴 돌았다. 처음에는 유나를 안고 유준이를 유모차에 태우고서…. 그 리고 아이들이 더 자라고는 유나를 유모차에 태우고 유준이 손을 잡 고서…. 더 시간이 지나고 나서는 둘 다 안심하고 뛰어다닐 수 있는 도심 속 쉼터가 되었다.

공원에는 늘 사람도 많지만 조금 과장을 보태자면 사람만큼 개도 많았다. 아르헨티나에 도착한 지 얼마 되지 않았을 때 유준이는 비둘 기와 개만 보면 쫓아다녔다. "저건 개야. 멍머이 아니야." 혹은 "저건 안 개야. 멍머이야 멍머이." 라며 자기 나름대로 '개' 와 '멍머이' 를 구분 짓던 모습이 생각난다. 분류 기준은 개의 크기가 아니라 유순한 정도와 공격적인 정도였던 듯하다. '개' 에게는 "오지 마!"라고 하면서 도, '멍머이' 는 쫓아가서 두 손으로 주무르고 쭈그려 앉아 관찰하고 난리였다. 지금은 개만 보면 소스라치게 놀라며 무서워하는 걸 보면 세상의 모든 개는 '멍머이' 가 아니라 그저 개라고 생각하게 된 것일

개 천국 부에노스아이레스

까. 비교적 저렴한 네발 자전거를 구해 유준이가 자전거 타는 법을 처음 배운 곳도 차까부꼬 공원이었다.

　또 하나 매일 공원에 나갈 수밖에 없었던 이유는 공원에 있는 놀이터 때문이었다. 공원에는 크고 작은 놀이터가 네 군데 있었다. 아쉬운 점은 점차 모래놀이터가 사라지고 우레탄을 깐 바닥으로 바뀌었다는 것이다. 가끔 풍선을 파는 마술사가 등장하면 온 동네 아이들이 목을 길게 빼고 풍선 마술과 풍선 아트를 관람하느라 정신이 없었고, 그 사이에 유유남매도 한 자리 끼곤 했다.

3_낯선 곳에서 아프면

Ceci

천국에서 육아를 하다가도, 아이들이 아프면 지옥을 맛보게 되었다. 엄마에게서 물려받은 항체가 사라진다는 6개월이 지나자 유나 역시도 조금씩 아팠다 나았다를 반복했다. 말도 안 통하는 외지에서 아이들이 아프니 내가 왜 의학을 전공하지 못했나 하는 아쉬움도 생겼더랬다. 한국학교에서 근무하면서 가장 안타까울 때 역시 아이들이 아플 때였다. 오후에 수업이 5시까지 있는 파견교사 신분으로는 아이들을 핑계로 오후 시간에 조퇴를 할 수가 없었다. 유나가 아플 때는 베이비시터가 보살피고 있다 하더라도 마음이 찢어졌다. 유준이가 아플 때는 입장이 더 난처했다. 아르헨티나에서는 열이 나면 등원을 아예 시키지 않아야 한다는 얘기를 담임교사에게 들었기 때문이었다. 서로 같은 공간에서 근무하는 처지다 보니 한 두 번은 해열제를 함께 맡기면 이해를 해 주고 아이를 맡아주기는 했지만 눈치가 이만저만 보이는 것이 아니었다.

우리나라의 국민건강보험과는 달리 아르헨티나에서는 개인적으로 보험을 들지 않으면 공립병원에서 어마어마한 시간을 기다려 진료를 어렵게 봐야 했다. 다행히 파견교사들에게는 독일병원을 이용할 수 있는 보험제도가 할인가로 제공되었다. 하여 우리는 2년 동안 코리안 메디컬이라고 하는 한인병원과 레꼴레따 지구 근처의 독일병원(Hospital Alemán)을 주구장창 들락거리게 된다. 연고가 없으니 아이가 열이 떨어지지 않으면 겁부터 나 병원으로 향했다. 또한 우리나라와는 체계가 다르다 하더라도 현지에서 필수로 맞혀야 하는 예방접종이 있었던 터라 접종을 핑계로도 내원해야 했다. 그리고 어린 아이들은 한 달에 한 번씩 소아과 정기검진을 해야 한다고도 했다. 나도 피부병의 원인을 알고 싶어 조직검사까지 했었다. 그러니 우리에게 독일병원보험은 김치냉장고에 잘 저장해 놓은 김장김치와도 같은 고마운 존재와도 같을 수밖에 없었다. 처음에는 독일병원에 지정된 한국어 통역사 제도를 활용하려다, 용기를 내어 더듬더듬 기초적인 스페인어로 부딪혀 보기로 했다. 처음이 어려운 것이지 두 번째는 할만 했다. 그래도 증세를 설명하고, 의학적 용어를 써 가며 의사소통을 하는 것은 어려울 수밖에 없었다. 일이 터지면 되레 걱정부터 키우는 나는 병원에 가기 전에 아이의 증상이나 예상되는 병명과 관련된 용어를 검색해서 달달 외워 가거나 종이에 써서 갔다.

"중이염(otitis) 아니에요?"

"귀지(cera)가 많아 확인은 안 되는데 귀 안 아파하면 걱정 마요."

"뇌수막염(meningitis) 증상은 어떻죠?"

"아이 말하고 돌아 다니는 거 보니 전혀 상관없어요. 늘어져있고 의식 없고 그런거 아니잖아요."

대부분의 경우 의사들은 낙천적이었다. 아이가 기침이 심하고 콧물이 끊이지 않고 열이 나도 해열제만 처방해줄 뿐이었다. 그리고 이어지는 처방은 수증기를 쐬어 콧물을 자연배출 시키는 자연요법이나 네불라이저요법 정도가 다였다.

내가 육아휴직을 시작하고 나니 가계에 빨간불이 켜져 결국 남편을 제외한 나와 아이 둘은 독일병원 보험을 해지해야 했다. 그리고 알아본 것은 한국의 장기여행자 보험이었다. 남은 몇 달 동안 별 일 생기겠냐며, 보험을 꼭 들어야 하나 고민도 했었다. 하지만 보험을 들고 나서 며칠 뒤, 유준이는 옥상에서 제 아빠와 태권도를 하다 이마가 찢어지는 사고로 인해 응급실 신세를 져야 했다. 역시 김장과 보험은 필수다.

4_현실육아

Ceci

아르헨티나 집의 바닥은 차디찬 돌 재질이라 아이들을 그냥 앉히기에는 마음이 편하지 않아 현지에서 비싼 돈을 주고 놀이매트를 샀다. 친정집에 두개, 관산동에 하나 있는 놀이매트를 생각하니 너무 아깝기는 했지만 어쩔 수 없는 노릇이었다. 집 바닥이 그렇다 보니 무릎을 꿇고 걸레질을 박박 해도 할 적마다 먼지가 새카맣게 묻어 나오곤

타지에서 맞이한 둘째의 첫돌

했다.

생활여행자로 늘 즐겁고 신나는 일만 가득한 것은 아니었다. 당연한 일이지만 어린 아이를 키우면서 겪는 다양한 일들이 매일같이 일어났다. 아침에 기상즉시 손을 끌고 거실로 나갔던 15개월 유준이와 달리, 눈뜨면 이리 뒹굴 저리 뒹굴 하며 내 얼굴 구석구석 그 작은 손으로 쓰다듬기도 하고 제 손가락을 빨기도 하고 자기의 분홍 애착베개를 끌어안고 한참 창문으로 새어 들어오는 아침햇살을 보기도 하던 유나의 순딩이 코스프레는 아침 그 순간이 전부…였다.

유나가 20개월이던 당시의 일기를 뒤져 보면 다음과 같은 일련의

사건들이 하루 안에 일어났던 적도 있었다. '유나가 화장실변기 물을 컵으로 떠서 마셨다. 정수기 뜨거운 물을 켜려 시도하며 물장난을 하다 적발되었다. 식탁의자에서 추락했다. 식탁의자가 넘어지며 덮쳤다. 혼자 들고 뛰다 넘어져 미닫이문 모서리에 부딪쳐 울었다. 대걸레자루를 들고 설치다 넘어져 머리를 박았다. 몸을 배배 꼬며 늘씬하게(?) 변신한 뒤 유모차 안전벨트 사이로 탈출했다(2회). 유준이 오빠의 등짝을 깨물었다. 밥 말아놓은 밥그릇을 던져 바닥이 밥풀천지가 되었다(노상 있는 일이기는 함). 가스렌지를 켜는 데 성공했다….'

06

아르헨티나의
친구들

1_마르띤

José

아르헨티나를 떠올릴 때 가장 먼저 떠오르는 사람. 누구의 인상을 얘기할 입장은 아니지만 마르띤 형은 조금은 날카로운 인상의 사람이었다. 형의 장모님 댁에서 몇 번 만나면서 자연스럽게 알게 되었는데 아이들 나이가 비슷해서 친하게 지내게 되었다. 첫 만남은 형수님이 놀이방(pelotero)를 알려주면서 서로 자주 왕래하는 사이가 되었다. 아르헨티나에도 키즈카페 같은 곳이 있다는 사실을 알게 된 날 마르띤 형의 형수님은 집으로 초대를 해주었다. 교민사회에서는 의외로 쉽사리 처음 만난 사람은 가까이 하지도 않고, 초대를 하지도 않는다. 사람을 만나는 것에 조심스러움이 따르는 것이다. 그런데 비슷한 시기의 아이들을 키우는 우리 두 집은 그 초대를 계기로 더욱 가까이 지내는 관계가 되었다. 형의 큰딸 미까(Micaela)는 유준이보다 한 살이 많았고, 둘째딸 마르띠나(Martina)는 유나와 동갑내기였다.

아마 우리의 아르헨티나 생활이 쉽지 않고, 부족함이 많이 보였던 것 같다. 그래서 형의 가족들은 우리를 늘 챙겨주고, 알려주고 도와주었다. 형과는 형네 집과 우리 집을 왕래하며 저녁식사와 맥주를 마시면서 더욱 가까워졌다. 틈만 나면 아르헨티나의 생생한 문화 이야기를 전해주었고, 그 생생한 이야기는 곧 내 삶이 되곤 했다.

"아사도는 주말에 야외 공원에서 숯불에 직접 구워먹어야 제 맛이야. 한국 사람들은 신 김치와 곁들이면 더 맛있어. 몰씨샤(Morcilla), 초리소, 살사 치미추리, 살사 끄리오샤, 빤초 등도 함께 곁들여 먹으면 더 맛있어."

"아르헨티나에선 바릴로체를 꼭 가봐야 해. 특히 차를 끌고 가봐야 진정한 아르헨티나를 알 수 있지. 차만 해결되면 같이 가면 참 좋을 텐데."

"중국인거리(barrio chino) 가보면 구경거리 많아. 거기 맛집도 있는데, 이번 주 토요일에 같이 가자. 형이 사줄게."

"남미에서 열심히만 일하면 돈 잘 벌고 살 수 있어. 대부분의 교민 중 힘들게 사는 분들은 초심을 잃어버려서 그래. 너도 일 배워보면 좋

옥상 빠리샤에서 마르띤형과 아사도를 굽다.

을 텐데."

　그런 사소한 이야기들이 모두 고마웠다. 진심이 느껴지는 말이었고, 나도 형에게 일을 배우면서 형이 있는 아르헨티나에서 살아보고 싶기도 했다. 친형처럼 내 아르헨티나의 생활의 멘토가 되어주었다. 돌아오기 전 마지막 식사를 함께 할 때에도 형은 우리 식구들을 비싼 횟집에 데리고 가 주었다. 우리를 태우기 위해 카시트까지 뺀 승용차에 8명이 끼어서 타고 여기저기 다니던 기억은 절대 잊지 못할 추억이다.

　"지양아, José! 아쉽다!", 짧지만 굵은 한마디가 아직도 내 뇌리에 남는다. 마지막 공항길도 당연히 형이 함께해주었다. 일을 접고 배웅 와준 형과 공항에서 마지막 인사를 나누었다. "니가 있으니 한국 한 번 가봐야겠다." 형의 얼굴을 보지도 못하고 마지막 인사를 했다. 형을 보면 왠지 펑펑 울어버릴 것 같았다. '형은 정말 사람을 좋아하는 좋은 사람이야. 고마워. 우린 지구에서 가장 먼 곳에 있지만 평생 연락 주고받고 왕래하며 살자. 형이 있는 아르헨티나에 꼭 다시 갈게.'

2_Loly 가족.

Ceci

　롤리(Loly; 본명은 Lorena)는 친구이기 전에 선생님과 제자로 만났다.

아르헨티나한국학교에서 근무를 시작하기 한 시간 전, 그녀에게 까스떼샤노 과외를 받았다. 아르헨티나에 선교 차 들어왔다가 한국학교에서 몇 년 째 정교사로 근무하고 있었던 김수연 선생님이 소개해 준 선생님이었다. 나와 남편은 일주일에 두 번씩 교대로 유준이의 등원 준비와 유나 인계를 도맡아 하고 번갈아 과외를 받았다. 하루빨리 까스떼샤노를 배워 속 시원히 내 생각을 말하고 싶었다. 그녀는 중국어와 영어에도 능통했는데 안타깝게도 한국어는 전혀 몰랐다. 그래서 모든 수업은 스페인어로 진행되었고, 서로 의사소통이 아주 힘들 때만 영어를 가끔 사용하였다. 아주 간단한 단어도 스페인어로만 설명하니 이해하는 데 많은 시간이 들었다. 그녀는 바디랭귀지와 함께 열정적으로 수업을 해 주었고, 좋은 그림책도 소개해 주었다. 학교에 사정이 생겨 수업을 오래도록 지속하지는 못했지만 롤리와 나는 연락을 계속 주고받았다.

30대 중반의 그녀는 금발의 골드미스였다. 자존감이 높고 도전정신이 강한 멋진 여자였다. 외가 쪽이 이탈리아계라고도 하였다. 더욱 멋졌던 것은 그녀의 가족들이었다. 한번은 롤리를 집에 초대했는데, "가족과 함께 가도 돼?" 하는 것이었다. 조금 의외였지만, 흔쾌히 가족을 데려오라고 했다. 그녀는 아쌈블레아 집에 흑발의 엄마 앙헬리까와, 키가 큰 오빠 마르띤을 대동하고 나타났다. 앙헬리까와 마르띤은 초면이었는데도 매우 살갑게 우리의 말을 경청해 주었다. 앙헬리까는

롤리가족의 식사초대

우리가 더듬더듬 말을 하다 말이 막혀 난처해 할 때마다 눈을 계속 마주치며 끝까지 기다려 주었고, 당시 악화된 상태였던 내 피부 문제를 안타까워하였다. 한국의 문화에도 관심이 있는 마르띤은 삼성이나 북한 문제를 화두로 꺼내 우리의 말문을 트이게 해 주었다. 공룡에 관심이 많았던 유준이를 '디노(dino)'라 칭하며 온 몸으로 놀아주었다. 우리는 그날, 남편이 직접 만든 피자 도우에 고구마와 불고기를 올린 한국식 피자를 대접하고, 고기에 쌈을 싸 먹는 방법을 알려 주었다.

서로 바쁜 일상을 보내던 중, 롤리에게서 또 다시 연락이 왔다. 지난 번 초대가 고마워서 이번에는 자기 집에 놀러오라는 것이었다. 어머니, 롤리, 마르띤과 고양이 두 마리가 우리를 맞이했다. 달콤한 소스를 올린 돼지고기의 향긋한 냄새가 코끝을 찔렀다. 롤리의 엄마, 앙헬리까는 엄청난 요리 고수였다. 딸의 제자이자 친구를 자신의 손님처럼 정성을 다해 대접하는 롤리의 가족들의 모습은 매우 인상적이었다. 어른들이 와인 한 잔씩 하는 동안 아이들은 롤리네 방에 들어가 고양이와 놀았다. 롤리는 미리 준비해 두었다며 유나에게 머리삔 세트와 유준이에게 공룡 책을 선물로 주었다.

롤리네 집에 놀러갔을 때 앙헬리까는 자기가 몸의 생체 자기를 이용해 난치병을 치유하는 '비오마그네틱(biomagnetic)'이라는 대체의학을 배우는 중이라 했다. 그러면서 자신이 실습을 하고 있는 곳의 주소를 알려주었다. 나는 앙헬리까의 세심한 배려가 고맙기도 했고, 당시에는 뭐라도 해보자 생각해서 남편이 아이들을 놀아주는 동안 한번 다녀와 봤다. 아르헨티나에도 그런 대체의학이 있다는 것이 놀라웠다.

또 한 번은 남편이 한국학교 학생들을 데리고 한국으로 수학여행을 떠났을 때, 롤리가 생일을 맞아 나를 초대했었다. 남편 없이 두 아이를 데리고 손님으로 북적거리는 롤리의 집에 가서 애피타이저만 실컷 먹다가 집에 돌아오니 열두 시가 되어 있었다. 메인 디쉬는 열두 시가 넘어서야 맛볼 수 있다는 문화적인 차이를 알게 된 때였다.

그리고 한국에 돌아오기 전 처음이자 마지막으로 옥상의 살롱을 빌려 피에스타를 열었을 때, 롤리는 마침 중국에 가 있었다. 꾸이 대학의 중국어 교실 강사들 중 우수한 성적을 내 무료로 연수를 받으러 간 것이었다. 앙헬리까와 마르띤은 살롱에 들러 그러한 딸의 자랑스러운 소식과 함께 가죽으로 된 고급 마떼잔 세트를 전해 주었다. 이미 롤리의 가족도 우리의 친구나 다름없었다. 내 손을 잡으며, 피부가 좋아져서 정말 다행이라고 눈물을 글썽거리는 앙헬리까와, 언젠가 꼭 한번 한국에 놀러갈 테니 그때 보자는 마르띤의 미소가 아직도 생생하다. 그리고 그는 그 후에, 약속을 지켰다. 그렇게 롤리 가족은 아르헨티나 가족의 따뜻함을, 사람 냄새 나는 아르헨티나의 삶을 볼 수 있게 해주었다.

언젠가 롤리와 부에노스아이레스의 유명한 까페, 비올레따에서 만나 담소를 나누었을 때, 그녀는 언젠가 한국어를 배워보고 싶다는 뜻을 비쳤었다. 마르띤이 한국에 놀러오겠다는 약속을 지켰던 날, 그는 롤리가 한국어를 배우기 시작했다는 얘길 전해주었다. 뭐 하나 시작하기 전에 고민부터 하는 내가 반성이 되었다. 그리고 롤리가 전공을 한 중국어를 나도 배워보겠노라 서른 시간짜리 연수를 받았지만 새 언어를 배운다는 것은 어렵기만 했다. 다음에 언젠가 롤리를 다시 만나 스페인어와 영어, 중국어, 한국어를 모두 섞어서 대화를 하면 서로의 마음을 더욱 잘 알게 되지 않을까 하는 억지 섞인 희망을 꿈꾸어 본다.

3_미르따

Ceci

미르따. 내가 아르헨티나에서 제일 많이 부른 이름이었다. 그 땅에서, 내 짝꿍 다음으로 내가 의지했던 이였다. 그녀를 생각하면 지금도 가슴이 먹먹하다. 유나가 그녀와 있어야 했던 1년 가까운 시간 동안, 유나는 문자 그대로 폭풍성장을 했다. 내 딸을 봐 주는 이였다. 믿든 곱든 전적으로 믿고 맡길 수밖에 없었다. 그런데 그녀를 생각할 적마다 가슴이 먹먹해지는 것은, 그만큼 내가 정말로 의지를 많이 했기 때문이었다.

나 역시 파견교사 신분으로 종일 근무를 하고 돌아오면 언제나 집안은 정돈이 되어 있었다. 유나는 깨끗한 얼굴로 천사처럼 자고 있던 적이 대부분이었다. 그러다 점점 유나가 커 가면서 낮잠이 줄고, 현관 밖 엄마 소리를 듣고는 까르륵거리며 아장아장 문가로 걸어 나오기까지, 무수히 많은 일이 있었다.

처음에는 너무 쉽게 생각했다. 유나를 돌봐줄 이를 한인 커뮤니티에서 금방 구할 수 있을 것이라 생각했다. 할머니도 좋고, 아이를 대동한 아줌마여도 좋았다. 한국 사람이면 된다고 생각했다. 실제로 아이를 셋 둔 젊은 엄마가 유나를 봐주기로 했었는데, 이틀 만에 그만두었다. 눈앞이 깜깜해지는 기분이었다. 유나가 잠을 너무 안자서 힘들다고 했다. 나도 끝까지 매달려 보려다, 애 보는 게 힘들고 벅찬 이에게 내 아이를 맡기고 싶지는 않았다.

일을 접어야 하나 잠시 망연자실해지기도 했다. 그 땅에는 아무도 없었다. 한국에선 너무나 손쉽게 친정, 시댁 식구 중 누군가의 도움을 늘 받으면서 지냈었는데 말이다. 아이가 너무 어려 유치원이나 놀이방에 맡기기도 힘든 상황이었다.

그러다 겨우 겨우 한국학교 이사 중 한 분의 딸 소개로 한 아르헨티노의 연락처를 받았다. 물불 가릴 형편이 아니었다. 미르따를 그렇게 처음 만난 것이다. 그 때는 나도 거의 스페인어를 할 줄 몰라 구글 번역기며 사전이며 3자 통화며 갖은 수단을 총동원해 임금을 협상(?)하고, 여러 가지 부탁을 했었다. 보모는 한국에서도 써 본 적이 없어서 사실 나 혼자 당혹스러워 했다. 하지만 능수능란한 미르따는 되레 내게 늘 "Tranquilo.(진정해)"라고 안심을 시켜 주었다. 아이는 깊게 자거나 잘 먹진 않지만 늘 잘 지내며, 잘 웃고, 잘 논다고.

그러다 우연히 그녀가 길에서 담배를 피우는 것을 보고 또 다시 눈앞이 깜깜해졌다. 집에서도 가끔 담배 냄새가 나는 것 같았고, 작은 중고 오븐 위에서 담뱃재 비슷한 것을 발견하기도 했다. 속앓이를 잠시 하다 용기를 내어 미르따에게 우리 집에서만큼은 담배를 피우지 말아 달라고 부탁도 했었다. 미르따는 손사래를 치며 집에서는 안 핀다고, 걱정하지 말라고 했다. 그래도 한동안은 속이 상했었다. 퇴근하자마자 유나를 끌어안고 머리카락 냄새부터 맡는 것이 습관이 되었다. 특히 부엌에서는 늘 담배냄새 비슷한 냄새가 났는데, 시간이 지나고 나서 마떼차와 담배 냄새가 비슷하다는 것을 알고 무조건 의심부터 한 것이 미안해졌다.

그도 그럴 것이, 공원을 다니다 보면 한 손에는 유모차, 한 손에는 담배를 든 여자를 심심찮게 마주쳤다. 벤치에 앉아 아이 노는 것을 보며 담배를 피우는 여자, 놀이터에서 아이가 노는 동안 친구와 맞담배를 피우는 여자들도 매일 보았다. 그 나라에는 '웰빙'이라는 개념이 없기도 하고 보건 의식 수준이 낮아서 그렇다, 라고 지인이 얘기해 주었지만 남자든 여자든 아이 앞에서는 담배를 피우는 것은 여전히 비상식적인 행동으로 여겨진다. 그런데도 아르헨티나는 한국보다 더 유아친화적인 문화를 지닌 나라로 느껴졌다. 그것은 몇 여자들이 담배를 피운다는 것과는 별개의 문제로, 아르헨노들이 아이들을 볼 적마다 늘 환하게 웃는 미소와 양보와 배려라는 미덕, 그리고 우리가 이방인인 것도 개의치 않고 친근하게 대해주는 태도 탓이었다. 생각해보면 한국에서는 길거리에서 초등학교 앞이든, 학원 앞이든, 심지어 아이들 앞에서든 담배를 피우는 아저씨들도 많이 볼 수 있었다.

미르따는 점점 우리 가족의 일부처럼 여겨졌다. 남편 호르헤도 초대해 함께 저녁을 먹기도 했고, 장을 볼 때는 늘 미르따를 위해 그녀가 먹을 것을 함께 사다 넣어두고는 했다. 미르따가 유나를 데리고 매일 공원으로 산책을 나가 준 덕에 안 그래도 살결이 하얗지는 않았던 유나는 날이 갈수록 새카매져 가고 있었지만 그마저도 고마웠다. 낯가리지 않고 밝게 자라는 유나를 보면 미르따의 밝은 성품을 닮아 그런 것 같다는 생각도 들었다.

그녀와 헤어지던 날, 한국은 겨울 날씨, 아르헨티나는 여름 날씨였다. 땀이 삐질삐질 나는데도 나는 미르따를 안고서는 놓아주기가 얼마나 싫었는지 모른다. 눈시울을 붉히며 미르따가 나간 뒤에는 더 잘해줄 걸, 더 많은 대화를 나눌 걸, 하는 생각만 들었다. 이젠 그녀의 딸 셀레스테가 낳은 아들 베네시오를 보살피는 할머니로 생활하고 있겠지. 아르헨티나에서도 엄마들은 자기의 딸이 고생하는 것이 싫어 손주를 봐주는 모습이 종종 보인다. 그 덕에 딸은 커리어를 쌓고, 돈을 벌고, 직장에서 성공의 경험도 하고, 사회에서 필요한 일을 할 수 있게 된다. 하지만 손주를 봐 주는 이 시대의 모든 할머니들도 정말 가치 있는 일을 하고 계심을 나는 힘주어 말씀드리고 싶다. 아이를 엄마가 직접 키우면 그보다 좋은 일을 없겠지만, 사회에서 일을 해야 살수 있는 나 같은 부족한 사람도 있으니까. 그래서 미르따를 보면 늘 친정 엄마, 시엄마가 떠올랐나보다.

4_모니까

Ceci

모니까. 한국에서 지은이만큼 흔한 아르헨티나의 그 많은 모니까 중 내가 직접 아는 모니까는 둘 이었다. 하나는 한국학교의 전 원어민 교장, 하나는 한국학교의 새 영어부장. 덩치 큰 남학생, 여학생들과 스스럼없이 'un besito(볼 뽀뽀)'를 하며 작별인사를 하던 금발의 아르헨티노가 바로 그 영어부장 모니까였다.

모니까는 점심을 먹지 않았다. 그녀도 흡연자였다. 예민할 것처럼 빼빼 말랐는데 누구한테나 관심을 주고 말 한 마디 한 마디 따뜻하게 하는 사람이었다. 모니까뿐 아니라 아르헨티노 교사들은 아이들이 교무실 문을 빼꼼 열고 "Seño~(선생님)!" 하고 찾으면 늘 "Mi amor~.(내 사랑) Linda~.(예쁜이)" 하고 응대해 주었다. 아르헨티노 영어교사들은 "Sweetie~! Darling~!" 하며 학생들을 부르는데 한국의 교사들은 그에 비하면 정말이지 아이들의 이름을 참으로 성실하게 불러주는 것 같다.

종종 유준이가 교무실에 올라오게 되면 모니까는 늘 하던 일을 모두 멈추고 "Ay, ¡qué lindo!" 하며 아는 체를 해 주었다. 한국인 치고는 나름 하얀 얼굴을 자부하는 우리 아들도 그 앞에선 얼굴이 유난히 노래 보이는데 숫기마저 없어 금발 원어민의 적극적인 애정 표현에 울음을 터뜨리기도 하고 도망가기도 했더랬다.

뿐만 아니라 한국학교 학생들에게도 그런 아르헨티노의 스스럼없는 표현 문화를 엿볼 수 있었다. 아르헨티나에서 자란 그들은 동생을 끔찍이도 아낀다. 한국에서 초등학생들은 어린 아이들이 지나가도 그러려니 하던데, 한국학교 학생들은 유준이를 마주칠 때마다 "¡Hola~!"하고 아는 척 하고, 자기들끼리 "¡Qué tierno~!(귀엽다)" 라면서 쑥덕쑥덕 하고 머리를 쓰다듬으려 몰려들고 간식도 여기저기서 나눠주고…. 그런 애정 공세가 익숙지 않은 유준이는 또 한 번 울음을 터뜨리거나 도망가거나 버럭 화를 내기도 했다. 녀석…. 즐길 줄 알아야지! 남편은 그런 한국학교 학생들은 치안이 안 좋으니 자기 동생을 잘 챙길 수밖에 없다고 설명해 주었다. 유준이도 그 땅에서 자라면 유나를 더 잘 챙기게 되려나? 치안 문제를 떠나서, 사랑을 느끼고, 느낀 것을 표현할 줄 아는 그들의 문화가 나는 참, 좋아 보였다.

5_유준이의 친구

Ceci

유준이는 아르헨티나한국학교 병설유치원에선 막시(Maxi)와 가장 친했다. 예쁘장하게 생긴 소에(Zoe)라는 여자애도 늘 얘기했었는데 지나면서 관심이 좀 줄어든 것 같았다. 유준이에게 늘 아쉽고 미안한 것이 있었다면 부모의 사교력 부족으로 남자친구 한 명을 사귀게 해주지 못한 것이었다. 유치원에서야 친구들과 자연스럽게 어울리겠지만 우리의 직장 생활에 적응하고 살림을 꾸려 나가는 것만도 벅차 그 친구들과의 개인적인 만남을 마련해주지는 못했다.

유준이가 자주 만났던 이들은 다민이와 미까엘라였다. 다민이와 미까는 정반대의 성향의 아이들이다. 다민이는 조용하고 유순한 성향의, 수줍은 미소가 가득한 친구, 미까는 활동적이고 몸으로 노는 것을 좋아하는 성향이었다. 한국 나이로 다민이는 유준이보다 1살 어리지만 아르헨티나에선 같은 3세반 친구로 만났다. 덩치 면에서도 다민이는 동생 같지만 유준이의 단짝친구였다. 유치원이 끝나고 집에 와서도 서로 자주 찾는 사이였다. 아내도 윗집과 반찬을 서로 교환하며 소소한 기쁨을 즐기기도 하는 모습이었다. 다민이가 놀러 오면 둘이 잘 노니 아내와 나는 조금은 여유가 있는 저녁시간을 보낼 수 있었다. 아내는 때로 아이들을 데리고 쿠키를 만들었다. 만드는 모습을 보자니 만드는 건지, 장난치는 건지 정신이 하나도 없곤 했지만 쌀가루로 만든 건강 쿠키라 먹이면서도 마음이 놓였다. 또 다민이는 8살 터울의 선우가 있어 유준이가 형이란 존재를 알고 지내는 행운을 누리기도 했다. 다민이를 잘 챙기는 자상한 선우의 모습을 유준이가 잘 배우기를 내심 바랐다.

한편 미까는 유준이보다 한 살 위인 누나였다. 미까누나, 미까누나

공원에서 다민이와 함께

하면서 졸래졸래 따라다니는 유준이만큼 우리 부부도 미까의 부모를
열심히 따라다녔다. 나도 현지 생활에 도가 튼 미까의 엄마, 세정언니
에게 의지를 많이 했고, 남편 역시 미까 아빠, 마르띤을 친형처럼 따
랐다. 부부들끼리 친하니 아이들끼리 자연스럽게 어울릴 시간이 많은
것은 당연한 일이었다. 마침 둘째들끼리도 나이가 같아서 육아 조언
을 나누기도 하고, 그러다 보면 시간 가는 줄도 모르고 아이들은 아이
들끼리, 어른들은 어른들끼리 대화의 밤이 깊어지기도 했다. 이따금
씩 "애앵~!" 하는 울음소리가 나기는 했어도 즐거웠다.

유준이는 극과 극의 두 또래를 만나 유준이 나름대로 좋은 인생경
험을 했었을 거라 생각한다. 주로 다른 사람들에게 맞춰 주는 성격의

다민이와는 큰 다툼 없이 책도 보고 소꿉놀이, 블럭놀이를 하며 놀고, 미까와는 하루에도 몇 번씩 "안 놀아!"를 반복하면서도 성향이 비슷해 티격태격 활기차게 놀았다. 삶이 그런 게 아니겠는가? 나와 비슷한 사람도, 다른 사람도 함께 어울려 지내는…. 어른들은 사이가 틀어지면 다시는 안 볼 것처럼 돌아서는데, 아이들은 싸우면서도 보고 싶어 하고, 금방 화해하고 논다. 그런 아이들을 보며 다시금 삶을 배우게 된다.

성인이 된 이 아이들은 서로를 어떻게 느끼고 살아가게 될까? 어색한 사이가 되더라도 이 시절 아르헨티나에서 만나 함께 나누었던 정은 잊지 않고 살아가길 바란다.

6_후안(Juan)

José

후안은 직장에서 시설관리를 맡은 볼리비아 출신의 친구였다. 20대 중반을 갓 넘은 나이에 유준이 또래의 딸을 키우는 재주 많은 청년이었다. 내가 맡았던 업무가 정보통신 관련이라 자연스럽게 도움을 많이 받곤 했다. 전기, 컴퓨터, 시설관리 등 후안은 뛰어난 능력이 있었다. 능력과 더불어 성실함도 함께 가지고 있었다. 일을 하면서 종종 집이야기, 가족이야기 등을 하곤 했는데, 친하게 지내게 되면서 후안에게 '형'이라고 부르라고 했다. 그는 순진한 얼굴로 씩 웃으며 내게 수줍게 "형!"이라고 하곤 했다. 나는 그런 후안의 별명을 '맥가이버'라고 지어주었다. 뭐든지 뚝딱뚝딱 해결하는 그의 능력을 높이 사고 싶었다. "후안!, 공부해 볼 생각 없어? 언어든, 기술이든. 너의 뛰어난 능력을 발휘하며 살아." 매일 멀리서도 얼굴을 보면 서로 달려가서 인사를 나누는 친구이자 동생이었던 후안. 그가 가진 능력이 좋은 곳에서 그를 알아보는 사람들과 함께 널리 쓰일 수 있기를 기도한다.

7_두성(Alejandro)

Jose

중학교 2학년의 나이에 부모님을 따라 갑작스레 지구 반대편의 나라 아르헨티나에 가게 된 친구. 두성이는 아르헨티나에 있는 동갑내기 유일한 친구였다. 아르헨티나에 비슷한 시기에 간 친구들 중에 유일하게 제때 중고등학교(secundario)를 졸업한 수재였다. 모든 시험을 통째로 외워서 시험을 봤다는 두성이는 졸업도 힘들었을 텐데 바로 의대까지 들어갔다고 했다. 의대를 어렵게 졸업하는 날, 새로운 꿈을 위해 사업을 시작했단다. 우연한 기회로 알게 된 두성이는 반갑게 인사하며 밥 한 번 먹자고 전화번호를 주며 가게로 놀러오라고 했다. 외로웠던 나는 두말 않고 찾아갔다.

치안 상 길거리에선 전화기를 꺼내는 것도 무서웠던 시기에 약속시간을 한참을 지나서야 겨우 두성이의 가게에 도착했다. 술을 마시지 않는 두성이와 앉아서 콜라와 음식을 먹으며 이런 저런 이야기를 나누었다. 이후 자주 보지는 못했지만 종종 연락도 주고받고, 도움이 필요할 때는 도움을 받기도 했던 친구였다. 이제는 의류사업 뿐 아니라 국제 무역으로 건축 관련 사업까지 시작한 두성이. 도전하는 모습이 부럽기도 하고 자극을 받기도 했다. 평생 연락을 하며 서로의 성공을 기원하고 싶다. 두성이의 장인어른은 한인회장이셨는데, 해병대 선배님이시기도 했다. 계신 것만으로 힘이 되어주셨던 이병환 선배님. 사람의 인연이 지구 반대편으로 이어지는 것이 신기하고 감사했다.

07

부에노스아이레스
주말 시티투어

1_레꼴레따(Cementerio de la Recoleta)

Ceci

별 생각 없이 찾아간 레꼴레따 묘지. 남편이 여기 혼자 찾았을 땐 별 감흥이 없었다는 얘기를 했었는데, 나는 묘지 입구를 들어선 순간부터 남편을 붙들고 "정말 이걸 보고 아무 느낌이 없었다는 거예요?" 라며 물어봐야 했다. 묘지라기보다는 거대한 조각공원 같은 느낌을 자아내는 이곳에는 곳곳에 무궁무진한 이야기가 숨어 있는 것 같았다.

그러나 오밀조밀 모여 있는 가족묘는, 제각기 생긴 것도, 재질도 달라 인상적이었다. 무엇을 하나 해도 규격과 종류와 매뉴얼을 따지고 보는 한국의 어떤 문화가 생각났다. 지금 우리가 밟은 이곳에 실제로

레꼴레따 묘지에서

엄청나게 많은 사람들이 묻혀있는 것인가, 하는 생각을 하니 으스스한 기분도 들었다.

거미줄, 깨진 유리창, 녹슨 문…. 음기 가득할 공동묘지, 신성하고 경건해야 하는 가족묘에서 아이들의 웃음소리가 위화적으로 다가오지 않는 것은 이상한 일이었다. 조상들을 기리며 묵념하는 유족들보다 미술관이나 박물관을 투어 하듯이 들른 방문객들이 더 많았다.

연중 각양각색의 꽃으로 도배된 에바 뻬론(에비타)과 같은 유명인사의 묘지도 있지만, 어떤 묘지는 아무도 찾지 않고 버려진 것처럼 보이기도 했다. 자세히 보니 꽃 한 송이가 외롭게 꽂혀 있기도 했고, 허리를 숙이고 보면 지하까지 뚫린 공간에 누워있는 관도 심심찮게 보였다.

남미의 파리라 불리는 레꼴레따 지구가 유명해진 것은 바로 이 유서 깊은 200년 된 가족묘 덕분인데, 우리나라에서는 납골당이나 공동묘지가 주위에 들어선다고 하면 지역 주민들이 반대부터 하고 보는 것을 생각하니 다소 씁쓸해지기도 한다.

2_산뗄모와 플로리다 거리(San Telmo y calle Florida)

José

아르헨티나에 홀로 도착한 날, 공항 픽업을 도와주신 이사장님을 따라 한국식당에서 저녁을 먹었다. 그리고 깜깜해진 밤 도착한 나의 숙소. 혼자 임시로 묵는 숙소여서 저렴한 숙소를 선택했는데 싼 게 비지떡이었다. 집 청소하는 하인이 묵는 부엌 뒤 좁은 단칸방이었다. 저렴하다는 것과 여행자들이 많은 산뗄모 지역이라는 것이 장점이라면 장점이었다. 주인은 대학에서 영화관련 교수로 일한다고 했다. 그곳에서 설렘과 두려움 속에서 객지 생활을 시작했다.

산뗄모에는 여행자 숙소가 많이 있어 길거리마다 여행자들이 돌아다니는 모습을 볼 수 있는 곳이다. 일요이면 데펜사 거리에서 벼룩시장이 끝도 없이 이어진다. 같은 듯 다른 기념품들, 인형극, 거리 땅고(Tango) 공연, 거리음악패 등 다양한 볼거리가 눈요기를 톡톡히 해준다.

산뗄모 지역에선 돈도 조심, 소지품도 조심해야 한다. 주위에서 가방 속 물건을 도둑맞는 경우도 쉽게 볼 수 있었다. 그런데 아이들을 동반해서 땀을 삐질삐질 흘리며 다니는 우리에겐 비교적 호의적인 그들이었다. 가격흥정에도 그랬고, 짧게 나누는 인사와 대화에도 그랬다. 아이들을 사랑하는 사람들은 좋은 사람이라는데 분명 이들은 아이들에게 따뜻한 관심을 주었다.

플로리다 거리에서는 암환전이 늘 성행했다. 명동처럼 거리 양쪽으로 즐비한 상점과 백화점 사이에서 외국인이 나타나면 어김없이 "돌라르(달러)!, 돌라르(달러)!" 한다. 우린 눈에 띄는 동양인이라 늘 이들의 타겟이 되었다. 그래서 일부러 큰 소리로 스페인어로 이야기를 하곤 했다. 삭막하고, 도둑이 넘쳐나는 여행자들의 거리, 우린 아르헨티나에 막 도착했을 때도 가장 먼저 찾았고, 아르헨티나를 떠날 준비를 할 때도 찾았다.

Ceci는 여행 중 스노우볼을 모으는 취미가 있어서 한국으로 돌아가기 전, 스노우볼을 사러 마지막으로 한번 더 플로리다 거리를 찾았다. 고민 끝에 하나를 구입했는데, 스노우볼을 본 아들은 자기가 그것을 들겠다고 난리였다. 안 된다는 부모를 이긴 유준이는 힘차게 팔을 휘저으며 들고 다니다 결국 깨뜨리고 말았다. 다시 한참을 돌아가서 가게에 들렀다.

"내 아들이 방금 산 스노우볼을 깨뜨렸어."라며 울상 짓자 삭막한 여행자거리 플로리다의 점원이 오히려 우리를 위로했다.

"새로 주지는 못하지만 너희들이 산 가장 큰 스노우볼을 가장 작은 스노우볼 가격에 줄게. 그게 내가 해줄 수 있는 유일한 방법이야."

"고마워. 한국에 가서도 고마움, 꼭 기억할게." 그 스노우볼은 지금 우리 집 장식장에 있다. 볼 때마다 마지막으로 찾았던 플로리다 거리가, 그리고 스노우볼을 깨고 나서 난처해하던 아들의 얼굴이 떠오른다.

3_마쇼 광장(Plaza de Mayo)

Ceci

마쇼 광장을 떠올리면 너무나 많은 것들이 줄줄이 소시지가 되어 따라온다.

1년간의 파견 근무 기간이 끝나고 내겐 달콤한 휴식기가 찾아왔다. 이 반년의 휴식기가 내게 선물해 준 것을 돌이켜 생각해 본다. 유준이를 임신하고 5개월이 되었을 때 처음으로 발병하여 사라지지 않았던 화폐상습진은, 부에노스아이레스의 좋은 공기 덕분인지 아르헨티나에 도착해 호전되기 시작했었다. 그러다 아르헨티나한국학교에서 파견 근무를 하는 동안의 극심한 스트레스로 인해 다시 악화되기를 반복하다, 육아휴직을 하고 나서 기적처럼 치유가 되기 시작했던 것이다. 그리고 또 다른 선물은 둘째 유나와의 친밀한 시간이었다. 두 돌을 앞두기 전까지 직장에서도 유축을 하고 모유수유를 계속하면서도 일하는 엄마로서 느낀 미안한 감정이 늘 있었다. 아침에 우리가 출근을 하기 전에 유나가 눈을 뜨면 베이비시터 미르따에게 안겨 팔을 우리 쪽으로 뻗으면서 같이 가자고 울던 유나였다. 그러니 유나가 아침에 눈을 뜨면 내가 바로 옆에 함께 있을 수 있다는 그 행복은 이루 말할 수 없었다. 낮잠을 자고 나서도 마찬가지였다. 여전히 집안일은 서투르기 짝이 없었지만 남편과 유준이가 집에 돌아오기 전에 유나와 간단히 장을 보고 저녁 식사 준비를 해 놓는 작은 기쁨도 있었다.

그리고 또 하나…. 늘 스페인어 공부에 대한 목마름이 있었던 나였다. 휴직 기간 동안 유나가 낮잠을 잘 때 원어민 선생님을 몇 번씩 불러 과외를 받았다. 정우성을 좋아하는 그는 자기를 '우성씨'라고 불러 달라 했다. 밤에 아이들을 재우고 책상 앞에 앉아 공부를 할 때면 내게 아직 공부의 열정이 있음을 감사하게 느낄 수 있었다. 사실은 그러고도 부족했다. 배움에 대한 갈증은 나를 UBA(부에노스아이레스 대학교) 어학원으로 이끌었다. 유나를 '밀리' 라는 뻬루아나 베이비시터에게 잠깐 맡기고 레벨테스트를 보러 갔다. 그간 해 온 가닥이 있어 그런지 나쁘지 않은 성적이었다. 개강을 하고 여러 국적의 사람들과 앉아 있으니 기대와 설렘의 감정이 솟구쳤다.

마쇼 광장은 바로 그런 감정을 매 순간 느끼게 해 주는 장소였다. 어린왕자에게 여우는 "네가 오후 네 시에 온다면 나는 세 시부터 즐거워지기 시작할 거야."라고 얘기했다. 학생으로서 어학원 교실에 앉아 있는 학생으로서 느낄 수 있는 두근거림은 교사로서 교단에 설 때와는 다른 느낌이었다. 그 감정을 나는 마쇼 광장에서부터 느낄 수 있었다.

UBA 어학원이 위치한 곳은 마쇼 광장을 지나 곧게 뻗어 있는 마쇼 거리였다. 일주일에 두 번씩, 유나를 재워 놓고 밀리를 맞은 뒤 전속력으로 차까부꼬 공원을 뚫고 지하철역 에밀리오 미뜨레(Emilio Mitre)까지 뛰어갔다. 마쇼 광장까지 가기 위해서는 지하철 E선을 타고 종착역인 볼리바르(Bolívar)역으로 가야 했다. 마쇼 광장은 지날 때마다 같은 듯 달라 보였다. 맑은 날에는 마치 5월의 신부처럼(마침 Mayo는 5월이라는 뜻이다) 눈부셨고 어두운 날에는 혁명이라도 일어날 것 같은 스산한 분위기를 풍겼다.

스페인 식민 지배에 맞서 독립을 선언했던 1810년 5월 혁명을 기념하는 5월의 탑이 중앙에 세워져 있는 마쇼 광장에 들어서면 걸음을 자동으로 멈추게 된다. 이어 예전 아르헨티노가 혁명에 가담했던 모습을 어렵지 않게 떠올릴 수 있는데, 그것은 지금도 마쇼 광장에서 사람들이 심심찮게 시위를 하는 모습을 볼 수 있기 때문이었다. 5월의 탑뿐만 아니라 광장 주위로 대성당(Catedral Metropolitana)과 총독부(Cabildo)가 위치해 있다. 그리고 무엇보다도 광장 전면에 있는 분홍색 건물이 가장 눈에 띈다. 까사 로사다(Casa Rosada)라고 불리는 그 곳은 대통령 관저이지만, 청와대나 백악관와 같이 집무실과 관저가 함께 있어 대통령이 늘 상주하는 곳은 아니라고 한다. 대통령은 까삐탈 페데랄 근처의 올리보스라고 하는 곳에서 지내고, 종종 이 까사 로사다에서 집무를 본다고 한다. 관광객은 예약제로 까사 로사다 내부를 견학할 수 있었지만 어린 아이들은 민폐가 될 것 같아 우리는 견학까지는 감행하지는 못했다. 또 마쇼 광장 한 켠에는 전쟁에서 목숨을 잃은 참전 군인들을 기리는 곳이 있다.

비둘기가 구구거리는 잔디밭에서 사람들은 한가하게 피크닉을 즐기기도 하고, 아이들을 인솔한 선생님의 모습을 보면 그저 친근하기도 했다. 어학원 수업이 끝나고 미국, 이탈리아, 브라질, 우크라이나 등의 각국에서 모인 수강생들과 헤어지던 마쇼 광장. 그들에게 그 광장은 어떤 의미였을까. 그리고 아르헨티노들에게는 어떤 의미일까.

한편, 아르헨티나에서는 각 기념일마다 학교에서 계기교육의 일환으로 악또(acto)라고 하는 행사를 실시한다. 모든 학교가 그러는지는 모르겠지만 적어도 아르헨티나한국학교에서는 매번 연극이나 합창, 전시회 등으로 학생들에게 역사를 재경험 시켜주고 학부모들을 초청해 발표회를 해 왔다. 마쇼 광장이 탄생하게 된 5월 혁명을 기리는 계기교육은 5월 25일을 전후하여 이루어진다. 육아휴직을 하는 동안 유준이의 학부모로서 참여할 수 있는 이 날을 손꼽아 기다렸지만 안타깝게도 유나가 열감기가 심해 남편이 대신 행사에 참여했었다. 일을 하다가 잠깐 시간을 내어 내려갔던 터에 늦은 남편에게 유준이는 의젓하게 인사를 했다고 한다. 복도에 모여서 기념일 노래를 부르고, 각 반에서는 여러 가지 재료로 인형을 만들면서 아이들은 단순히 책으로, 혹은 어른의 설명으로 역사를 배우지 않는 모습이다. 아르헨티나의 모든 기념일과 국경일은 하나의 축제이자 배움의 터전이 된다. 이러한 계기교육 활동은 한국에서 조금씩 사라지고 있는데, 아르헨티노의 자부심이 되살아나는 이러한 행사는 분명히 배울 점이 있다고 생각한다. 그런 배움을 경험한 아이들이 마쇼 광장을 지날 때에는 '지금, 여기'를 살아가고 있는 역사의 산 증인으로서 어떤 자긍심을 느낄 수 있지 않을까.

4_라 보까와 까미니또(La Boca y Caminito)

Ceci

"라 보까? 거길 왜 가? 위험하기만 한데…."

아르헨티나에 사는 교민들에게 라 보까에 가 보았느냐, 어떤 곳이냐 물어보면 열에 아홉은 이런 대답이 돌아왔다. 위험하다는 말에 나는 반드시 그 곳은 꼭 가 봐야겠구나, 하는 생각이 들었다. 치안이 안 좋기로 소문난 이탈리아의 나폴리나 프랑스 파리의 몽마르뜨 언덕, 멕시코 시티나 인도의 올드 델리 등등의 장소에는 묘한 매력이 있었다. 연예인도 유명하면 안티가 생기는 것처럼, 유명한 관광지는 어쩔 수 없이 도둑이 모이기 마련인 것이 아닐까.

하여 남편을 설득해 아이 둘을 데리고 보까 지구를 찾았다. 차가 없는 우리는 시내버스를 타고 이동해야 했다. 긴 아쌈블레아 거리를 지나 동쪽으로 향하다 보면 안 그래도 오래된 건물들 중에서도 낡은 건물이 하나씩 등장하는데 우리는 그런 슬럼가 주위에서 환승을 해야 했다. 버스를 한 번 더 갈아타고 도착한 곳은 작은 부두였다.

보까(boca)는 '입'이라는 뜻이다. 입을 통해 음식물이 드나드는 것처럼 이 항구를 통해 많은 이민자들이 들어오고 나갔을 것이다. 그래서 이 지역에는 이민자가 많이 있어 왔다. 축구에 조금이라도 관심이 있는 이들은 누구나 아는 '보까 주니어'라는 구단 역시 이 지역에 살

라 보까에서

던 이탈리아의 이민자들에 의해 설립되었다 한다. 안타깝게도 우린 보까 주니어 축구장에는 들어가 보지 못했다. 대신 작은 공터마다 축구공으로 하나가 된 청소년들이 있어 이들의 생활 축구의 모습을 잠시 눈 여겨 보았다.

버스에서 내리자마자 관광객들을 타겟으로 한 기념품 가게가 즐비해 있고, 곳곳마다 땅고 음악이 흘러나오는 모습을 볼 수 있었다. 라보까는 유럽에서 넘어 온 이주민들에 의해 땅고(tango)가 시작된 발상지로도 유명하다. 그래서인지 땅고나 가우초 등의 길거리 공연도 심심찮게 펼쳐졌다. 국경과 국적에 얽매이지 않은 자유로운 영혼이 모이다 보니 노동자뿐 아니라 예술가들도 자연스럽게 이곳에 모여 살았던 된 것 같다. 오늘날 많은 관광객을 끌어들이고 있는 보까 지구의 일등 공신이 이민자들이라 하니 아이러니컬하기도 하다.

까미니또는 라 보까의 대표적인 보행자 도로이다. 처음에 스페인어를 배울 때 '-ito, -ita'를 접미사라고 생각하지는 못하고 별개의 뜻으로 여겨 매번 사전을 뒤져본 기억이 난다. 그런 접미사가 붙으면 의미가 축소되어 뭔가 귀엽고 앙증맞은 느낌이 든다는 것을 뒤늦게 알았다. 미르따는 나보고 머리가 까맣다 하여 네그리따(negrita)라고 했었는데 나는 한동안 나를 놀리는 말인 줄로만 알았다. 또한 어렸을 적부터 좋아하던 아바의 노래 '치키티타(Chiquitita)'는 '작다'는 뜻의 'chica', 혹은 '작은 소녀'라는 뜻의 'chiquita'에서 파생된 '작디 작은 소녀' 정도의 뜻이었던 것을 나중에야 알았다. 하여 까미노 (camino)가 일반적인 '길'이라면 까미니또(caminito)는 '작은 거리'라는 뜻이 된다. 까미니또에 들어서자 노동자들이 배를 만들고 남은 철판과 페인트로 알록달록하게 지은 건물을 배경으로 곳곳에서 관광객들이 사진을 찍고 있었다. 치안이 안 좋기로 소문난 곳이라 하니, 우리도 덩달아 셀카봉을 꺼내 사진을 찍으면서도 도둑이 휴대폰을 휙 빼서 도망가진 않을까 내심 걱정이 되기는 하였다.

까미니또 뿐 아니라 라 보까의 골목골목마다 수공예품을 팔고, 2층 창문에 인형을 매달거나 식당 앞에 동상을 세워 두는 등 여러 매력적인 요소가 이방인의 이목을 끌었다. 골목길 안쪽으로는 반도네온을 연주하는 악사의 모습도 볼 수 있고, 열쇠고리며 작은 미술품을 파는 노점상도 줄지어 있었다. 구석구석 오래도록 라 보까를 느끼며 걸어 다니거나, 까페를 겸하는 식당에 들어가 여유를 즐기기에는 우리의 형편이 받쳐 주지 않았다. 번갈아가며 잠투정을 하고 자꾸 자리를 옮기기를 요구하는 유유남매 덕택에 우리는 커피 한 잔을 끝으로 집으로 향했다. "이 녀석들아, 이곳이 그 유서 깊은 라 보까란 말이다!" 라고 해 봤자 아이들이 알 턱은 없었다. 남편과 나는 각각 20페소짜리 낄메스(Quilmes) 맥주의 상표가 그려진 병따개와 50페소짜리 스페인어로 된 어린왕자 책을 기념품으로 산 것으로 만족해야 했다. 집에 돌아갈 때 탔던 버스는 'sube'라고 하는 버스카드만 받고 현금은 받지 않는다 했다. 카드가 집에 있다며 울상을 지으니 운전기사 아저씨가 그냥 타라고 손짓을 했다. 유준이의 손을 잡고, 유나는 등에 업고, 유모차를 들고 땀을 뻘뻘 흘리는 우리 부부의 모습이 애처로워 보였나 보다. 그렇게 아낀 교통비로 집에 가는 길에 한국식품점에 들러 40페소(당시 3,300원)짜리 두부 한모를 샀던 기억이 생생하다.

그런 아쉬움 탓에 반년 뒤, 한국에서 중고등학교 동창 은엽이가 놀러왔다고 했을 때 라 보까를 다시 찾을 수 있을까 싶어 무척 신이 났었다. 하지만 그녀는 퇴사를 하고 혼자 남미와 유럽을 여행하는 중이어서 안전의 문제로 인해 라 보까는 접선 장소로 적절하지 않은 것 같았다. "라 보까는 치안이 안 좋으니 다른 곳에서 만나는 게 어떨까?"라고 하니 "그럼 라 보까에서 보자."고 하는 은엽이는 역시 내 친구였다. 그리하여 두 번째 라 보까 방문 때는 그녀에게 아르헨티나의 고기를 먹여 주고 싶기도 해서 빠리샤로 유명한 식당 중 하나인 '그란 빠라이소(Gran Paraiso)'에 들렀다. 화로에서 솔솔 피어오르는 연기를 맡으며 첫 번째로 입장해 식당 구석구석을 둘러보았다. 가정집을 개조한 듯한 2층에 올라가 내려다보는 까미니또는 색달라 보였다. 혹시 무슨 일이 생긴 건 아닌가 걱정이 되기 시작할 무렵 그녀는 나타났다. 우리가 시킨 요리는 고기를 부위별로 맛볼 수 있는 세트 메뉴였다. 배가 터질 만큼 고기를 흡입하고 나니 까미니또가 또 달리 보였다. 화장실 들어갈 때와 나올 때의 마음이 다른 것처럼, 배가 고플 때와 부를 때 세상도 역시 달리 보이는 법이다.

우리나라도 인적이 드문 마을에 벽화를 칠해 벽화 마을이라는 별명을 얻고 관광객을 유치하는 마케팅 전략을 쓰는 모습을 심심찮게 볼 수 있다. 라 보까와 까미니또를 찾는 이들은 그저 이곳이 예쁘고 이국적이어서만이 아니라, 아르헨티나의 문화가 녹아 있기 때문이라는 생각이 든다. 우리나라의 벽화 마을도 역사와 스토리가 필요하다. 아무리 관광객을 상대로 한 강도가 설치는 곳이라 해도 그러한 위험을 뚫고 관광객이 모이는 것에는 다 이유가 있는 법이다.

그렇게 고작 두 번의 방문으로 라 보까에 대해 안다고 할 수는 없다. 내가 경험하고 느낀 라 보까와 다른 이들의 그것은 분명히 다를 것이다. 그래서 같은 루트로 여행을 한 백 명의 여행자들은 백 가지 다른 경험을 하는 것이다. 내가 여행을 하면서 다른 사람들과 교류하는 것을 중요하게 생각하는 것도 그러한 연유에서이다. 딸린 식솔 없이 자유롭게 여행을 하는 친구가 부럽기도 하지만, 나는 나대로 두 아이의 엄마로서 제약이 따르는 아르헨티나 생활여행자로서의 삶에 만족하며 지냈다. 가족이 함께 할 수 있음에 하루하루 감사하고 또 감사했다.

5_뿌에르또 마데로(Puerto Madero)

José

아르헨티나의 강남이라고 할까? 어쩌면 평창동 대저택의 부자동네가 더 어울릴지도 모르겠다. 뿌에르또 마데로는 아르헨티나 대통령궁 근처에서 4개의 다리로 연결된 인공 섬이다. 몇 시간을 돌아야 다 돌 수 있는 넓은 습지공원과 우루과이와 아르헨티나 사이에서 흐르는 바다 같은 라 쁠라따(La Plata)강을 바라보는 동네이기도 하다. 이 동네는 경찰관할 구역이 아닌 해군 관할구역으로 다리를 차단하면 도망갈 곳이 없기에 부에노스아이레스에서 유일하게 치안이 좋은 곳으로 알려져 있다. 그래서 부자들이 모여 사는 것인지, 부자들이 모여 살아서 안전한 생활을 유지할 수 있는 것인지는 모르겠다. 하여 이곳에선 휴대전화를 자연스럽게 꺼내서 사용하고 사진을 찍어도 문제가 생길 가능성은 적다.

뿌에르또 마데로는 내게 애정이 많은 장소로 기억된다. 아르헨티나에 혼자 와서 적응하기 힘든 시기에 도움을 주신 분들이 계시기 때문이다. 한국학교 교장선생님도 그렇고, 이사님 중 한 분도 그러하셨다. 특히 이사님 내외는 한인성당에서 만나면 집으로 데리고 가셔서 맛있는 음식을 만들어주시기도 했다. 그 인연으로 아파트 내 수영장에서 사모님께 수영을 가르쳐드리기도 하면서 더 가깝게 지내기도 하였다.

해질 무렵의 뿌에르또 마데로

자연스럽게 유유남매와 또래의 아이들을 둔 딸 내외를 소개받게 되었다. 사위인 마르띤 형은 내게 참 많은 것을 베풀어주었다. 그리고 이녜스 형수님은 아내가 잘 지낼 수 있게 늘 배려 담긴 조언과 지원을 아낌없이 베풀어주었다. 형의 가족으로 인해서 우리가 살았던 아르헨티나 생활이 풍요로워질 수 있었다. 짧은 이야기로는 다 표현할 수 없는 고마움은 평생 내 마음속에 간직하려고 한다. 그런 장소였기에 뿌에르또 마데로는 나에게 고마움의 장소이자, 정든 고향 같은 곳이기도 하다.

　비록 내가 살 수 있는 곳은 아니었지만 따뜻함을 나누어준 분들이 계시는 곳이기에 마치 부모님이 살고 계시는 고향을 연상케 하는 곳이다. 주말이면 많은 이들이 습지공원과 넓은 공원에서 많은 시간을 보내기도 한다. 모든 이들의 편안한 주말을 볼 수 있는 곳이라는 것은 우리나라의 부촌과는 다른 느낌을 자아낸다. 우리나라 부촌의 집집마다 걸려있는 CCTV보단 비록 다른 삶을 살더라도 함께 자연스럽게 어울릴 수 있는 이들의 삶이 부러웠다.

2017년 새해를 알리는 불꽃놀이도 이곳에서 보았다. 한국학교 교장선생님 역시 마데로에 집을 구하셨는데, 한국학교 선생님들과 함께 교장선생님 댁에서 자정 전까지 연말을 기념하기로 했었다. 자정이 가까워져 바깥으로 나오니 강물에 비친 불꽃을 감상하러 많은 사람들이 마데로로 모여 있었다. 이곳저곳에서 팡팡 터지는 불꽃을 보며 한국의 보신각 종소리가 생각났다.

6_빨레르모(Palermo)

José

부에노스아이레스의 핫플레이스. 젊은이들이 선호하는 지역(zona)를 꼽아보면 단연 빨레르모이다. 한국으로 치면 홍대나 합정동과 한남동, 강남과 압구정, 일산의 호수공원 등의 매력이 짬뽕 된 느낌이랄까. 이곳엔 많은 쇼핑센터, 쇼핑의 거리, 많은 맛집들이 즐비하다. 우

빨레르모 카지노

린 아이들과 함께 공원이나 중국인거리, 동물원 때문에 많이 찾았다.
이 지역근처에는 한국대사관도 위치하고 있다. 교민들이나 여행자들
은 대사관의 위치를 알고 있어야 한다. 혹시 모를 도움이 필요한 상황
을 대비해서 말이다.

우리가 빨레르모에서 가장 좋아한 곳은 장미공원(parque rosedal)이
었다. 이곳은 드넓은 공원에 작은 호수가 있어 오리나 거위 같은 동물
을 볼 수도 있었으며, 그 주위로 자전거 길도 넓어 운동을 사랑하는
몸짱 아르헨티나 사람들을 볼 수도 있었다. 공원의 곳곳에는 크기가
어머 어마한 나무들이 많이 있어 넓은 쉼터를 제공해주고 있었다. 공

원을 다니면서 늘 보는 것은 온 몸으로 햇빛을 쐬는 현지인들의 모습이었다. 이들이 대부분 유럽계 사람들이라 햇빛을 좋아하는 것일까. 선블록에 모자로 무장을 하는 우리의 모습이 어색해졌다. 나중에는 우리도 그들처럼 충분히 햇빛을 즐겼다. 모자도 양산도 선블록도 없이…. 부에노스아이레스의 맑은 공기와 햇빛은 우리가 받은 가장 좋은 선물이었다. 수도답지 않은 맑은 공기와 푸르고 청명한 하늘은 어린 유유남매의 육아에 찌든 우리의 마음도 늘 밝게 해주었다. 캔버스에 한 장의 그림으로 아르헨티나를 표현한다면 구름 한 점 없는 파란 하늘을 담아내고 싶다. 그리고 그 아래에서 이를 충분히 만끽하는 이웃들을 그려보고 싶다.

7_꼬리엔떼스 : 피자집 guerrin, fuerza bruta 보기 전 티켓박스, 7월 9일 거리

José

극장가와 식당, 서점, 까페로 가득한 곳. 꼬리엔떼스 거리는 플로리다 거리에서 그리 멀지 않은 곳에 있다. 이곳은 '7월 9일의 거리(Nueve de Julio)'라는 세계에서 가장 넓은 거리와 연결되어 있다. 우리가 이곳을 언급하는 이유는 여기에 100년이 넘는 전통의 피잣집이 2개가 위치해 있기 때문이다. 내가 몇 번 찾아갔던 곳은 게린(guerrin)이라는 피잣집이었다. 식사 시간이 아닌 시간에도 사람들이 줄지어

기다렸다가 주문하는 것을 보면 이곳이 전통과 맛을 자랑하는 곳이구나 하는 생각을 하게 한다. 스페인어로 전혀 의사소통을 하지 못했던 시기에 혼자서 부에노스아이레스의 지도가 잘 정리되어 있는 작은 지도(guia)를 들고 걷고 또 걸으며 찾아갔다. 잔뜩 긴장한 얼굴로 사람들이 주문하는 모습을 살피고, 사람들이 먹는 모습을 살펴보았다. 앉아서 먹을 수 있는 테이블 석도 있었지만 많은 사람들이 높은 스탠드형 탁자 앞에 서서 먹고 있었다. 나는 조심스럽게 떨리는 마음으로 피자를 두 조각 주문했고, 혼자 찾아온 다른 사람들 틈에 서서 내 앞에 도착한 피자를 음미하였다. 아니, 피자 앞에 내가 도착한 느낌이었다. 마치 두 판 같은 두 조각이었다. 그때는 맛을 음미하기보다는 혼자 길을 찾고, 주문해서 음식을 맛보았다는 기쁨을 먹었던 것 같다. 아이 둘을 키우는 아빠가 이리 소심해진 기억이 전혀 없었는데, 그 때는 그랬다. 그런 조심스러움으로 그들을 보았으며 그들의 문화에 접근했다.

7월 9일의 거리는 아르헨티나가 스페인으로부터 완전히 독립한 1816년 7월 9일을 기념하고 있다. 1810년 5월 25일의 혁명 이후 6년 만에 독립이 이루어진 것이다. 꼬리엔떼스 거리와 7월 9일의 거리가 만나는 곳에는 하얗게 높이 솟은 오벨리스크가 있다. 오벨리스크도 마쇼 광장과 마찬가지로 1810년의 혁명을 기념하여 만든 것으로, 내부에 200여개의 계단이 있고 꼭대기에 작은 창이 있다고 하는데 우리는 오벨리스크를 올라보지는 못했다. 그리고 그 근처에는 작은 티켓 박스가 있다. 이곳에선 도심의 크고 작은 극장가의 그날 공연 티켓의 할인권을 판매한다. 시간은 11시경이었던 것 으로 기억한다. 이미 10시경이 되면 사람들이 줄지어 선 관광객들을 볼 수 있다. 우리도 거기서 줄을 서서 아르헨티나의 유명한 공연 '푸에르싸 브루따(Fuerza Bruta)'의 공연 티켓을 구입했다. 한국에서는 10만원은 한다는 공연이 이곳에선 할인티켓을 사면 2만원 남짓으로 볼 수 있으니 가지 않을 수 없다. 유유남매로 인해서 우린 후일을 기약하고 처가 부모님이 먼저 다녀오셨다. 이후 아내도 친구가 아르헨티나에 여행을 왔을 때 다녀왔다. 나도 보고 오지 않은 것을 지금 후회하고 있다. 그 모든 것들이 우리에겐 도전이었다. 어딜 가나 함께해야하는 유유남매가 있었기에 쉽지 않은 시내 나들이에 우린 점점 익숙해져갔다.

　이 거리는 수없이 다닌 것 같다. 국내공항을 갈 때 지나기도 했고, 시내구경을 갈 때도, 우루과이행 배 티켓을 사러 갈 때도 이 근처 사무실을 찾았다. 아쉬움이 남는 것은 아르헨티나의 많은 공연문화를 충분히 즐기지 못한 것이다. 물론 땅고 공연도 보았고, 영화관도 가보았고, 길거리 공연도 많이 보았고, 어린이 무료공연을 보기도 했지만 떼아뜨로 꼴론(Teatro Colon)에서 하는 큰 공연을 보지 못한 것은 무척 아쉽다.

08

아르헨티나를 먹고,
마시고, 즐기다

José

'마시다.'

'도대체 커피를 왜 마셔?' 라고 생각했던 내가 Ceci를 만나 연애하면서 커피를 알게 되었다. 지금은 집에서도 핸드드립, 콜드브루, 에스프레소 등 다양한 커피를 즐기는 커피 애호가이다. 커피와 더불어 사람들과 나누는 술이라면 주종에 상관없이 좋아하는 나였기에 아르헨티나에 가게 되면서 내심 커피와 와인(vino)에 대한 기대를 했다.

첫 번째로 기대했던 커피. 당연히 기대를 할 수밖에 없었던 것은 커피의 주요 생산지가 사방에 있으니 당연했다. 커피에 대한 기대는 내게 실망과 만족을 차례로 주었다. 아르헨티나의 주위에는 콜롬비아, 멕시코, 코스타리카, 브라질, 온두라스 등 주요 커피산지가 지척에 있었다. 이들은 이런 기회를 충분히 활용하지는 않고 있었다. 산지로부터 지구 반대편에 있는 우리나라는 커피를 종류별로 분류하고 기호에 따라 다양한 커피의 향과 맛을 즐기는데 이들은 커피의 종에 대한 관심이 전혀 없는 것처럼 보였다.

100년이 넘는 전통의 까페에서 많은 커피를 마셔 보았지만 큰 특색을 느끼지 못했고, 맛과 향이 오히려 떨어지는 듯한 느낌을 받았다. 하지만 그런 아쉬움은 아르헨티나에서의 생활이 길어질수록 사라져 갔다. 무엇이든 따져보고, 확인하고, 인터넷을 통해서 알아보는 우리나라 사람들과는 다른 삶을 살아가는 아르헨티나 사람들은 안정추구형이면서 긍정적인 성향의 사람들이었다. 이들에게 커피는 사람들과의 나눔이며, 때로는 혼자 즐기는 낭만이었다. 그들의 커피문화는 즐기는 시간과 장소와 사람을 온전히 느끼는 것이었다. 오히려 커피의 맛과 향에 대해서 이야기하는 우리나라보다 훨씬 더 깊이 있는 커피문화가 아닐까 싶다. 그래서 그들은 차가운 커피나 테이크아웃으로 바삐 걸어 다니며 마시는 커피를 즐기지 않는다. 그런 그들의 삶이 좋아보였는지 나도 어느새 아르헨티나의 커피에 매료되어 있었다. cafe solo(에스프레소), cafe doble(투샷 에스프레소), cafe cortado(에스프레소에 우유 약간 첨가), cafe con leche(까페라떼), cafe lagrima(우유에 커피 약간 첨가)···. 어느새 나는 아르헨티나의 모든 커피 종류를 사랑하게 되었다.

그런 그들은 100년이 훨씬 넘은 전통적인 Cafeteria가 많이 있다. 아르헨티나는 백년 넘은 건물도 쉽게 허물지 않는 곳이라 유구한 역사를 자랑하는 까페도 어렵지 않게 찾아볼 수 있다. 지금은 관광객들이 점령하다시피 하는 까페 또르또니(Cafe Tortoni)와 까페 비올레따(Cafe Violeta) 등이 그런 까페이다. 장모님께서 유준이의 유치원 적응 기간에 도와주시러 다시 오셨다가 가시기 전에 마지막으로 간 곳은 131년 된 카페 비올레따였다. 아쉬운 점은 관광객 맛을 봐서 그런지 까페 전체가 상품화되었다는 느낌을 주는 것. 그래도 아직은 동네 할머니, 할아버지들도 여유 있게 커피 한 잔하러 찾아오는 단골집 같은 분위기도 난다. 우리나라만큼 테이크아웃커피가 잘 되는 나라가 또 있을까 싶을 정도로 비교되는 까페문화. 아내 역시 2~3천원짜리 커피한잔을 마시더라도 시간을 두고 꼭 까페에 앉아서 마신다는 아르헨티나인의 여유로운 마인드가 부럽기도 하다는 얘기를 자주 했었다. 그렇게 가끔 일상에서 벗어나 여행자가 되어 보고 싶을 때나, 구석구석 아르헨티나의 숨결을 느끼고 싶을 때 부에노스아이레스의 유명한 까페들을 검색하여 여행자의 마음으로 찾아 가보곤 했다. 그러면서 유준이도 어느새 숩마리노(submarino)라 하여 초콜릿 스틱을 넣은 따뜻한 우유를 즐기게 되기도 했다. 나중에는 아길라(aguila)라는 브랜드에서 생산하는 초콜릿 스틱을 사 두고 집에서도 숩마리노를 해 주면 함박웃음을 띠는 아들이었다.

아르헨티나에서 만난 와인

　두 번째로 기대했던 것은 와인(vino)이었다. 와인은 기대 이상의 만족으로 우리의 생활을 풍요롭게 해주었다. 유럽의 포도품종이 늙어가고 있다는 이야기를 들은 적이 있다. 물론 모든 포도나무가 그런 것은 아니겠지만 말이다. 아르헨티나의 포도는 전성기를 맞이하고 있다고 했다. 그래서 유럽에서도 특히 아르헨티나의 와인에 많은 관심을 가지고 있는데, 그것은 안데스 산맥의 깨끗하고 차가운 물이 만들어내는 포도로 만들어져 최고의 품질을 자랑하기 때문이라 한다. 슈퍼에 장을 보러 오는 이들의 카트 안에 기본 2~3병의 와인이 있다는 것, 때로는 10~15병을 사가는 사람을 어렵지 않게 마주칠 수 있다는 것은 그들의 와인이 최고임에도 어째서 많이 알려지지 않는지를 말해준다. 국내 소비가 워낙 활발한 탓이다. 아르헨티나에 있는 동안 물가가 연 40~50%가 오르기도 했지만 5,000~6,000원이면 우리나라 4~5만원 수준의 와인을 즐길 수 있었다는 것은 우리에게 큰 기쁨을 주었다. 포도 품종 따라, 보데가 따라 한 병, 한 병 마시다보니 어느새 우리가 마주친 와인이 100여 병을 넘어가고 있었다.

맥주(cerveza)는 크게 기대하지 않았던 기호식품이었다. 처음에는 아르헨티나 국민맥주라고도 할 수 있는 낄메스(Quilmes)를 많이 즐겼지만 점차 입이 고급화 되어 빠따고니아(Patagonia)의 매력에 빠지게 되었다. 빠따고니아는 역대급 맥주라고 할 수가 있다. 한국의 맥주에는 비교할 수 없다. 아르헨티나 최남단인 우수아이아에는 비글(Beagle)이, 살따에는 지명과도 같은 살따(Salta)가 있듯이 각 지역마다의 맥주가 다 유명하고 맛도 질도 좋다. 우리나라의 획일화된 맥주맛과 종류에 비하면 아르헨티나는 맥주만 보더라도 지역적 특색을 잘 살리는 것을 알 수가 있었다. 다양성을 존중해야 한다고 해야 할까? 술은 여행의 새로운 즐거움을 선사해 주기도 한다.

가장 중요한 마떼를 빼먹지 말자. 잘게 빻아 가공한 마떼 잎에 물을 조금 넣어서 불린 뒤에 재탕, 삼탕 해가면서 마시는 마떼차. 한국에서도 이미 몇 년 전부터 살 빠지게 해 주는 차라고 소문이 나 있기도 했는데 많은 현지이들이 설탕을 잔뜩 넣어 먹거나 사카린을 첨가하는 것을 보고 경악을 금치 않을 수 없었다. 마떼의 매력은 여럿이 함께 즐길 수 있다는 데 있다. 한 컵으로 친구들과 함께 돌려 마시고 큰 보온병을 들고 다니면서 함께 나누는 마떼는 보는 이들과 나누는 이들 모두를 즐겁게 한다. 자기가 쪽쪽 빨던 빨대로 함께 마떼를 마시자 권유했을 때 같은 빨대를 쓰기 께름칙하다고 거절하는 경우는 없다고 한다. 여름에도 이열치열 따뜻함을 나누는 이들의 마떼 문화. 친구라면 당연히 같은 컵으로 나누어 마셔야 한다는 마떼 문화는 된장찌개를 같이 숟가락으로 퍼먹는 우리의 정서에 잘 어울리는 것 같다.

또 다른 마실 거리는 아구아 꼰 가스(agua con gas, 탄산수)이다. 한국에서 탄산수를 저녁식사자리나 술자리에서 시키는 경우는 드물다. 아르헨티나에서는 식당에 들어가서 물을 주문하면 "Con gas(탄산)? Sin gas(무탄산)?" 라고 꼭 물어본다. 처음에는 음식과 탄산수의 조합이 이상하게 느껴졌는데 나중에는 자연스럽게 느껴졌다. 커피와 함께 나오는 탄산수도 좋았다. 커피의 텁텁함을 없애주는, 식사 중 입의 텁텁함을 없애 주는 아구아 꼰 가스. 세상의 다양한 마실 거리는 다 그 존재의 이유가 있는 듯 하다. 한국에 가면 탄산수가 많이 그리울 것 같았는데 돌아오니 탄산수 제조기가 유행이라 한다. 역시 글로벌 시대이다.

'먹다.'

출근길 아침, 동네의 허름한 까페떼리아에는 지긋한 나이의 백발의 남자들, 또는 백발의 노부부들을 보곤 했다. 한국에선 '삼식이' 등의 부정적인 시선을 많이 보게 되기도 했던 터라 까페에 앉아 있는 멋진 노인들이 생경하게 느껴졌다. 버스를 탈 때도, 건물에 출입을 할 때도 이들은 밝은 웃음으로 여자와 아이들에게 양보를 한다. 그런 그들의 아침은 동네 까페의 커피 한 잔과 메디아루나 1~2조각이다. 매일 보는 이웃과 운 베쏘(un beso, 볼 뽀뽀)를 나누고 늘 먹는 식사에도 웃을 수 있는 그들의 여유가 부러웠다. 나도 나이가 들어 노인이 된다면 그렇게 늙어가고 싶다.

메디아루나는 아르헨티나에선 매일 볼 수 있는 간식거리였다. 이와 같은 간식을 메리엔다(merienda)라고 하였는데, 보통 점심과 저녁식사 사이, 즉 5~6시경 먹는 모습을 볼 수 있었다. 그들은 한국인은 잠 잘 준비를 시작하고 아이들을 다 재우는 9시, 10시에 저녁을 먹는 것이 일상이기 때문이다. 이들은 저녁식사를 할 시각에 우리는 저녁을 이미 다 먹고 아이들도 다 재운 뒤에 야식을 먹었다. 야식과 관련해서는 동네의 피자가게(pizzeria) '엘 리또랄(El Litoral)'도 잊지 못할 추억의 장소이다. 그 가게는 저녁 8시에 열어 밤 11시 30분까지만 장사를 했다. 3시간 남짓한 짧은 시간동안 장사를 하면서 지낼 수 있는 그들의 배짱과 여유가 부러웠다. 조금 더 많이, 더 나은 삶을 위해 현실의 행복함을 포기하곤 하는 우리의 모습이 이들의 삶과 함께 중첩되었다. 화덕에서 갓 구워낸 피자와 엠빠나다(empanada, 아르헨티나 만두)는 화려하지는 않지만 담백했다. 우리가 즐겨 먹었던 피자는 나뽈리따나(napolitana, 모짜렐라 치즈와 토마토를 올림), 쎄보샤(cebolla, 양파가 특징)였다. 엠빠나다도 종류가 매우 다양했는데, 우미따(humita, 옥수수와 크림 치즈), 쎄보샤, 베르두라(verdura, 야채 듬뿍), 하몬 이 께소(jamón y queso, 햄과 치즈)를 종류별로 주문해, 안에 무엇이 들어 있을까 궁금해 하며 하나씩 나누어먹고는 했다. 물론 우리는 안에 무엇이 있는지 몰랐지만 엠빠나다 종류에 따라 피를 주물러 봉하는 모양과 방법이 다 달랐다.

메디아루나가 간식이라면 아사도(asado)는 아르헨티나의 자부심이 담긴 식문화이다. 주택이면 모두 아사도를 구울 빠리샤를 가지고 있고 아파트마다 옥상에 모두 빠리샤를 구비하고 있는 걸 보면 이들이 얼마나 아사도를 즐기는지 알 수 있다. 한국에선 비싸서 한우 소갈비를 먹는 것은 쉽지 않은 일이지만 자원이 풍부한 이들에겐 늘 먹는 주식이 바로 소갈비 아사도이다. 아르헨티나 소고기는 세계적으로도 질이 좋기로 유명한데 넓은 초원에서 풀을 먹고 자란 소가 제공하는 품질은 말로 표현하기 힘들 정도이다. 1kg의 소고기가 1만원 전후이니 자주 먹지 않을 수가 없었다. 이들은 잘 먹지 않는 소꼬리는 3~4천원이면 통째로 사 꼬리곰탕도 고울 수 있었다. 사료 먹고 자란 소를 g단위로 손 떨며 구매했던 우리가 초원에서 자란 소고기를 매일 먹을 수 있었던 것은 큰 행운이었다.

공원에서 굽는 아사도

오븐에 구운 소고기요리

아르헨티나에서 고기의 맛을 알게 된 유준이는 피가 나오는 소고기가 부드럽고 좋다고 이야기하곤 했다. 그런 아사도를 제대로 즐기기 위해서는 공원으로 가야 한다. 숯불에 구워 먹는 바베큐 파티는 주택에 살던 우리에게도 가끔 있는 일인데 이곳 사람들은 야외에서 그 귀찮은 작업들을 자주 즐긴다. 특히 아사도는 오븐보다는 숯이, 숯보다는 레냐로 구워야 훨씬 맛있다. 레냐는 생나무인데 나무의 향이 더 진하게 밴다고 보면 된다. 한국에서는 소고기는 오래 구우면 못 먹는다는 얘기만 들었는데 보통 아사도는 1시간 이상은 구워야 한다. 야외에서 숯에서 1시간 정도를 구운 아사도의 부드러움과 맛은 최고다. 아사도와 신김치의 콜라보는 이들은 모르는 한국 교민들만이 즐기는 별미였다. 양파나 피망, 토마토 등을 잘라 만든 소스인 살사 끄리오샤(salsa criolla)나 각종 향신료를 섞어 만든 치미추리 소스와 함께 먹는 것은 우리에겐 새로운 맛이었다. 하지만 아사도와 신김치의 콜라보는 이들은 모르는 한국 교민들만이 즐기는 별미였다. 다시 아르헨티나를 찾게 된다면 버킷리스트 1번은 공원에서 친구들과 함께 아사도를 통째로(entero) 구워 먹는 일이 될 것 같다. 와인과 함께!

'즐기다.'

¡ Fiesta!

아르헨티나를 떠올릴 때 빠질 수 없는 것에는 파티문화가 있다. 주말이면 아파트 이곳저곳에서 시끌벅적 노랫소리와 떠들며 노는 소리가 들렸다. 그런데 주변에 그런 그들에게 화를 내거나 항의하는 사람은 없었다. 이들에게 주말에, 특히 금요일과 토요일에 밤새도록 계속되는 파티는 자연스러운 삶의 일부분이었다. 애들 걷는 소리에도 민감하게 층간소음 문제가 붉어지는 우리나라와는 사뭇 다른 모습이었다. 유유남매는 아파트에서 실컷 뛰며 지냈어도 단 한 번도 시끄럽다고 아래층에서 찾아온 적이 없었다. 때로는 새벽까지도 이어지기도 하는 파티를 서로가 이해해주는 것은 색다른 문화적 체험이었다.

아이들이 자라 15살이 되면 부모가 큰 파티를 열어주는데 이를 낀세 피에스타(fiesta de quince años, 15살 파티)라고 한다. 이때부터 아이들은 파티문화에 입문한다. 우리는 아르헨티나에서 지내면서 파티에 많이 참여해보지는 못했지만 마지막에는 제법 그럴싸한 파티를 열어보기도 했다. 아파트 옥상 파티장소(salón)를 빌려서 파티에 빠질 수 없는 아사도에 한국음식까지 준비했다. 마르띤 형은 계획에서부터 준비, 마무리까지 내가 부족했던 부분들을 도와주었고 덕분에 고마웠던 분들을 모시고 아쉽지만 소중한 마무리를 할 시간을 가졌다. 아르헨티나 사람들처럼 밤새 손님을 맞이하지는 못했어도 12시를 넘겨서까지 많은 사람들과 교류할 수 있었던 것은 어린 두 아이를 둔 우리에게는 처음이자 마지막 경험이었다.

부에노스아이레스뿐 아니라 대도시에 가면 엄청난 규모의 달달이 전문점이 늘 있다. 국민초코파이인 알파호르도 수십 가지 종류가 있다. 나중에는 한국에 돌아가기 전 아쉬운 마음에 유명한 것, 색다른 것, 가성비가 좋은 것, 세일을 하는 것, 쌀로 만든 것(신기하게도 뻥튀기에 초콜릿을 입힌 알파호르도 있었다) 등 여러 종류의 알파호르를 사 모으기도 했다.

여기 이렇게 달달이가 많은데 몸매 좋은 사람은 또 왜 그리 많은지…. 운동이 생활화되어 있어 그런 것 같다. 공원 어딜 보나 사람들이 뛰고 있다. 1대 1로 개인 레슨을 받으며 웨이트 트레이닝을 하는 이들의 모습도 볼 수 있다.

처음에는 전체적으로 사람들이 다이어트에도 관심이 많은 것 같아 보였다. 하지만 이들이 마떼잔 절반을 설탕을 부어 마시는 것을 보면 경악을 금치 못할 것이다. 이들이 생각하는 건강은 외적인 건강이 아니라, 개인의 행복과 만족과 연결된 정신적인 행복이 아닐까?

멕시코 여행을 하며 숙모님이 하신 말씀이 생각난다. "식후에 단 것을 먹으면 소화가 잘 된다고 해. 그래서 여기선 늘 디저트로 엄청 단 음식을 먹어." 그 말씀을 듣고 나서는 기분 탓인지 정말 단 것을 먹으면 소화가 되는 느낌이었다.

한국에서는 단 음식은 칼로리를 계산하면서 먹기도 했었는데, 아르헨티나에서는 '인생은 한번뿐'이라는 생각, '지금 이것을 먹지 아니하면 앞으로 평생 못 먹을 것'이라는 생각에 지금 생각해도 엄청난 양과 엄청난 종류의 단 음식을 먹었다. 그러니 몸무게가 늘고 옷이 맞지 않게 된 것은 당연지사…. 좋았던 것은, 아르헨티노 모두가 몸매가 좋은 것이 아니었던 것이다. 그들은 자신의 몸에 자부심을 가지고 있었다. 뚱뚱하건 마르건 피부가 까맣건 하얗건, 혹은 안 좋건, 몸매를 드러내놓고 다니는 것을 가지고 아무도 뭐라 하지 않았다.

그래서 시작한 것이 메디아루나 투어였다. 우리가 살던 아파트는 1층에 '산티나(Santina)'라고 하는 빵집이 있었다. "싼 티 난다고? 푸하하…."라고 웃던 나는, "이래 뵈도 여기 메디아루나는 정말 맛있어."라고 하는 남편의 말에 바로 반달처럼 생긴 메디아루나를 사 먹어 보았다. 달콤하고 입에서 사르르 녹는 것 같으면서도 소박한 맛이었다. 크로와상이나 페스츄리와는 다른 식감과 재질이었는데, 아메리카노와 함께 먹으면 아침으로 그만이었다. 생긴 것은 다 비슷한데 맛은 빵집마다 상이했다. 한인성당에서 일요일마다 맛볼 수 있는 메디아루나는 달긴 하지만 어딘지 밍밍한 맛이었고, 한국학교에서 간식 시간에 교무실로 올라오는 메디아루나는 퍽퍽하고 버터맛이 덜했다. 또 어떤 메디아루나는 버터가 아닌, 기름으로 만들었다고 해서 '그라사(grasa)'라고 했는데, 그 또한 맛이 달랐다. 어느새 우리는 부에노스아이레스의 메디아루나 맛집을 구글링하고 있었다. 하여 명망 있는 언

메디아루나 맛집을 찾아서

론사인 '라 나시온(La Nacion)'에 소개 되었던 메디아루나 맛집 리스트 중 몇 군데를 가 볼 수 있었다. Lépi, Dos Escudos, Oui Oui 등…. 안타깝게도, 모든 것을 만족시키는 메디아루나는 없었다. 가격이 사악하거나, 커피가 맛이 없거나, 크기가 너무 작거나…. 결국 우리가 1등으로 뽑은 메디아루나는 바로 산티나 빵집의 그것이었다. 그런 우리의 마음을 알았던지 산티나의 주인 내외와 아르바이트생은 유유남매에게 늘 밝게 인사해주고는 하였다.

메디아루나만큼 우리에게 아르헨티나를 추억하게 해 주는 것은 아이스크림이었다. 엘라도(helado)라고 부르는 아이스크림을 파는 가게는 심심찮게 볼 수 있었지만 우리가 자주 가던 곳은 매주 화요일마다 1+1 행사를 하던 까페였다. 원래는 1kg에 180페소인데 같은 금액으로 2kg의 아이스크림을 살 수 있었다. 물론 가계를 생각해 자주 먹지는 못했으나 때로는 윗집에 나누어 주고, 때로는 손님과 함께 먹고, 때로는 냉동실을 아이스크림 두 통으로 가득 채워 놓고 아이들을 재우고 나서 남편과 함께 영화를 보며 아이들 몰래 퍼 먹던 아이스크림 맛은 그저 달콤했다. 아르헨티나에서 대표적인 맛은 단연코 둘세 데 레체이다. 이 외에도 바나나 스플릿, 끄레마 아메리까나, 마스까르뽀네, 아란다노(arandano, 블루베리) 등 한국의 아이스크림 가게 못지않게 다양한 맛을 선보이고 있는데, 어린 유나 역시 떼를 쓰다가도 "엘라도?" 라는 소리를 들으면 울음을 뚝 그칠 정도로 그 힘은 막강했다.

둘세 데 레체(dulce de leche)는 우유를 끓여 캐러멜화 해서 만든 아르헨티나의 국민 포스트레(postre, 후식)이다. 밀크잼이라고 하기도 한다. 빵에 발라먹기도 하고, 그 자체로 떠먹기도 하고, 아이스크림으로 만들어 먹기도 한다. 둘세 데 레체를 가미한 사탕이나 초콜릿, 알파호르, 푸딩, 또르따(torta, 케이크)는 연중 인기가 사그라들지 않는 스테디 셀러임에 틀림없다. 우리의 입맛에는 머리가 띵할 정도로 지나치게 달았다. 그래서 베이비시터 미르따를 위해 한통씩 사 두는 것 외에 우리가 먹으려고 사게 되는 품목은 아니었다. 그러다 하루는 미르따가 '초콜리나 또르따' 레시피를 알려 주었다. '초콜리나' 라는 비스킷을 우유에 적시고 둘세 데 레체에 크림치즈를 섞어 비스킷 사이에 차곡차곡 쌓아 냉장고에 넣었다가 먹는 포스트레였다. 한입 먹을 때마다 살찌는 소리가 들렸다. 하지만 아이들이 낮잠을 어렵게 자거나 잠투정을 하고 떼를 쓴 다음에는 나도 모르게 냉장고로 향해 이 또르따를 한입 "암~!" 퍼먹고 있는 것이 아니겠는가. 마약 같은 맛이었다. 브랜드와 종류 역시 다양해서 저가의 둘세 데 레체는 플라스틱 통에, 고가는 유리병에 담겨 팔렸다. 귀국할 때 한국에 몇 통 가져가 지인들에게 선물을 했는데 한국인의 입맛에는 어떤 종류의 둘세 데 레체이건 영 달기만 했던지 냉장고에 들어가 빛을 발하지 못하는 모습이었다.

업고 메고, 남미육아여행

Parte 1 _ 생활여행자로 호세네 가족이 부에노스아이레스에서 사는 법

Parte
02

생활여행자 호세네 가족
아르헨티나
국내여행을 다니다.

비록 아이들은 커서
그 날의 기억을 추억하지는 못할지언정
사진으로나마 안데스의 어디쯤에
우리가 함께 있었다는 것을 두고두고 이야기해주는
기쁨은 누릴 수 있겠지.

01
—

멘도사(Mendoza),
뜨거웠던 멘도사

Ceci

부에노스아이레스에서 5시 반에 임시 숙소를 영원히 체크아웃 하고 나오는 길은 전혀 피곤하지 않았다. 너무나도 떠나고 싶었기 때문이었다. 아무리 누추한 곳도 정이 들 수 있다지만, 바퀴벌레는 나와 상극이었다. 아침 10시에 도착한 멘도사, 비행기 창문 너머로 보이는 안데스 산맥을 보니 맥박이 빨라졌다.

와, 그런데 멘도사의 공기는 뜨겁기로 이루 말할 수가 없었다. 조금이라도 그늘을 찾아 들어가 보고자 중앙시장에 가서는, 하몬과 치즈를 샀다. 결국 태반은 남겼지만…. 하몬 크루도는 감히 도전해서는 안 되는 것이었다.

여름 햇살이 따가웠지만 거리의 플라타너스가 멋진 가로수 길을 만들고, 가로수가 만들어내는 그늘은 햇빛 사이에서 찬란하게 반짝거렸다. 멘도사의 거리는 부에노스아이레스의 개똥천지 길에 비하면 정말 깨끗했다.

땀을 있는 대로 흘리면서 정처 없이 떠돌다 독립 광장(plaza Indepencia)에서 놀이터를 발견한 유준이는 신이 났다. 멘도사까지 와서 놀이터라니, 허탈웃음이 났다. 하루 온종일 "테레비~!" 라고 떼를 쓰는 아들은 마치 놀이터에서 놀기 위해 태어난 사람 같았다.

안타깝게도, 크리스마스를 맞아 여기까지 놀러왔는데 성탄 전야라며 식당이 다 문을 닫았다. 겨우 한군데 연 곳을 찾았는데 저녁 7시에 다시 오픈한다고 식당 앞에 죽치고 앉아 오래 기다리다가, 성탄 미사시간 탓에 하는 수 없이 까르푸에서 산 빵으로 저녁을 때워야 했다. 아무리 '성탄 전야의 저녁은, 대목 아니야?' 라고 우리끼리 불평을 해도 어쩔 수 없었다.

우리는 성탄전야 미사를 드리기 위해 산티아고 사도와 성 니콜라스 성당(Parroquia Santiago Apostol y San Nicolas)이라는 작은 성당에 찾아갔다. 그러고 보니 1년만의 스페인어 미사이다. 작년에 멕시코에서는 주말마다, 그리고 까미노 순례길에서는 거의 매일 스페인어로 미사를 드렸었는데…. 마치 초등학교 때 짝사랑하던 아이를 길에서 우연히 만난 것 같은 기분이었다. 반갑기도 하고, 어색하기도 하고, 잘 모르겠기도 하고…. 평화의 인사 시간에 "La Paz." 하고 간단히 악수

멘도사에서의 크리스마스

Parte 2 _ 생활여행자 호세네 가족, 아르헨티나 국내여행을 다니다 하려고 했는데 갑자기 볼뽀뽀를 하는 이도 있어 순간 움찔했다.

숙소로 돌아와 왠지 아쉬운 마음에 다들 뻗은 야밤에 나 혼자 까르푸표 파네토네 빵을 뜯어 먹고 탄산수에 레몬을 넣어 마시며 12시를 기다리는데…. 12시가 되자 여기저기서 폭죽놀이 소리가 들린다. 마치 "설마 오늘 같은 날 잠을 자려고 하는 거야?" 라고 하는 것 같았다. 창문 너머로 들리는 소리,

" ¡ Feliz navidad!"

그리고 다음날. 아침부터 새 우는 소리에 기분 좋게 일어났다. 다행이었다. 아이들이 우는 소리로 여행지의 아침을 맞이하는 것이 아니어서….

영화 〈Eat, Pray, Love〉를 보면 줄리아 로버츠가 이탈리아에서 파스타를 먹으며 행복해하는 모습이 나온다. 나는 멘도사에서, 한국에서는 임신 후에 이어진 화폐상습진으로 인해 금기음식이었던 밀가루 빵을, 밀가루 파스타를, 밀가루 피자를 원 없이 먹었다. 아르헨티나에 머무르는 동안 계속될 탄수화물의 행진은 이렇게 멘도사에서 그 서막을 알렸다.

유준이는 "놀이터는 어디 있을까?" 라는 말을 마지막으로 유모차에서 잠이 들었다. 놀이터가 어디에 있는지 찾아보자며 산 마르띤(San Martin) 광장을 몇 바퀴 돈 끝에 겨우 성공한 것이었다. 집을 나오니

낮잠 재우기가 여간 힘든 것이 아니었다. 영유아를 데리고 여행을 하는 이들이 겪는 가장 큰 어려움 중 하나가 먹는 것 다음으로 낮잠을 재우는 것이 아닐까 싶다. 낮잠을 제대로 재워야 아이의 컨디션이 좋게 유지되고, 그래야 여행의 질이 높아지기 때문이다. 유준이는 지난한 감기를 오래 앓고 난 뒤, 말이 부쩍 늘고 표정도 다양해져서 벌써부터 한마디도 안 진다. 며칠 전까지 "애애액~!" 하면서 소리만 질렀었는데 이렇게 또 컸나 보다.

성탄미사를 드리기 위해 찾아간 성당은 산 프란시스꼬 성당(San Francisco Basilica)이었다. 유준이가 낮잠을 늦게 잠드는 바람에 미사가 시작된 뒤에 들어갔다. 성당에는 꾸요의 성모마리아 상이 있었다. 옛 멘도사를 휩쓸고 간 대지진에서도 살아남았다는 바로 그 마리아 상이었다. 우리의 여행과 아르헨티나 생활에서 겪을 어떤 역경에서도 우리를 지켜달라고 기도해 보았다.

유준이는 잠에서 깨어 놀이터부터 찾았다. 기왕 놀이터 가는 김에 가이드북에 나와 있는 유원지에 찾아가보자고 레미스(사무실에서 미리 예약을 하고 탈 수 있는 택시)를 타고 산 마르띤 공원(Parque San Martin)으로 향했다. 산 마르띤은 아르헨티나와 칠레, 그리고 뻬루를 스페인의 통치 하에서 해방시킨 독립 영웅이었다. 후에 아르헨티나에서 지내면서 식당, 호텔, 광장, 그리고 공원에 이어 산 마르띤은 정말 많은 곳에서 마주칠 수 있었는데, 뭐니 뭐니 해도 가장 반가운 것은 바로 산 마르띤 서거를 기념하는 공휴일이었다. 산 마르띤 공원은 레미스 기사의 말로는 걸어서 보기 힘들 거라고 한다. 제일 높은 언덕이라고 가이드북에 소개되어 있던 글로리아 언덕은 굳게 닫혀 있었고, 인근에 있는 동물원도 크리스마스 연휴라고 사람을 받지 않고 있었다. 다만 회전목마가 있는 어린이 놀이터에서만이 유일하게 가족 단위로 놀러온 사람들을 볼 수 있었다. 가족끼리 공휴일을 보내는 모습이 무척 좋아 보였다. 아르헨티나의 사춘기 소년, 소녀들도 한국의 청소년들처럼 가족들과 함께 하는 것을 꺼려할까 궁금해졌다.

곳곳에서 너무 더워서 아이도 어른도 웃통을 벗고 다니는 모습이 보였다. 놀이기구는 하나에 5페소씩이었다. 유나는 유모차에서 자다 더워서 깼는데, 머리 뒤에 물웅덩이가 생길 정도로 온몸이 젖어 있었다. 공원 안에 있는 로세달이라는 호수가 한적하니 좋아 보였지만 이 더운 날 산책을 한다는 것은 꿈도 못 꿀 일이었다.

크리스마스 날 저녁에도 식당에서 요기하기가 힘들어 보였다. 근처에 문을 연 편의점을 겨우 찾아 파스타 면(17페소, 1500원정도)을 사서 호텔에 들어와 요리를 해먹었다. 밥을 달라더니 다행히 버터랑 소금만으로 간한 파스타를 맛있게 먹어준 고마운 유준….

오후 8시 15분의 멘도사는 아직도 낮처럼 밝았다. 낮이 긴 만큼 하루도 길게 느껴졌다.

다음 날은 보데가(와이너리) 투어가 예정되어 있었다. 시중에서 판매가 안 되는 패밀리 와이너리의 와인을 맛보고 싶다는 남편의 간절한 소망이 반영된 일정이었다. 그도 그럴 것이, 남편은 몇 달 먼저 아르헨티나에 와 있으면서 아르헨티나 와인의 매력에 흠뻑 빠진 상태였다. 더욱이 부산 하면 자갈치 시장, 전주 하면 한옥마을이 떠오르는 것처럼 멘도사를 아는 이들은 보데가를 떠올리는 것이 당연한 일이었다.

멘도사에는 아르헨티나의 와인 대부분을 생산하는 수백 개의 보데가가 있었다. 기본적인 와인 품종인 까버르네 쇼비뇽과 까버르네 블랑, 시라, 멜럿도 찾아볼 수 있었지만 멘도사의 와인을 만드는 포도 품종 대부분은 말벡이었다. 아르헨티나 와인은 한국에서 거의 보지 못했는데, 스페인 와인처럼 국민들이 자국의 와인을 거의 다 소비 하는 탓도 있고, 수출하는 과정에서 품질이 저하되기 때문에 아예 수출을 안 하는 콧대 높은 와인도 있다고 한다. 그렇지만 일반 슈퍼에서 5천원 돈이면 웬만한 질의 와인을 맛볼 수 있다 하니 모시지 못하고 온 와인애호가이신 친정 아버지는 아르헨티나에 6개월마다 오시겠다고 하신다. 아버지와 함께 멘도사에 갈 수 있었더라면 얼마나 좋아하셨을까 생각하면 아쉬울 따름이다.

우리는 멘도사에서 불효자였다. 누가 봐도 애들 둘 데리고 보데가 투어는 사치와 같겠지만, 친정 엄마의 도움으로 우리 부부는 그 사치

멘도사 와이너리

를 누렸다. 엄마가 유준이를 전담 마크해서 놀아주시는 동안 우리는 영어와 스페인어로 된 가이드의 설명을 열심히 듣고, 와인을 시음하고…. 워낙 알코올에 약하신 친정 엄마는 몇 번 홀짝거리더니 나중에는 시음을 사양하셨다. 나 역시 아로마니 탄닌이니 잘은 모르지만 남편을 따라 진지하게 시음에 임했다. 뜻을 다 알지는 못하지만 선생님의 판서를 열심히 따라 적는 학생들처럼….

아직 포도는 익지 않았다. 햇볕은 무척 따가웠지만 보데가 지하는 매우 시원했다. 와인은 온도 유지가 필수기 때문이다.

알고 보니 와인과 올리브는 짝꿍이라 한다. 투어 버스는 보데가 몇 군데에 이어 올리브 농장에도 들렀다. 올리브 농장은 시식할 것이 더 많아서 유준이의 눈도 빛났다. 초보인 내가 보기에도 신선하고 질이 좋아 보이는 올리브유도 손에 들고 숙소로 돌아와 조금 생뚱맞지만 안데스 맥주로 보데가 투어의 뒤풀이를 하였다.

멘도사에서의 마지막 날은 안데스산맥의 최고봉, 남미 최고봉인 아콩카구아를 구경하러 떠났다. 문자 그대로 '구경'이었지, '등반'은 아니었다. 트랙킹을 하고팠으나 도저히 4개월 아기를 데리곤 무리일 듯하여 근처까지 갔다 오는 투어코스를 신청하고 비교적 편하게 다녀왔다. 가이드와 함께 12인승 밴을 타고 아콩카구아에 가까워질수록 귀가 멍해지고 머리도 살짝 아파, 고도가 높아짐을 실감했다.

아콩카구아를 멀찌감치서 한눈에 볼 수 있는 포토존과 옛날 스페인 식민치하에서 독립군들이 사용했던 다리 근처에서도 한 번 쉬고, 겨울엔 스키장으로 쓰이는 작은 리조트에서 곤돌라도 타를 타기 위해서도 멈추었다. 중간 중간 멈추니 유준이는 멀미를 하지 않았지만 유나는 젖을 물고 잠들었다가 제대로 낮잠도 자지 못하고 품에 안긴 채로 내려야 해서 곤욕이었을 것이다.

잉카의 다리(puente del Inca)라고 하는 기이한 천연암반을 보기 위해 밴은 또 다시 멈추었다. 주위에는 역시나 관광객들로 붐볐다. 유황 성분이 남긴 형형색색의 자국이 신기했다. 유황과 석회 침전물에 의해 알록하게 된 암반이 만들어 낸 다리를 보니 사람도 얼굴에 지나간 세월의 결이 남을 거란 생각이 들었다.

이 날의 가이드는 호호할머니였다. 열정을 갖고 가이드를 해주시는 모습이 무척 인상적이었다. 정말로 자신의 일을 사랑하고 자부심을 가지는 모습에서 나 자신에 대한 부끄러움도 느꼈다.

산기슭의 작은 마을에 내려 일제히 같은 식당에서 점심을 먹었다. 패키지 투어의 가장 큰 단점이었다. 내가 원하는 메뉴를 먹을 수 없고, 구석구석 돌아다니다 우연히 마주치는 작은 식당에서 식사를 할수 없다니…. 사실 이런 것 저런 것 따질 틈이 없었다. 유준이 때문에 정신이 없어 음식을 코로 먹었는지 입으로 먹었는지 맛조차 분간하기 힘들었기 때문이다. 그나마 찍어 둔 사진으로 보건대 밀라네사, 렌틸

멘도사 잉카의 다리

아콩카구아를 배경으로

콩요리, 엔살라다와 미트볼 등등, 내가 아는 음식의 이름은 이 정도였다. 점심을 먹고 시간이 남아 마을을 둘러보는데 마을은 휑했다.

도착한 멘도사의 지는 햇살은 여전히 뜨겁기 그지없었다. 하루 동안 뜨거운 햇살에 유나의 올록볼록 팔뚝도 탄빵 마냥 검게 그을린 것을 보니 웃음도 났지만 미안하기도 했다.

유준이를 낳기 전에 히말라야 트랙킹을 계획했었는데 어찌어찌 3년 가까이 지나고. 트랙킹은 커녕 밴을 타고 실려 다니는 것도 힘든 처지가 되었다. 비록 아이들은 커서 이 날의 기억을 추억하지는 못할지언정 사진으로나마 안데스의 어디쯤에 우리가 함께 있었다는 것을 두고두고 이야기해주는 기쁨은 누릴 수 있겠지.

02

꼬르도바(Cordoba), 남미여행
feriado는 피하세요

José

꼬르도바에서는 꼬랄트(Coralt)라는, 콘도처럼 취사가 가능한 아파트 호텔에 묵었다. 마찬가지로 조식 서비스는 매일 아침 제공되었다. 까페떼리아가 따로 있는 것이 아니라 옆 블록의 까페까지 걸어가야 한다는 단점이 있었지만 어른은 아침거리를 따로 신경 쓰지 않아도 된다는 편리함도 있었다.

꼬르도바는 아르헨티나의 제2의 도시로, 교통의 요지이다. 꼬르도바 국립대학교가 있는 교육도시로 불리기도 한다. 최근에는 유네스코 지정 문화유산인 꼬르도바의 예수회 수사 유적과 캠핑과 레저를 즐길 수 있는 휴양지로 알려지기도 했다. 꼬르도바에 사는 사람들은 꼬르도바 도시에 대한 자부심이 대단하다고 한다. 지금이야 부에노스아이

꼬르도바 까뿌치노 성당

레스에 수도가 옮겨졌지만 교통과 산업의 중심지인 옛 수도였던 꼬르도바이기에 더욱 그렇지 않을까 하는 생각도 들었다.

아르헨티나는 어디를 가나 대부분의 도시들이 격자형으로 잘 조성되어있어 도로명 주소로 찾아다니기가 쉽다. 그리고 대부분의 중심지에는 산 마르띤 광장이나 플라자 데 마쇼(Plaza de Mayo) 같은 역사적 인물이나 사건을 기리는 광장이 위치해있다. 그들의 도시 계획에는 역사를 빛낸 인물에 대한 기억이 담겨 있는 것이다.

우리가 꼬르도바에 도착한 시기는 연말이었다. 한국에서는 이 시기에 어디에 가든 사람들로 북적이고 상점이 문을 닫는 시간도 평소보다 늦어진다. 그런데 아르헨티나에서의 휴일(feriado)은 우리와 달랐다. 동네 작은 슈퍼(Kiosko)조차도 문을 닫는 통에 밥 먹을 곳을 찾는 것조차도 쉽지 않았다. 멘도사 여행 후 이어서 간 여행지여서 사실은 지치기도 했다. 그래서 꼬르도바에서는 느긋하게 유명한 공원을 구경하거나 시내를 돌아다니며 조금은 여유 있는 시간을 보냈다. 꼬르도바 주위에는 유명한 관광지가 꽤 있기도 했지만 처음 여행부터 어린 두 아이들을 데리고 더운 날씨에 계속 무리를 할 수는 없었다. 자가용이 있었다면 달라질 수 있었을 것 같다. 그래도 꼬르도바의 시내 분위기, 공원에서 본 가족들끼리 어울리는 모습은 아직도 기억에 선하다.

한국보다도 훨씬 뜨거웠던 아르헨티나에서 맞이하는 첫 여름. 꼬르도바에서 하룻밤엔 에어컨이 나오질 않고 정전이 되었다. 제법 큰 숙소이기도 했고 그리 싸지 않은 아파트 숙소였는데 우리가 원하는 대처를 해주지도 않았다. 다음날 아침 잔뜩 벼르고 사무실을 찾았다. 말도 서툰 상태에서 항의를 하는 것이 쉽지는 않았지만 정확하게 우리의 상황을 전달했다. 처음에는 대수롭지 않다는 듯이 대응하던 직원이 매니저급 상급자에게 물어보고 하더니 우리에게 하루 방값을 돌려주었다. 하루 방값이 뭐라고 그걸 받고나니 덥게 잤던 하루를 다 보상받는 기분이 들기도 했다. 여행은 그런 것이다. 작은 불편에도 화가났다가도 작은 경험에도 세상 다 가진 듯한 행복감과 만족감을 느끼게 되기도 하는 것. 그 더운 날씨에도 각각 100일과 두 돌이 지난 지 얼마 되지 않은 유나와 유준이를 데리고 다녔던 멘도사와 꼬르도바 여행은 우리의 가능성을 확인하는 시간이었다. 어려서 안 되고, 날씨가 더워서 안 되고, 시기가 안 좋아서 안 되고, 치안이 안 좋아서 안되고. 여행을 방해하는 그런 핑계거리는 어느새 우리에게서 멀어져버리고 있었다.

03

이과수(Iguazu)에서의
극기훈련

Ceci

우리가 아르헨티나에 들어오고 나서 3주 뒤, 친정아버지께서도 넘어 오셨다. 친정엄마와 함께 타고 비행기를 타고 귀국하시기 위해 일정을 맞추신 것이다. 열흘 남짓 계시는 동안 아버지는 시차 적응과 감기 기운 탓에 고생을 하셨다. 입국하신 다음날 이과수로 향하는, 다소 무리일 수 있는 일정을 감당해 내시느라 더욱 힘드셨을 것이다.

유나는 비행기에서 엄마 쭈쭈면 만사 오케이였고, 유준이는 오랜만에 할아버지를 만나 기분이 좋은 상태였다. 하지만 뿌에르또 이과수(Puerto Iguazu)에 도착하자마자 온 몸으로 스며드는 습기와 열기에 모두가 지쳐 버렸다.

이번에도 취사가 가능한 콘도식 숙소에 자리를 잡았다. 근처 편의

점에서 장을 봐 와 소고기를 구워 먹는데 환기도 안 되고 고기는 질기고…. 집에서도 실력 있는 아사도르처럼 소고기를 맛나게 구워 먹는 아르헨티노의 솜씨는 따라할 수가 없는 것인가 싶었다.

다음날, 한낮의 더위를 조금이라도 피해보고자 아침부터 서둘렀다. 브라질 쪽 이과수를 먼저 볼 것인가, 아르헨티나 쪽 이과수를 먼저 볼 것인가 고민했었던 우리는 후자를 선택했다. 브라질 쪽은 악마의 목구멍을 바로 앞에서 볼 수 있고 멀리서 이과수 전체의 파노라마 같은 장관을 볼 수 있는 반면, 아르헨티나 쪽은 아기자기한 폭포가 많이 있고 악마의 목구멍으로 빨려 들어가는 엄청난 양의 물줄기를 바로 위에서 볼 수 있다는 장점이 있었다. 하여 너무 웅장한 것부터 보면 기대치가 높아져 흥미가 떨어질 것 같다는 생각에서 아르헨티나의 아기자기한 폭포를 먼저 보고 나서 브라질로 넘어가는 것이 좋겠다고 결론을 내렸던 것이다. 전라도 남자가 장가가기 힘든 것은, 어릴 적부터 전라도 한정식과 같이 수준 높은 집 밥을 먹어 버릇해서 그렇다는 우스갯소리가 떠올랐다.

바캉스 철이라 입장객이 많기는 해도 지나치게 붐비는 정도는 아니었다. 중간 중간 계단은 이지만 나무 데크로 된 산책로가 잘 만들어져 있다고 해서 산책로 위쪽(circuito superior)부터 하여 유모차에 유준이를 태우고 유나는 안고 다녔다. 입장한 지 얼마 지나지 않아 '쏴~' 하

한여름의 이과수폭포

는 폭포 소리가 들려 "우와!!" 하며 바라보다가 몇 걸음 더 가니 또
'쏴~' 하는 소리가 들린다. 폭포 소리가 들릴 때마다 "우와!!" 하며
발걸음을 멈추고 감탄을 하다, 예상했던 것과 같이 우리의 눈은 상향
조정 되었다. 나중에는 멈추지도 않고 '늦으면 악마의 목구멍까지 가
기도 전에 지칠 거야. 사람이 많아서 우리는 제대로 못 볼 거야.'라며
걸음을 재촉하게 되었다. 유준이는 유모차에서 잠이 들었고, 유나는
공기 중에 흩어지는 물보라가 시원한지 두 다리를 파닥거리며 신나

하였다.

　한낮의 더위와 아이들이 어리다는 것을 핑계로 산 마르띤 섬까지 가는 것은 과감히 포기하였다. 우리에겐 이 정도도 감지덕지요 분에 겨운 호사였다. 처음에는 간간히 있던 나무그늘이 사라지고 땡볕이 계속 이어지는 길을 계속 걷다 보니 멀리서 굉음이 들리기 시작했다. '설마 저것이?' 하고 생각하는 순간 물보라가 보인다. 악마의 목구멍 (Garganta del Diablo)이라고 처음 이름을 붙인 이는 누구였을까. 악마

절경의 이과수폭포

가 제 큰 목구멍으로 집어 삼키는 제물들의 잔해가 공중에 부서지는 것만 보았을 뿐인데도 전율이 일었다. 아드렌날린이 돌고, 유모차를 밀고 있는 손에 힘이 들어가고, 걸음이 빨라졌다.

마침 우기여서 물이 가득 차 있었다. 운 좋게도 날까지 맑았다. 세상의 흙탕물이 다 모인 것처럼 어마어마한 양의 폭포수가 쏟아져 내리는데, 뭐라고 표현해야 할지 모를 감동이 북받쳐 올랐다. 아무리 좋은 카메라라 할지라도 담아내기 힘들 것이다. 눈에 그 장면을 오랫동안 담아두고 싶었다. 부모님은 셀카봉을 잘 챙겨 왔다며 동영상을 찍고 또 찍으셨다. 나는 혹여 사진을 찍다 악마의 목구멍에 빨려 들어갈까 싶어 순간 긴장도 되었다.

첫 날 저녁은 식당에서 고생하신 부모님들께 스테이크를 대접해 드리고 싶었다. 아쉬운 점이 있었다면, 한국 사람들의 배꼽시계와 현지인들의 배꼽시계는 달리 움직인다는 것이었다. 유명한 음식점에 가고 싶었는데, 죄다 저녁 8시에 문을 연다고 했다. 8시면 우리는 아이들을 씻기고 재울 준비를 해야 하는 시각이었다. 하는 수 없이 그때까지 기다려야 했던 우리는 "모든 것이 감사하다. 브라질에서도 무사히!"라고 건배를 했다. 숙소에 돌아와 아이들은 보채지도 않고 단잠에 빠져 들었다. 브라질 쪽은 더 단단히 준비를 해야 했다. 다음날, 숙소에서 나와 택시를 타고 국경을 넘어가면서 필요한 서류와 함께, 악마의 목구멍을 볼 때 옷이 다 젖을 것에 대비해야 했다.

브라질로 넘어가니 마치 경치 좋은 곳에서 트래킹을 하는 기분이었다. 오른편에 이과수의 크고 작은 폭포들의 파노라마가 펼쳐지고 나무그늘은 시원했다. 아이들도 컨디션이 좋은 편이었다. 어딜 봐도 멋진 풍경이 이어지고, 쌍무지개도 보였다. 무지개는 브라질 쪽에서 잘 보인다. 내가 이렇게 멋진 것을 보게 되다니…. 사랑하는 가족과 함께…. 모든 것이 감사했다.

브라질 쪽에서는 악마의 목구멍을 밑에서 조망할 수 있다. 물줄기가 튀어 몸이 젖는 수고로움은 전혀 수고롭게 느껴지지 않는, 순도 100퍼센트의 즐거운 경험이었다. 힙시트를 한 유나와 유모차에 탄 유준이는 젖게 할 수가 없어서 부모님만 목구멍으로 보내 드렸다. 우비는 이미 필요가 없어진 지 오래고, 아이가 젖지 않게 하려 우비를 찢어 유모차를 감쌌다. 그리고 브라질 쪽에서의 또 다른 이벤트는 보트 투어였다. 아르헨티나 쪽 보트 투어(aventura nautica)는 어린이 탑승이 금지라 하여 부모님과 우리 부부가 번갈아 다녀와야 해서 힘들었는데, 이번에는 두 아이를 다 데리고 마꾸꼬 사파리(Macuco safari)라는 보트 투어를 할 수 있었다. 몇 번이나 자다 깨다를 반복하던 유나가 보트 탑승 직전에 잠이 들었다. 유나는 구명조끼를 입히는 와중에도 잠을 자다 보트에 타고 나서야 깼다. 부모님께서는 유나가 최연소 보트 탑승자 기록을 세우지 않았을까 웃으며 말씀하셨다. 점점 폭포 가까이 가니 물보라가 거세어지고, 유나는 우비로 감싸고 안아 몸이 젖지는 않았는데 나중에 표정을 보니 스릴을 느끼고 있기는 했었던 것 같다. 단지 그 스릴을 즐기지 않았을 뿐…. 유준이는 무섭다고 제 아빠를 꼭 붙들고 있었다.

처음부터 악마의 목구멍을 보고 아르헨티나로 넘어 왔으면 이 정도 폭포에도 감탄을 했을까. 사람의 마음은 참 간사하다. 처음에는 진심으로 고맙게 느껴지던 사람들의 호의나 친절을, 나중에는 당연히 받

아야 할 권리처럼 여기게 된다. 이렇듯 무엇인가에 익숙해진다는 것
은 안타까운 일이 될 수도 있다.

José

에필로그 우리가 경험할 햇볕이 얼마나 뜨거울지 몰랐기에 쉽게 도전할 수 있었던 이과수 폭포였다. 꼭 기억하고 싶은 것이 있다면 아르헨티나와 브라질의 보트투어를 하며 이과수의 폭포를 맞는 것보다 악마의 목구멍을 눈앞에서 볼 때이다. 대자연이 만들어낸 그 장엄한 소리와 풍경에 압도되었던 순간. 왠지 모를 눈물이 흐를 것만 같았던 것은 나만의 기억일까? 아무런 말없이 그냥 한참을 보았던 것 같다.

한국으로 돌아온 지 1년이 지나고, 뜨거운 한 여름 밤 제법 큰 유유남매와 처가부모님과 함께 용인 에버랜드를 찾았다. 밤인데도 아직 꺼지지 않은 더위에 지쳤다.

"우리 한 여름의 이과수에는 어떻게 갔었지? 그거 생각하면 지금 이 더위는 아무것도 아니지?"

유유남매도 언젠가 힘들었던 경험과 받았던 감동을 잊지 않게 되길 바란다.

04

바릴로체(Bariloche), 눈과 바람
그리고 초콜라떼

Jose

아르헨티나의 스위스. 아르헨티나 최고의 휴양지 바릴로체. 아르헨
티나 사람들이 가장 좋아하는 사계절 휴양지이다. 우리가 갔던 바릴
로체는 겨울이었다. 마르띤 형은 아르헨티나의 아름다움을 제대로 느
끼려면 바릴로체에 차를 끌고 여행을 다녀와야 한다고 했다. 긴 시간
운전하며 보고, 느끼는 아르헨티나의 드넓은 초원과 풍경은 정말 보
기 힘든 장관이라고 했다. 아쉽게도 우린 그 경험을 하지 못했다. 그
래도 어찌되었든 아름다운 바릴로체를 볼 수 있었다는 것에 감사했
다.

가장 기억에 남았던 것은 오또 산 정상까지 케이블카를 타고 한참
을 기다려서 올라갔을 때였다. 정상에 올라 안데스의 겨울 추위 속에

바릴로체의 초콜릿가게 라빠누이

서 눈보라에 앞이 안 보이는 경험을 하면서도 아르헨티나에선 좀처럼 보기 힘든 눈에 유준이는 마냥 즐거워했다. 여행에 빠질 수 없는 것은 그런 기다림의 순간이다. 성인들끼리 가는 여행이었다면 행복한 기다림이 그리 힘들지는 않았겠지만 우리에겐 어린 유유남매가 있었다. 그래서 좁은 공간에서 줄서서 기다리는 것은 늘 쉽지 않은 일이었다. 번갈아 줄서기, 간식주기, 화장실 다녀오기, 노래 부르기, 사진 찍기 등 온갖 일들을 다 해내고 지쳐갈 무렵 우리의 차례가 되었다. 최종 목적지에 오른 곳에서의 경험보단 그곳에 오르기 위해서 지지고 볶는 과정 속에서 유유남매도, 유유남매의 부모인 우리도 더 성장했던 것 같다.

배를 타고 바릴로체의 호수투어를 떠난 것도 인상적이었다. 호수에 비친 산, 맑은 하늘, 여유로운 시간의 흐름 속에서 바릴로체의 아름다움을 느꼈다. 아이들과 함께 하는 여행에서는 포기해야 하는 것들이 많다. 아이들과 할 수 있는 일인지도, 어디까지 해야 하는지 아는 사람은 많지 않다. 그저 부모의 판단 속에서 범위를 정하게 된다. 그렇다면 우리부부의 선택은 무조건 '가자!' 였다. 해보고 후회하자는 것이 우리의 가치관이어서 유유남매는 여행을 다니면서 고생을 참 많이도 했다. 유모차를 들고, 이고, 옮기며 조금이라도 더 보려고 곳곳을 다녔다.

모두의 우려 속에서도 유유남매는 잘 이겨내 주었고, 우리부부는

바릴로체는 달달이 천국

바릴로체 오또 봉에서 만난 눈

행복했다. 땀에 젖고 팔다리는 덜덜 떨릴지언정….

　한편, 바릴로체의 크지 않은 시내엔 유명한 초콜릿 가게들이 많다. 어디를 들어가야 할지 고민이 될 정도로 크고 화려한 초콜릿 가게들을 구경하고 맛보는 것도 즐거운 경험이었다. 특히 유유남매에겐 더욱 행복한 경험이다. Ceci는 아이들이 여행 중 힘들어할 때를 예상하고 온갖 종류의 달달이와 간식거리를 준비했다. 적재적소에 하나씩 주면 서로가 편했다. 가격이 싸지는 않았지만 엄청난 종류와 양, 비주얼에 보는 것만으로도 행복했다. 얇은 실 같은 초콜릿(rama)의 원산지였던 바릴로체. 아르헨티나에서 아름다움과 달콤함에 빠지고 싶다면 바릴로체로 가라!

엘 깔라파떼(El Calafate),
내 짐을 돌려줘

Ceci

내 짐을 돌려줘

여행지에서 짐을 잃어버린 적이 있는가? 나는 아주 많았다. 여권, 카메라, 모자, 가방, 돈, 심지어 동생까지…. 그런데 이번 짐은 좀, 컸다. 여름이었던 부에노스아이레스와 달리 아르헨티나 남쪽에 있어 겨울이나 다름없었던 파타고니아를 여행하기 위해 겨울옷을 잔뜩 넣어 둔 캐리어 두 개가 사라졌다.

이번 아르헨티나 여름의 첫 바캉스는 겨울나라로 간다며 잔뜩 신났었는데, 생각만 해도 시원해지고 기분도 상쾌해지는 것 같다며 좋아했었는데…. 수하물 찾는 곳에서 아무리 기다려도 우리의 짐은 나오지 않는 것이었다. 더운 부에노스아이레스와 달리, 싸~한 공기가 느껴지는데…. 일단 있는 옷을 다 꺼내 아이들부터 입혀놓고 오랜 시간 기다렸다. 직원은 대부분의 경우 짐은 돌아오게 되어 있지만 확실히 돌아온다는 보장도 없다는 애매한 말만 계속할 뿐이었다. 우리는 짐이 어디 있는지 위치라도 알려달라고 했는데 그들은 그것은 아무도 모르고, 며느리도 모른다고 하는 표정을 지었다.

결국 한국인 어르신들께서 운영하시는 린다 비스타라는 숙소로 와서 짐을 기다렸다. 깔라파떼를 여행하는 한국인들 사이에서 제법 유명한 숙소였다. 예쁜 숙소를 보니 희망이 생기는 것도 같았다. 동화에 나올법한 펜션이었다. 이렇게 추운데도 꽃이 잘 자라는 것을 보니 신기했다. 하지만 바람이 무척 세어 오래 구경하지 못하고 덜덜 떨며 들어가야 했다. 다행히 내부도 깔끔하고 정돈되어 있었다. 복층 구조라 아이들은 위아래를 오르내리며 좋아했다. 여기서는 모든 끼니를 만들어 먹는 걸로 해결하기로 했던 터라 장부터 보러 나서야 했다. 아이들은 수건으로 돌돌 싸맨 채….

장을 본 다음의 일정은 뻔했다. 항공사 사무실로 가야 했다. 아에로리네아(Aerolinea) 사무실이 바로 요 앞이라고 하던 숙소 직원이 원망스러울 정도로 칼바람 탓에 그 짧은 거리가 멀게만 느껴졌다. 9도의 날씨에 여름옷을 입고 있던 우리에겐 당연한 일이었다. 여행을 하면서, 낯선 곳에서 살면서 이런저런 일을 겪은 우리가 깨달았던 것은, 항의할 때는 자신이 있는 언어를 사용해야 한다는 것이다. 외국어로

깔라파떼 한인 펜션 린다비스타

는 모국어와 달리 감정이 잘 실리지 않기 때문에 우리는 어딜 가나 불리했다. 더욱이 사람이 몰리는 관광지에서 서투른 스페인어로 이야기하면 우스꽝스러워 보일 수 있을 거란 생각까지 들었다. 하지만 우리가 이런 고민을 하는 동안에도 그들은 아무런 조치도 취해주지 않았다. 만약 짐을 분실한 것이 확실하면 생존을 위한 보상금을 어느 정도 받을 수 있을 거란 이야기를 들었던 터라 약간의 금전적인 보상을 기대하기도 했지만 그들은 해맑은 표정으로 조금만 더 기다려보라고 말할 뿐이었다.

정말이었다. 두어 시간을 더 기다리고 나니 짐이 도착했다. 날아갈 듯 기뻤다. 겨울옷을 한 군데 모아 놓는 것이 아니라 바로 입을 한두 벌 정도는 꺼내놨어야 했는데, 우리의 불찰도 컸다. 바로 옷 껴입고 외출했다. 호숫가로 나가니 날은 너무나 화창한데 바람이 많이 너무나도 많이 불었다. 겨울옷도 소용이 없었다. 아이들도 춥다고 난리라 제일 가까운 데 있는 까페로 무작정 들어갔다. 분위기는 딱 바(bar)인데, 다행히 메뉴를 보니 아이들이 먹을 수 있는 숩마리노가 있었다. 그런데 분위기가 바인 곳들이 대부분 그렇듯, 비쌌다. 그래도 추위에 고생한 아이들을 위해 유유남매에게 각 1잔씩을 선물해 주었다. 유리잔에 남은 초콜릿까지 혀로 핥는 유나를 보니 웃음밖에 안 나왔다. 유준이가 이만할 때는 초콜릿을 줄 엄두도 못 냈었는데, 역시 둘째는 어쩔 수 없구나 싶었다.

남은 첫날은 아무런 일정 없이 그냥 여유 있게 놀이터에서 놀기로 했다. 평화로운 시간이었다. 유나는 유모차에서 늦은 낮잠에 빠져들었고, 유준이는 혼자 놀이터에서 신나게 노는 동안 우리 부부는 조금이나마 쉴 수 있었다. 메인도로를 따라 더 걸어갔더니 수공예품 파는 거리가 나왔다. 조금 구경하다가 저녁을 해결하기 위해 숙소로 들어오는 길에 작은 가게에서 기념품으로 스노우볼과 종을 하나 샀다. 숩마리노를 먹은 유유남매처럼 나도 신이 났다.

아무리 추워도 여름은 여름이었다. 해가 늦게 지는 깔라파떼⋯. 분명 9시인데 바깥은 아직 훤하고 우리들의 몸은 피곤하기만 했다. 아이들을 재우기 위해 암막 커텐을 쳤는데 그 사이로 새어 들어오는 빛을 보니 밤 9시가 아니라 아침 9시 같았다.

웁살라 빙하, 작은 것에도 감동받는다는 것의 행복

난방장치 덕분에 그리 춥지 않은 밤을 보내고, 아이들은 역시나 일찍 일어났다. 어딜 가나 기상 시각으로 따지면 우리 애들이 1등이었다.

깔라파떼에서의 첫 번째 여정은 유람선을 타고 웁살라 빙하를 보러 가는 것. 보트를 타러 선착장인 뿌에르또 반데라(puerto bandera)에 가는 길만도 30분이 넘게 걸렸다. 아이들 탓에 프라이빗으로 대절한 택시가 아니었으면 가는 동안 진을 다 뺐을 것이다. 유유남매는 택시 안에서도 주리를 틀었다. 오른편으로 아르헨티노 호수(Lago Argentino)가 눈에 들어왔다. 육지 쪽에서 멀어질수록 에메랄드빛이 도는 모습이었다. 마치 캔디바처럼, 녹은 빙하의 색깔이 청량했다.

바깥바람이 차긴 하지만 보트 안에만 있을 수는 없어 둘둘 싸매고 배 밖으로 나왔는데, 드디어 빙하 조각이 보이기 시작했다. 처음에는 그렇게 작은 유빙에도 깜짝 놀라다가 갈수록 점점 많아지더니, 거대한 스페가치니(spegaccini) 빙하를 마주하는 순간이 찾아왔다. 커다란 아베쟈나 산(Monte Avellana)이 뒤로 떡 버티고 서 있고 햇빛을 받아 너무나 아름답게 빛나던 빙하의 모습…. 유준이는 빙하를 봐서인지,

웁살라-스페가치니 빙하 앞에서

깔라파떼에서 웁살라 빙하 보러 가는 길

배를 타서인지, 최고의 컨디션으로 노래까지 부르는데 유나는 멀미기가 있는지 표정이 어두웠다. 그러다 배에 있는 작은 구멍 사이로 물살을 발견하고는 한참을 쳐다보았다. 아이들은 어떻게 이런 소소한 것도 잘 발견하는지….

보트를 타고 조금 더 가자 더욱 엄청난 빙하가 눈앞에 펼쳐진다. 그것이 웁살라 빙하였다. 빙하는 마치 산사태를 담은 영상을 일시정지한 것처럼 산에서부터 호수로 밀려 내려와 있었다. 마침 하늘이 만년설을 청량하게 비추어 주었다. 살아 움직이는 것 같은 빙하였다. 이 엄청난 장관을 찍기 위해 또 엄청난 인파가 뱃머리로 모여들었다.

자연의 광활함 앞에서 경이로움을 느낄 수 있게 되는 나이는 언제부터일까. 아직 아무것도 느끼지 못하는 아이도 제 부모를 쫓아다니느라 고생이고, 그런 아이를 데리고 다니는 어른도 고생인 여행이라는 시각도 있을 것이다. 하지만 경이로운 자연 앞에서 겸손해지고 탄성을 내뱉고 감사함을 느끼는 부모의 모습을 옆에서 바라보는 아이에게도 어떤 긍정적인 에너지가 깃들기를 바란다.

웁살라 빙하 앞에서 보트는 한참을 서 있었다. 다양한 각도에서 사람들이 두루 빙하를 감상할 수 있도록 보트는 뱃머리를 이리저리 돌렸다. 간혹 빙하 조각이 떨어지며 내는 굉장한 소리를 사람들이 듣고 탄성을 내뱉기도 했다. 유준이는 어느새 빙하가 신기한 줄 아는 나이가 되었는지 사람들과 함께 탄성을 내뱉었다. 녀석의 다채로운 표정이 그저 사랑스러웠다. 조금 더 말이 잘 통하는 시기가 되면 여행을 다니며 아이의 시각과 생각과 배움을 함께 이야기를 나누어 보고 싶다는 생각이 들었다.

감동의 역치가 높아질수록 불행하다 하였던가. 처음 둥둥 떠내려온 작은 빙하조각에도 놀라고 감동을 받으며 정신없이 사진을 찍다가, 스페가치니 빙하를 보고 박수를 쳤다가, 마지막으로 거대한 웁살라빙하를 보고나니 눈만 높아졌다. 항구로 향하는 귀환길에서는, 마주치는 빙하조각들은 외면한 채 잠만 쏟아졌다. 유나는 잠든 남편의 손바닥에 과자를 쥐어 주었다. 아이들도 지루했던지 쉴 새 없이 칼바람 몰아치는 배 밖과 안을 왔다 갔다 하며 군것질거리를 요구하였고, 결국 최후에는 배 멀미와 잠투정이 짬뽕된 '떼' 혹은 '진상'을 부리며 여정을 마무리하였다. 문득 친구들이, "아르헨티나에 지금 가면 아이들은 나중에 기억이 안 나서 아쉽겠다." 라고 조언을 해 주다가 나중에는 "어른들 좋으라고 다니는 여행이 아이들에게는 곤욕스러울 수도 있겠다, 부모를 잘못 둔 불쌍한 아이들이다."라고 농담을 했던 것이 생각났다. 아이 동반여행은 아름다울 수만은 없다. 겪어보지 않으면 모른다. 아이들에게도, 어른들에게도 얼마나 에너지가 소비되는 일인지. 그러나 그만한 가치가 따르는 것은 분명하다.

다시 택시를 타고 숙소로 돌아오니 꼬르륵 소리가 빙하 떨어지는 굉음처럼 들리는 것 같았다. 점심도 제대로 못 먹은 우리 식구들을 위해 근처 닭 파는 가게에서 닭다리와 가슴살 부위만 사서 삼계탕을 해먹었다. 세상에서 제일 맛있는 삼계탕이 아니었을까 싶다.

카프리 호수에는 사슴이 있을까

깔라파떼 둘째 날에는 엘 찰뗀(El Chalten) 당일치기를 하기로 했다. 그저 피츠로이가 비치는 카프리호수를 보기 위한 여정이었다.

다른 여행자들과 함께 12인승 승합차를 타고 가다 보니 저 멀리 피츠로이 봉우리가 보이기 시작했다. 점점 가까워지는 피츠로이…. 산세가 너무너무 아름다웠다. 과연 카프리 호수에서 저 봉우리를 다시 마주할 수 있을까?

엘 찰튼 마을에 도착하니 날씨는 더욱 스산해져 있었다. 점심을 먹고 로스 글라시아레스(Los Glaciares) 국립공원 입구 앞에 다다랐다. 피츠로이는 로스 글라시아레스 국립공원의 일부이다. 이윽고 비바람이 불기 시작하며 날씨도 궂어지고, 설상가상으로 유준인 잠이 오기 시작하는 모습이었다. 어떻게 할까 고민하는 것도 잠시, 우리는 일단 가다가 힘들면 하산하자며 트래킹을 시작했다. 유나는 등산캐리어에 태우고, 유준이는 손을 잡고서….

산을 오르면서도 이제 그만 갈까 몇 번을 고민했다. 성인 걸음으로도 왕복 서너 시간은 걸리는데 유준이가 해낼 수 있을까 싶었다. 느릿느릿 여유 있게 가면 되겠지, 와 같은 상황이 아니었다. 승합차가 떠

카프리 호수를 만나러가는 트레킹

너희가 자도 우리는 간다!

나는 시각이 정해져 있었기 때문이었다. 유나는 제 아빠 등에서 잠이 들었고, 힘이 들자 안아달라고 하기 시작한 유준이를, 사슴이 있다며 꼬드기고, 초콜릿으로 꼬드기고…. 이제 그만 내겨가자고 포기하는 순간에 한국인 관광객을 만났다. 그는 처음 만난 유준이를 폭풍처럼 칭찬해 주고 어깨를 으쓱하게 만들어주었다. 아이를 움직이는 힘은 역시 초콜릿이 아닌, 칭찬과 인정이었던 것 같다. 그렇게 낮잠시간에 딱 걸려 눈도 제대로 못 뜨는 아들 손을 이끌고 결국 우리는 카프리호수를 찍었다. 하늘을 그대로 반사하는 카프리 호수에 피츠로이가 비친 모습을 상상해 왔는데, 궂은 날씨 탓에 피츠로이는 보이지 않고 하늘엔 먹구름이 잔뜩 껴 있었다. 그래도 좋았다. 목표를 함께 달성했다는 기쁨이 컸다. 비록 피츠로이를 등정한 것은 아니지만, 두 어린 아이들을 데리고 카프리 호수까지 다녀온 것만 해도 자부심이 하늘을 찌르는 것 같았다. 역시 행복은 멀리 있는 것이 아니다. 유준이는 그

제야 사슴은 어디에 있냐며 주위를 두리번거리기 시작했다.

내려가는 길에는 경치가 숨 막히게 아름다워 사진을 계속 찍었다. 하지만 역시 아무리 좋은 사진기라도 사람의 눈을 따라갈 수는 없는 것 같았다. 하산하면서는 내가 유나를 업고, 남편이 유준이를 등산캐리어에 앉혔다. 유준이는 캐리어에 타자마자 곧 잠이 들었고, 깔라파떼로 돌아가는 밴 안에서도 엎드린 자세로 세 시간 동안 숙면을 취했다.

모레노 빙하, 빙벽 부서지는 소리

셋째 날. 깔라파떼의 빙하, 하면 제일 먼저 떠올리는 모레노 빙하(Glaciar Moreno)를 보러가는 역사적인 날이다. 유준이에게는 엄청 크고 멋있는 얼음을 보러 가자고 얘기하고 길을 나섰다.

이번에도 밴이 우리를 데리러 왔다. 린다비스타에 미리 투어를 예

모레노 빙하 파노라마

모레노 빙하의 굉음을 만나다

업고 메고, 남미육아여행

약해 둔 터였다. 중간에 보트를 타러 갈 사람들은 내리고 우리는 전망대까지 다다랐다. 차창 밖 저 너머로 뭔가 허연 게 보이기 시작하는데…. 저게 빙하라고? 점점 가까워질수록 입이 떡 벌어지게 만드는 저것이?

감탄과 함께 차에서 내려 전망대를 구경하기 시작했다. 전망대는 트레일을 다 깔아놓아서 오르내리며 구경하기가 너무나도 편리했다. 광활한 모레노 빙하의 서쪽 끝과 동쪽 끝은 카메라의 프레임에 한 번에 담기지 않았다. 빙하에 반사되는 햇빛이 너무 눈부셔 선글라스는 필수였다. 유준이는 출출한지 먹을 것을 찾았다. 점심은 숙소에서 만들어 간 샌드위치와 보온병에 담은 밥과 김, 찐 감자와 고구마, 계란이었다. 보잘 것 없는 점심밥이었지만 전망대에서 '쿠구구구….' 하며 빙하 조각이 떨어지며 내는 굉음과 그 모습을 감상하며 먹으니 꿀맛이었다. 하지만 사람들이 "우와~~!!" 하고 소리 지르기 시작하면 나도 벌떡 일어서서 어디서 어떤 빙하조각이 떨어지는지 같이 봐야 했기에 앉았다 일어섰다를 반복해야 했다. 남편은 자기가 엄청나게 큰 빙벽이 무너져 내리는 순간을 목격했다며 어린아이처럼 좋아했다. 시간이 지나자 무너져 내린 빙벽의 잔해가 물살을 가르며 떠내려가고 있었다. 그렇게 빙하조각이 떨어지는 것을 보려면 아르헨티나의 여름철인 1월, 2월에 모레노 빙하를 방문하는 것이 좋다. 그리고 겨울은 지나치게 춥다고 한다.

모레노 빙하 전망대에서

빙하를 뒤로 하고 전망대를 나가기에 너무나 아쉬움이 컸다. 어디를 어떤 각도로 봐도 웅장하고 멋있는 곳, 말로 형언하기는 힘든 아름다움. 자꾸만 뒤를 돌아보게 했던 모레노 빙하…. 빙하가 녹아 초롱초롱 에메랄드빛을 띠던 호수의 물빛…. 비록 빙하 위스키를 마시지 못한 것은 물론이거니와 빙하 트래킹은 하지 못했지만 소중하고 감사하고 경이로운 순간이었다.

저녁은 린다비스타 아주머니께서 추천해주신 돈 삐촌(Don Pichon)이라는 전망 좋은 양고기 집에서 먹었다. 지글지글 기름을 떨구며 구워지던 양고기. 웬만한 소고기 아사도보다 정말 맛있어서 놀랐다. 양고기가 이렇게 맛있는 거였어? 우리가 먹었던 것은 빠리샤에 구운 양갈비(Cordero asado a la parilla) 2인분이었는데 꼭 4인분 같은 2인분이었다. 아이들도 잘 먹는 모습을 보니 흐뭇하기 그지없었다. 남은 것은 야무지게 싸가서 활용해보기로 했다. 배도 부르고 마음도 부른 날이었다.

빙하박물관과 아이스바에서의 이색 경험

넷째 날. 어린 아이들이 있어 하루 여유 있게 쉬는 날을 중간에 두었는데, 그게 이 날이었다. 시간은 넘치고 뭘 할까 고민하다 깔라파떼에 온 여행자들이 '시간이 남으면' 가본다는 빙하박물관(Glaciarium)에 무료 셔틀버스를 타고 가보기로 했다.

유준이는 어두운 실내조명 탓에 처음엔 무섭다 하다가 이내 눈빛을 밝히고 저지레거리를 찾으며 돌아다녔다. 유준이가 의외로 잘 본 것은, 지구의 역사를 담은 다큐멘터리였다. 다큐멘터리의 주제는 명료했다. 우린 지구의 역사 중 마지막 단 몇 분을 살아가고 있다는 것…. 안경을 쓰고 3D 영상도 관람하다가 유나가 보채기 시작해서 중간에 나와 버렸다. 빙하박물관 지하 아이스바는 개장을 안 했다고 해서 들어가지도 못했다. 성인 둘에 540페소 하는 입장권이 무척 아쉬웠지만 긍정의 힘으로 우리가 찾아낸 것은 허허벌판에 세워진 빙하박물관 뒤로 펼쳐진 풍경이었다. 전망대 온 셈 치자며 남편과 나는 크게 웃었다. 우리 것도 아닌 지프차 앞에서 똥폼을 잡고 사진도 찍어가면서….

바람이 무척 세게 불었다. 구름은 너무나도 신기하고 오묘했다. 자연 속의 아이들은 어딜 가나 풍경의 일부가 되는 것 같았다. 그렇게 정신 없이 바람을 맞으며 놀다가 시내로 나가는 셔틀버스를 놓쳤다.

점심 무렵 시내로 돌아와 플라밍고 무리를 볼 수 있다는 연못을 찾아 갔는데, 밖에서 보니 하나도 보이지 않았다. 플라밍고 무리는, 아침에 박물관으로 가는 중에 오히려 더 많이 볼 수 있었기에 입장료를 내고 들어가 볼 것까지는 없어 보였다. 그다지 아쉽지 않은 마음으로 아이들을 위해 다시 한 번 더 놀이터에 가기로 했다. 유준이가 만세를 외쳤다. 깔라파떼는 작은 마을이었지만, 유나가 놀기에도 꽤 좋은 널찍한 놀이터가 있었다.

그럼에도 나는 뭔가 아쉬운 마음에 아이들을 남편에게 맡겨놓고 급히 와이파이가 되는 숙소로 달려가, 깔라파떼 시내에 있는 아이스바를 검색해보았다. 두 군데 중에서 박물관의 아이스바와 비슷한 폴라 바(Polar bar)라는 곳에 가기로 정했다. 의사결정을 하는 데 지나치게 오래 걸리는 내가 그런 결단은 내리다니, 지금 생각해도 신기한 일이다. 여행지에서는 특히 하나하나 결정의 연속인데 그렇게 훌륭한 선택을 한 것을 생각하면 그때의 나에게 칭찬의 박수를 보내고 싶을 정도이다. 나는 트레이닝 바지 안에 내복을 입고, 아이들도 바리바리 껴입을 수 있는 옷을 잔뜩 챙겨서 또 놀이터로 달려갔다. 유유남매에게 "우리 엄청 재밌는 곳에 가자. 겨울나라로 갈 거야!" 라고 하고 옷을

깔라파떼 빙하박물관 앞에서의 기이한 하늘전경

깔라파떼 아이스바에서

입혔다.

폴라 바는 가까이 있었다. 이럴 일이 있을 줄 알고 미리 할인이 되는 쿠폰도 챙겼던지라, 기분 좋게 입장했다. 영하 10도에 육박하는 곳이기 때문에 장갑과 외투는 제공되었다. 외투를 입은 유나는 걷지도 못할 정도로 뒤뚱뒤뚱하고, 유준이는 신이 나는지 헤벌쭉 웃었다. 바닥도 얼어 있는데다 추워서 움직이지 못하는 유나는 우리가 번쩍 들고 움직여야 했다. 유준이는 스케이트 타는 것 같다며 미끄럼을 타다 바닥 위를 계속 뒹굴고 다녔다. 후에 꼬질꼬질해진 바지를 보고 한참을 웃었다. 아이스바는 25분의 제한시간 내에 음료는 무제한으로 제공되었다. 사진 찍기에 바빠 다들 한두 잔만 먹는다는데 남편은 여섯 잔을 마셨다. 잔도 얼음으로, 의자도 얼음으로 만들어져 있었다. 얼음을 깎아 만든 각종 조각상의 모습도 신기했다.

나오고 나니 유유남매의 손은 얼음장이 되어 있었다. 그래도 여행 다니는 내내 감기 한 번 안 걸려주어 고마운 유유남매였다.

숙소로 돌아와서는 전날 남은 양고기로 크림 파스타를 해먹고 아이들 재롱을 즐기다 훤한 대낮같은 저녁에 잠이 들었다.

 마지막 날. 전날 날씨도 흐리고 플라밍고도 보지 못해 약간은 아쉬웠는데, 떠나는 날 아침 하늘은 우리에게 아쉬우면 하루 더 있다 가라며 메롱이라도 하듯 티 없이 맑았다. 숙소에서 조금만 걸어 나오면 바로 습지와 이어진 호수를 볼 수 있었는데, 저 호수 따라 쭉 가면 빙하가 나온다 생각하니 새삼 신기하게 여겨졌다. 저 멀리 오리와 새들이 물에 둥둥 떠 있고 플라밍고의 모습도 간간이 보였다. 여전히 바람이 많이 불어, 유모차를 끌지 않아도 저절로 가는 것을 보고 우리는 웃으며 발걸음을 돌렸다. 마침 떠나는 날이 일요일이라, 미사를 드리고 출발하기로 했던 것이었다.

작고 예쁜데 이름은 무지하게 긴 성당(Iglesia Santa Teresita del Niño Jesús)에 갔다. 유나는 유모차에서 잠이 들었고, 유준이는 성당 이곳저곳을 둘러보느라 바빴다. 기타를 손에 든 현지인이 성가대원에게 성가 연습을 시켜 주고 있었다. 유준이는 기타를 치는 아저씨를 홀린 듯 바라보았다. 짐을 되찾은 것에, 아이들이 아프거나 다치지 않고 건강히 지낸 것에, 모든 일정을 무사히 마친 것에, 여행을 할 수 있었음에, 우리가 함께 할 수 있었음에 감사한 마음으로 미사를 드리고 깔라파떼에게 이별을 고했다.

06

우수아이아(Ushuaia), 쉽지 않은
대륙의 끝

Ceci

흐린 하늘의 우수아이아

약 열흘로 계획했던 파타고니아 여행이 계속되고 있다. 깔라파떼에서 세상의 끝이라 불리는 우수아이아로 향하는 비행기에서 내려다보는 풍경은 특별할 것이 없었다. 마음은 들떴지만 하늘에 먹구름이 가득했다. 깔라파떼의 린다비스타 아주머니께서, "우수아이아는 날씨 때문에 으스스해서 이름이 우수아이아야." 라고 하셨는데, 정말이지 여기 있는 동안 하루 한번 이상은 비가 오고, 비바람이 심하기도 했던 날씨가 이어졌다. 비행기만 타면 잠을 알아서 자 주는 기특한 아들 덕분에 이동에 애를 먹은 적은 없었다. 깔라파떼에서 본 물은 거의 다 아르헨티노 호수(Lago Argentino)의 물, 즉 민물이었던데 비해, 우수아이아는 바로 그 유명한 비글 해협과 맞닿아 있는 해안가라 바닷물의 냄새도 풍겨 왔다. 공항과 시내가 비교적 가까워, 택시의 미터기를 켜고 시내까지 들어왔다.

우리가 묵은 숙소는 호스텔과 식당을 겸하고 있는 아메리까(America)라는 곳이었다. 인테리어와 소품들이 앤틱하고 분위기와 조명도 아늑했지만 왠지 모를 담배냄새가 어디선가 풍겨 나왔다. 속으로 '감점!'을 외치며 들어갔는데 다행히 침실은 넓고 쾌적했다.

언덕이 많은 우수아이아. 우리 숙소도 언덕 위에 있었는데, 다행히 조금 경사진 비탈길을 내려오자 그 다음 블록에 대형 슈퍼가 있었다. 여기선 배도 오래 타고 트레킹도 하고 국립공원에도 하루 종일 있어야 했으니 간식도 넉넉히 사 놓아야 했다. 우리는 메인도로인 산 마르띤 거리를 하루에도 몇 번씩 걸어 다녔다. 유준이는 따라 다니느라 힘들었을 텐데도 씩씩하게 잘 걸었고, 유나는 졸리면 유모차에 앉아 애착 베개를 끌어안고 잠이 들었다. 덕분에 유나의 베개는 거의 누더기가 되어 있었다.

도착한 날 바로 투어를 알아보려 돌아다니는데 비가 쏟아졌다. 하여 인포메이션 센터에 남편과 아이들을 두고 혼자 비를 맞으면서 여행사 사무실 몇 곳을 돌아다녔다. 결국 산 마르띤 거리에 있던 한 여행사에서 비글 해협 투어를 예약했다. 9시부터 6시까지, 버스와 배를 번갈아 타며 펭귄을 보고 오다가 '하버튼의 집'이라는 목장까지 들르는 종일 코스였다.

그 외에 첫날은 별 일정이 없어 저녁만큼은 우수아이아 하면 제일 먼저 떠오르는 킹크랩 요리를 먹으러 엘 비에호 마리노(El Viejo Marino)를 찾아갔다. '늙은 선원'이라는 이름처럼 오래된 식당이었다. 그러나 하루 종일 간식을 입에 달고 있던 아이들에게 킹크랩은 그다지 매력적이 않았던 것 같다. 덕분에 남편과 둘이서 배터지게 먹었다.

다시 비가 쏟아질 것만 같은 시내를 걷고 걸어 아이들과 남편은 숙소로 가 먼저 씻으라 하고 여행사로 총총 달려갔다. 아까 여행사에서 예약한 투어가 다소 아이들에게 버거울 수 있는 일정인 것 같은 예감이 들어 예약을 변경하고 싶었기 때문이었다. 아직은 아이들의 상태가 양호했지만 필요 이상의 더 큰 무리를 하게끔 하고 싶지 않았다. 버스는 타지 않고 배만 네 시간 반 타고 돌아오는 일정으로 변경하고 차액을 지불받은 뒤, 숙소로 돌아오니 아이들은 욕조에서 신나게 물놀이를 하고 있었다. 후에 이렇게 일정을 변경하지 않았더라면 크게 후회를 했을 것이다. 비글 해협은 엄청난 곳이었다.

띠에라 델 푸에고, 세상의 끝에서 돌을 던지다

우수아이아에서의 투어 첫날 아침이 밝았다. 알찬 조식 서비스에 배를 든든히 채웠다. 호스텔의 조식은 다양한 탄수화물 종합선물세트

같았다. 갖가지 종류의 빵보다 흡족했던 것은 과일 샐러드(ensalada de fruta)가 매우 풍부하고 신선하다는 것이었다. 제법 컸다고 한 자리 차지하고 앉아서 우유와 빵, 가셰띠따(galletita, 비스킷)로 아침을 시작하는 딸과 메디아루나를 참 좋아하는 빵쟁이 아들을 보며, 한국에서의 아침 식탁이 조금은 그리워지기도 하고 조금은 걱정되기도 했다. 한국에서라면 한두 숟가락만 먹는 한이 있더라도 꼭 쌀을 먹였고, 이렇게 빵이나 시리얼로 배를 채우게 하지는 않았다. 내심 죄책감이 들었지만 아이들은 그저 신이 난 표정이었다.

비글 해협은 다음날 가기로 했던 터라, 이 날은 띠에라 델 푸에고(tierra del fuego, 불의 땅) 국립공원에 가서 땅끝열차를 타 보기로 했다. 택시를 대절해서 국립공원을 돌아볼까 고민하다, 경비를 절약하기 위해 열차역까지 버스를 타고 가기로 했다. 하지만 나중에는 후회했다. 쌀랑한 날씨도 그렇고, 아이들이 잘 걷지 못했을 뿐더러 국립공원 내 셔틀버스의 한정된 일정표 탓이었다. 아끼는 것만이 능사는 아니었다. 대중교통으로 가게 될 경우 국립공원 안에서는 셔틀버스를 이용하거나 걸어 다녀야만 했다. 가족, 혹은 친구들과 함께 하는데, 주어진 시간이 많지 않아 둘러보기 힘든 여행객들은 택시를 대절하기를 추천한다.

첫 코스는 땅끝열차(el tren del fin del mundo). 땅 끝을 달린다는 상징성 외에 과연 특별한 값어치를 할까 싶어서 탈까말까 한참 고민하

우수아이아 땅끝열차

업고 메고, 남미육아여행

다, '뭐든 해 보고 나서 후회를 해야 후회가 덜하다'는 남편의 신조에 따르기로 했다. 매표를 기다리는 동안 아이들은 자갈돌로 장난치느라 정신없었다. 유나가 자갈 하나를 입에 넣는 것을 보고 역시 아침식사는 한식이어야 했다는 엉뚱한 생각을 했다. 유나는 기차역에서 처음 본 노란 머리 외국인 남자아이를 와락 끌어안기도 하고, 이래저래 호기심에 가득 차 있었다.

첫 열차 시간은 9시 반경이었는데, 남편이 선 창구의 줄이 유난히 줄지 않은 덕분에 네 번째 열차를 타게 되었다. 열차까지 많은 시간을 기다려야 했기에 국립공원 안에서의 시간은 많이 부족해졌다. 시간에 쫓기는 것은 늘 어른들 몫이다. 시간이 가든 안 가든 아이들은 '지금 이 순간, 여기(here and now)'를 중요시하는 실존주의 철학자 같다. 아이들은 역사 내에서의 땅고 공연에 눈을 반짝이고, 신기한 물건을 보거나 예쁜 꽃을 발견하면 자리에 멈춰 한참을 구경했다.

드디어 열차에 탑승했다. 열차 타기 전 한국어로 된 가이드북을 달라고 하면 받을 수 있다. 열차는 걸어가는 것처럼 느렸다. 내려서 걸어간다면 충분히 따라갈 수 있을 것 같았다. 군데군데 버려진 열차의 흔적도 보였다. 옛날, 아르헨티나 죄수들이 갇혔던 땅 끝, 우수아이아에서, 노역을 하는 데 사용되었던 땅끝열차. 옛날 죄수들이 벌목하던 곳, 그러나 사람 흔적이 거의 없는 곳, 그리고 수십 년 간 바람이 지나다녔던 자리가 그대로 남아 있는 나무. 느리게 가는 열차를 타고 바라보는 바깥 풍경은 마치, 시간이 멈춘 세상 같았다. 가는 길은 영화 속한 장면 같았다. 아니나 다를까, 이 국립공원은 레오나르도 디카프리오 주연의 〈레버넌트(Revenant)〉의 배경이었다 한다. 보고 있기만 해도 숨 가쁘고 힘들었던 영화의 장면 장면이 떠올랐다. 그렇게 열차 밖으로 보이는 풍경에 넋을 잃다가 내리라는 방송이 들렸다. 조그만 폭포, 마까레나를 보고 오라는 방송이었다. 유나는 잠시 내려 숲에서 자연의 향기를 맡고 나니 다시 기차에 타기 싫었던지 바닥에 드러누웠다. 기차 바닥을 뒹굴며 울어대서 결국 계속 간식을 줘야 했다.

기차에서 내린 뒤에는 걸어서 이동했다. 셔틀 시간이 맞아 떨어진다면 잡아타고 다음 구간으로 갈 수 있었지만 셔틀은 좀체 눈에 띄지 않았다. 유준이가 너무나 졸려하면서 걷기를 힘들어했다. 게다가 하늘엔 먹구름이 몰려오기 시작했다. 여독으로 피곤했던 유나도 배낭캐리어에서 잠이 들었다. 캐리어는 인터넷 중고로 사 두었다가 남편의 지인이 아르헨티나에 일 때문에 들어온다 하여 부탁해 받았는데 제법 요긴하게 쓰고 있었다. 더 이상 걸어가는 것은 힘들었다. 다음 목표 지점까지는 꽤 멀었다. 한참을 기다린 뒤 셔틀을 겨우 잡아타고 셔틀 아저씨께 부탁해 운이 좋게도 땅 끝 우체국이 있는 사라띠에귀 하구 (ensenada zaratiegui)에 잠깐 내릴 수 있었다. 가슴을 확 트이게 하는 경치는 눈으로만 담기 아까웠다.

이어 도착한 곳은 발걸음을 절로 멈추게 했던 로까 호수(Lago Roca)

띠에라 델 푸에고 땅끝 우체국

였다. 칠레와 공유하고 있는 이 호수는 빙하가 녹아 만들어졌는데, 아르헨티나에서는 아시가미(Acigami), 칠레에서는 에라수리스(Errazuriz)라고 부른다고 한다. 일단 금강산도 식후경이라고, 점심 즈음이 되어 국립공원 내 식당에서 따르따와 어린이메뉴(치킨핑거), 고급 메뉴인 킹크랩 엠빠나다를 주문했다. 그러는 사이 점점 날이 흐려지며 바람이 불기 시작하더니 그 아름답던 호수의 물빛이 흐려졌다.

또 한참을 기다려 셔틀버스를 타고 맨 마지막 정거장에서 내렸다. 비글 해협과 맞닿아 있는 라빠따이아 만(Bahia Lapataia)이었다. 띠에라 델 푸에고 섬의 동쪽 해안에서 시작해 최남단까지 이어지는 3번도로가 이곳에서 끝나 있었다. 드디어 찻길이 끝나고 사람 길, 자연만 남는 지점에 도달한 것이다. 땅 끝의 주인은, 언제나 그랬듯, 자연이다. 이곳은 트레일이 있어 산책하기 좋으면서도 바람이 많이 불었다. 물 색깔이 엄청나게 무지하게 맑은데, 바람이 불고 하늘이 흐려 예쁜 구름이 투영되는 모습은 보지 못했다. 우리는 그 바람을 온 몸으로 맞은 채 경치를 바라보며 감상에 젖고 싶었지만 여의치 않았다. 유준이는 자꾸 길이 아닌 곳으로 가고, 유나는 길가의 풀을 쳐다보느라 따라오지 않고 있었다. 우리 같이 사진찍자고 애원하는 부모의 손을 뿌리치고 아이들은 자연에 동화되고 있었다. 유준이는 강물에 돌을 던지기 시작했다. 세상의 끝(fin del mundo)에서 셀카를 찍는 부모. 세상의 끝에서 돌을 던지는 아들. 이제 그만 가자고 해도 자기는 돌을 던지느라 좀 바쁘다나? 나도 돌을 던져 보았다. 땅 끝의 기운을 받았는지 서른셋 먹어 처음으로 물수제비를 뜨는 데 성공했다.

아이들과 함께 하는 띠에라 델 푸에고 국립공원 트레킹은 세 시간이 한계였다. 결국 우수아이아로 다시 향했다. 버스 안에서 유준이는 지쳐 잠이 들었다. 그 틈을 타서 유나는 자는 유준이의 입에 빨대를 물려주고 강냉이를 쑤셔 넣다 뽀뽀를 해 주고, 유준이 옷의 지퍼까지 내리며 꺄르륵 거렸다. 그래도 유준이는 꿈쩍도 하지 않았다. 유나는 제 오빠의 늘어진 손에 과자도 하나 쥐어 주었다. 천사 같은 동생이 따로 없지 싶다. 유준이가 자고 있다는 사실만 빼면….

콤비 버스에서 내리자마자 향한 곳은 100년 된 까페 라모스 헤네랄레스(Ramos Generales)였다. 여기는 왜 그리 100년된 까페가 많은지, 100년 전의 모습도 이러했을지 궁금해졌다. 아마 우수아이아를 방문한 한국인은 모두 찾는 곳이지 싶다. 커피 맛은 그냥 저냥이었는데 내부는 볼거리가 많았다. 유준이를 까페에서 조금 더 재우고, 배꼽시계의 뜻에 따라 저녁식사 거리를 찾아 나섰다. 여기 왔으니 킹크랩은 질리도록 먹어보자며 맛집으로 유명한 볼베르(Volver)라는 식당에 갔다. 그러나 문에는 'A pecar.(낚시 하러 감)'이라고 쓰여 있었다.

아뿔싸…. 비가 오기 시작했다. 우산도 없어 아이들 데리고 비를 맞으며 걸어가다가 꾸아르(Kuar)라는 이름의 식당을 찾아 들어갔다. 식당들이 대부분 7시에 문을 여는 바람에 들어갈 곳을 찾느라 애를 먹었는데 이곳은 웬일인지 6시 반에 문을 연다는 것이었다. 우리가 첫 손님이어서 잠시 식당을 전세 낸 기분을 누렸다. 게살 리조또와 해물이 잔뜩 들어간 이탈리안 요리를 시켰다. 별로 기대하지 않았는데 맛을 본 아들의 눈이 커졌다. 오랜만에 아이들도 배불리 먹은 저녁이었다.

숙소까지 소화시킬 겸 산 마르띤 거리를 따라 걸어 올라가는 길에, 펭귄 벽화를 만났다. "우리 내일은 이 펭귄을 보러 갈 거야!"라고 하니 유준이는 펭귄 춤까지 추어 가며 좋아했다.

아들아, 너는 펭귄을 보았느냐

다음날 아침에도 날씨는 우중충했다. 우수아이아 도착한 날 여행사에서 투어를 예약하고 받은 바우처를 들고 항구에 줄지어 모여 있는 페리 사무실 중 우리 배가 소속된 곳에 들어가 탑승 티켓으로 교환했다. 예약했던 배는 까따마란(catamaran)이라는 신형 배였다. 25년 이상 된 배도 있었는데 똑같이 9시에 출발해도 6시간 걸린다는 얘길 들었다. 여행사 직원이 까따마란은 만들어진 지 7일 되었다며 진지한 얼굴로 설명을 덧붙였다. 듣고 있던 우리는 웃음보를 터뜨렸다.

이번에도 제일 앞자리를 사수하기 위해 제일 먼저 도착해 탁자가 있는 자리를 잡았다. 밖에 나갈 필요 없이 전망을 잘 볼 수 있을 거라고 생각했기 때문이었다. 페리 안은 난방을 잘 해놔서 무척 따뜻했다. 전세 낸 것처럼 텅 비어 있던 객실은 사람들로 금방 찼다.

비가 오면 배가 출항하는 데 무리가 있을 것 같아 걱정했었는데 다행히 배를 타고 우수아이아를 떠나면서 해상의 날씨는 개기 시작했다. 펭귄 떼를 볼 수 있다는 마르띠쑈(pinguinera de isla Martillo) 섬까지 쾌속선을 타고 네 시간 반을 다녀오는 여정이 시작되었다. 비오는 우수아이아를 뒤로하고 들뜬 마음으로 뚫고나간 비글해협은 날씨가 평온했다. 아이들도 제법 항해를 즐겼다. 비행기를 타는 것도, 배를 타는 것도 좋아하는 아이들이 새삼 고마웠다. 잠투정만 없다면 좋을텐데, 하는 욕심은 있었지만 말이다. 옆에 앉은 스위스커플과 이탈리

우수아이아 펭귄보러 가는 배에서

아 할머니도 우리에게 친절하게 말을 건넸다. 여행을 다니다 보니 우리에게 있어 타인들이 보이는 선악의 경계는 이들이 아이들에게 얼마나 호의와 관용과 인내를 베풀어주느냐에 달려있었다. 유나는 눈도 크고 코도 크고 머리는 하얀 외국인 할머니에게 안겨 재롱을 부렸다. 아이들도 자기들을 예뻐 해 주는 사람들의 선의를 잘 알아서, 그런 사람들에게는 아무리 낯설어도 잘 안기기 마련이다. 그것도 잠시, 아이들은 금방 지루해했다. 유나는 가방을 열고 호구조사에 들어갔다. 할 수 없이 자진해서 간식을 꺼내 보여주었다. 흡족한 얼굴로 자리에 앉아 간식을 오물거리는 유유남매.

배는 빠르게 나아갔다. 얼마 지나지 않은 것 같은데 벌써 속도를 줄이는 것을 보고 뭔가 나오려나보다 했다. 떼 지어 모여 있는 거뭇거뭇한 것들은 가마우지 떼였다. "펭귄처럼 보이지만 가마우지 새입니다."라는 가이드의 설명. 펭귄처럼 하얗고 까만 새라 자칫하면 오해하기 쉬울 것 같았다. 오래 전부터 인적 없는 저 곳을 가마우지 떼가 점령하여 이제는 사람들의 눈요기도 되어 주다니….

다시 사람들이 웅성거리고 배가 속도를 늦추기 시작했다. 등대가 등장한 것이다. 정확히는 등대 앞에 우리가 등장한 것이지만…. 로스 에스따도(Los Estados) 섬에 있는 이 등대의 원래 이름은 'Les Aclaireurs'라는데, 사람들은 그냥 '세상의 끝 등대(Faro del fin del mundo)'라 불렀다. 오래 전 보았던 영화 〈해피투게더〉속 한 장면이 아른거렸다. 지금은 세상에 없는 장국영은 이 등대를 보고 어떤 생각을 했었을까. 나는 우두커니 서서 모든 여행자를 맞이해 주는 이 등대의 위엄에 감탄밖에 나오지 않았다. 배가 조금씩 전진하자 사람들의 감탄사가 더 커졌다. 마치 한 폭의 그림처럼 바다사자 무리가 있었기 때문이다. 사람들은 바다사자들을 구경하고, 그들은 사람들을 구경하며 일광욕을 즐기고 있었다. '방해해서 미안, 우리 잠깐 들렀다 갈게.'

추위와 바람 탓에 아이들은 바다사자와의 만남을 일찍 마무리하고 배 안으로 들어가 곧 낮잠에 빠져들었다. 이런, 곧 펭귄섬 마르띠쇼에

세상의 끝 등대

정박해서 보는 펭귄

황제펭귄과 마젤란 펭귄

도착하는데…. "펭귄! 펭귄!" 하며 노래를 부르던 유준이는 안타깝게도 꿈나라에서 돌아오지 못하고 있었다. 마젤란펭귄들이 해수욕을 즐기고 있었다. 이 섬에 서식하고 있는 종은 검은 바탕에 흰 줄무늬가 있는 마젤란 펭귄들이었다. 줄무늬 없는 흐린 펭귄은 어린 녀석들이라 했다. 마젤란펭귄 무리 사이로 황제펭귄 두 마리가 큰 키를 뽐내며 서 있었다. 펭귄은 배가 오니 겁도 없이 배 근처로 다가왔다. 자기들한테 해를 가하지 않을 거란 걸 아나 보다. 펭귄이 주인인 섬의 평화를 깨지 않도록 사람들은 별도의 보트투어를 통해 한번에 15명만 이 섬에 내릴 수 있었다. 펭귄을 보기 위해 뱃머리에 사람들이 우글우글했다. 어른들도 동심으로 돌아간 모습이었다. 우리는 펭귄들이 수영하는 모습에 매료되었다. 남편은 사진을 찍다 말고 아이들이 걱정되어 한번 들어갔다 나와 보고는 고개를 저었다. 도무지 깰 생각을 안 한다며…. 후에 한국에 돌아와 자신이 자는 동안 펭귄 떼가 찍힌 영상을 몇 번이고 돌려 본 유준이는 자기가 잠을 자느라 펭귄 구경을 놓쳤다는 것을 기억하지 못하는 눈치였다. 우리는 애써 그 기억을 정정해 주지 않았다.

띠에라 델 푸에고 최초의 목장이라는 하버튼의 집(Estancia Harberton)에서 여행자 일부가 하선했고, 우린 다시 비오는 우수아이아로 향했다. 주위를 둘러봐도 어딜 가나 자연의 주인은 자연, 혹은 야생동물이었다. 가마우지로 가득한 섬, 바다사자가 점령한 섬, 귀여운 마젤란펭귄 무리에 동심으로 돌아가게 했던 마르띠쇼 섬…. 중간에 운 좋게 고래도 보고, 칠레의 항구, 윌리엄스 항(puerto willioms)을 볼 수 있었던 것도 새로운 경험이었다. 그러나 내게 있어 정말 새로웠던 경험은 배 멀미였다. 나는 내게 배 멀미를 이렇게 심하게 하는지 이때 처음 알았다. 이 이후 엘리베이터나 놀이기구만 타도 멀미를 하기 시작했으니 트라우마가 꽤 크다고도 할 수 있겠다.

귀항길 배 멀미. 비글해협의 파도가 심하다는 건 들어 알고 있었지만 출발 전 멀미약을 먹은 아이들은 멀쩡하고 나만 토하고 난리가 날 줄은 몰랐다. 다들 뱃머리에서 거센 파도를 즐기며 환호성을 지르다 내가 쓰러지니 하나둘 봉지를 부여잡고 자리에 앉았다는 이야기도 남편에게 전해 들었다. 아픈 엄마가 봉지에 의지해 웩웩거리자 아들은 "꽁구와 꽁구와 꽁구와 아멘." 이라고 성호경을 그으며 기도해주었고 딸도 조금 멀미기운을 느끼자 남편 곁에서 얌전히 앉아있었다 한다. 돌아가는 내내 아이들과 눈을 한 번도 맞출 수가 없었다. 아니, 고개를 들 수가 없었다. 이럴 거면 차라리 물살을 힘차게 거슬러 오르는 네 시간짜리 쾌속선 말고 여섯 시간짜리 오래된 배를 탈걸 그랬나 하는 생각도 들었다.

그렇게 우수아이아에 돌아오고 나서 나는 8시간이 넘도록 속이 메스껍고 머리가 아파 우수아이아 최고의 맛집 중 하나인 Lola Resto(롤라 레스또)에 가서도 킹크랩 요리를 제대로 먹지 못하고 남길 수밖에 없었다. 입덧을 할 때 탄산수가 도움이 되었던 것을 떠올리며 콜라 한잔으로 무사귀환을 축하했다. 호들갑떠는 것처럼 보일 수 있겠으나 살아 돌아온 것이 진심으로 감격스러웠다. 숙소에 와서 한동안 누워 있으니 조금 정신이 돌아왔다. 아무리 피곤해도 아이들 재우고 나서의 자유시간은 포기할 수 없다며 남편과 비글 맥주를 땄다. 방문 밖에서 아이들이 혹시 깰까 싶어 귀를 기울이며 호스텔 복도 소파에 앉아 만끽하는 자유시간의 가치를 그 누가 알겠는가. 그렇게 우리 부부는 여행을 계속하며 전우애를 싹틔웠다.

마르띠알 빙하를 밟은 자의 자랑스러움

우수아이아에서의 1박만을 남겨 놓고 실질적으로 '뭐라도' 할 수 있는 마지막 날이 밝았다. 프런트에 있는 아가씨에게 "오늘 애들 데리고 에스메랄다 호수에 다녀오고 싶은데, 버스를 불러 달라 할 수 있느냐"고 물어봤다. 참고로, 우수아이아의 웬만한 호텔에서는 투어할 수 있는 승합차도 불러주었다. 그런데 그녀는 진흙으로 인해 에스메랄다 호수 트래킹을 하지 못한다는 소식을 전해주었다. 비가 많이 오는 시기라 날씨가 제일 관건이었는데, 막상 이날은 맑아도 전날 온 비로 흙 상태가 엉망이었던 것이다.

아쉬움은 남았지만, 급히 근처의 마르띠알 빙하를 보러가기로 결정했다. 모레노 빙하나 웁살라 빙에 비하면 '이게 빙하? 눈 다 녹은 스키장 아니야?' 라는 생각이 들 정도로 작고 초라하지만 오래전부터 우수아이아의 배경을 지켜온, 빙하라고 한다. 리프트를 타고 느긋하게 올라가 빙하와 우수아이아 전망을 감상하려던 우리의 계획은 리프트 고장과 코스 난이도에 대한 이해부족으로 인해 극기 훈련으로 바뀌었다. 초반부터 잠이 온 유나는 안기기 싫어해 우선 걷게 하다, 막대사탕으로 꼬드겨 남편이 목말을 태운 채로 등산을 시작했다. 그럼에도 유나는 남편의 어깨 위에서 발버둥 쳤다. "싫어."라는 대답을 기대하면서 "엄마한테 올래?" 라고 물어보니 씩씩하게 "응!" 한다. 할 수 없이 내가 목말을 태웠다. 유나는 찐득찐득한 막대사탕을 내 머리에 붙여놓고 목말을 탄 상태로 까무룩 잠이 들었다. 순간 산꼭대기 빙하를 그나마 가까이서 봤으니 이만 하산할까 한참 고민했다. 답은 뻔했다. 빙하를 밟을 수 있는지 없는지 일단 끝까지 올라가보기로 한 것이다. 문제는, 산에 오를수록 기온이 급격히 내려가기 시작했다는 것이었다. 그래서 남편이 유나를 경량패딩 점퍼 안에 넣어 안고 올라가고, 난 유준이 손을 꼭 붙잡고 돌산을 조심조심 올라갔다. 조금이라도 발을 헛디뎠다간… 생각도 하기 싫을 정도였다.

원래는 스키장 슬로프였던 것 같은 등산로를 걸어 올라가는데, 경치는 끝내주었다. 아래는 바다요, 위는 산이라… 뒤로 보이는 비글해협이 마음을 상쾌하게 만들었다. 빙하가 녹은 물이 시냇물이 되어 흘러 내려가고, 함께 내려온 거친 바위와 돌멩이길 주위로 축축한 이끼가 푹신하게 깔려있었다. 지나가던 총각에게 부탁해 가족사진까지 찍었다. 두 녀석 다 막대사탕을 쥐고 있다는 것만 빼면 꽤 평범한 가족 사진이었다.

중간에 날씨는 수십 번도 넘게 바뀌어 눈이 왔다, 해가 났다, 비가 왔다, 더웠다, 추웠다 반복하며 유준이는 모자를 썼다, 벗었다, "엄마 추워요", "더워요", "구름아 물러가라"… 쉼 없이 종알거리며 잘도 올라갔다. "너 참 대단하다!" 칭찬해주지 않을 수 없었다. 아이들은 보이는 것 이상의 가능성을 지닌 존재라는 말이 생각난다.

그러던 중에 웬일로 남편이 이제 그만 내려가자고 한다. 여기가 끝이라고, 빙하 봤으니 됐다고…. 나는 이제 하산하자는 남편을 설득해, 조금만 더 올라가보자고 했다. 빙하 저거 눈으로 보기만 할 게 아니라 직접 밟아봐야 하지 않겠느냐, 아무리 작은 눈밭이라도 직접 보면 뭔가 다를 거다….

드디어 도착했다. 마르띠알 빙하는 엄청나게 작은 눈밭처럼 보였다. 유준이는 바로 눈을 밟아보고 미끄럽다며 소리 지르며 좋아했다. 남편도, 여기까지 오길 잘했다고, 내 등을 토닥여주었다. '아니, 당신이 고생했어요.' 실은 여기까지 오는데 만 세 살짜리가 걷기에는, 만한 살짜리를 안고 가기에는 막판 경사가 매우 급하고 돌길 또한 미끄러지면 위험천만했다. 그만큼 해냈다는 뿌듯함이 밀려 왔다. 뜻밖의 뿌듯함이었다. 그러니 빅 아이스 트래킹을 다녀오면 얼마나 더 뿌듯

할까? 산꼭대기에서 아이들에게 보온병에 담아 간 누룽지를 호호 불어 먹이며 나는 그렇게 생각했다. 맑은 하늘 아래 펼쳐진 작은 눈밭을 보니 힘들단 생각도 사라졌다. 이래 보여도 예전에는 빙하로 온통 뒤덮여있었을 땅이 아니겠는가. 그러던 중, 남편이 갑자기 뭔가 발견하고 후다닥 뛰어가기 시작했다. 고생한 아들에게 준다고 빙하고드름을 따러 저 높은 곳까지 파닥거리며 뛰어갔던 것이다. 아들은 제 아빠가 어렵사리 얻은 전리품을 잠깐 들고 칼 잡는 시늉을 하다 바로 집어던졌다. "차가워!" 라고 하면서…. 대신 유준이는 어디선가 나무지팡이를 발견하고는 신나게 휘둘렀다.

하산하는 길은 올라가는 길보다 더 위험천만했다. 협박하는 것이 아니라 문자 그대로 아들에게, 엄마 손 놓치고 빨리 내려가려 그러면 죽는다고 일러두었다. 내려가다 보니 유나는 딸기코에 쌍콧물 범벅이 되어 있었다. 우린 걷느라 체온이 올라 괜찮았지만 내내 매달려 다닌 이 녀석은 추위로 고생하고 있었던 것이다.

내려가다 보니 굽은 나무줄기에 오랜 세월 거세었을 바람의 흔적이 남아있었다. 마치 꼭 가꾸어진 분재처럼….

하산하여 우리가 향한 곳은 옛날에 교도소로 쓰이던 해양박물관이었다. 매표소 입구에는 무료 핫초코 쿠폰이 쌓여 있었다. 혹시 몰라 몇 장 챙겨 보았다. 이 박물관은 예전에 세상의 끝 우수아이아에서 아르헨티나 죄수들을 수감하던 교도소였다. 춥고 외진 이 곳에서, 아무

마르띠알 빙하에서 고드름을 딴 유준

이끼가 폭신해요 엄마

리 도망쳐봤자 여기보다 따뜻한 곳은 없었을 테니 죄수들은 다시 돌아올 수밖에 없었다 한다. 그래서 울타리도 없었다. 지금은 해양박물관 한켠이 갤러리로 쓰이고 있었다. 우수아이아답게 펭귄조각이 많았다. 오래간만에 문화생활을 하는구나 하며 갤러리를 둘러보는데 유준이가 유모차에 앉은 채 잠에서 깨어 한참 칭얼댔다. "여기 옛날에 나쁜 아저씨들 잡아가서 가둬놨던 곳이야. 너 자꾸 울면 가둬버릴 거야." 라고 농담 삼아 한마디 한 것에 유준이는 박물관이 다 떠나가도록 더 큰 소리로 엉엉 울어댔다. 그 사이 남편은 교도소를 재현해놓은 곳에서 유나를 힙시트로 안고 "이제는 글렀어. 꼼짝 없이 갇혔어." 라며 연출 사진을 찍느라 정신없었다. 박물관 바깥에 옛날 기찻길과 기차를 전시해놓은 것을 보고 나서야 유준이는 기분이 풀렸다.

호스텔로 돌아가다 박물관에서 챙긴 핫초코 쿠폰이 생각나서 바릴로체에서 많이 보았던 초콜릿 가게, 뚜리스따(Turista)에 들어갔다. 담백하니 맛있는 핫초코였다. 그냥 시음만 하고 나가기에는 민망해서 초콜릿을 조금이라도 사려고 서 있는데 유나가 손을 이끌고 밖으로 나가자 하였다. 그래서 아무것도 못 사고 나왔다. 우리 딸이 17개월밖에 안 되었지만 참 알뜰하구나, 하고 남편과 농담을 주고받았다.

숙소로 돌아와 아이들은 저녁으로 미역국밥을 먹었다. 부에노스아이레스에서 한국식품점에 들러 사 둔 즉석 미역국밥이었다. 유유남매는 싸우고 밀치고 서로 뺏어먹겠다고 난리도 아니었다. 아이들을 일

유유남매 빙하까지 가보자.

우수아이아 비글 해협

찍 재우고 우리들끼리 열 걸음 떨어진 호스텔 식당에서 먹으려 했다. 음식이 의외로 맛있다는 외국인들의 평을 들은 터였다. 하지만 유유 남매는 그런 우리의 의중을 눈치 챘는지 언제 싸웠냐는 듯 협심하여 한 시간 동안 안 자고 낄낄댔다. 결국 다 데리고 식당으로 가야 했다. 부지런한 부모를 둔 덕에 아침부터 강행군을 함께 한 아이들이 피곤해 하지 않으면 그게 이상한 것이었다. 식당에 앉아 짜증을 내며 잠투 정을 시작하기에 번갈아 한명씩 방으로 데리고 들어가 재우고 나와 식어빠진 음식과 김빠진 맥주를 한잔 하며 다시금 전우애를 다졌다. 아이들을 데리고 다니는 여행은 전쟁과 같다며…. 전쟁 치고는 행복한 전쟁이지만 말이다.

　파타고니아 전쟁인지 여행인지를 마무리하며, 유준이의 성장을 떠올려 보았다. 아이는 여행 내내 우리의 손을 붙잡고 쉴 새 없이 "왜요? 왜요?"라 물어보고는 하였다. 이런 끝없는 궁금증으로 인해 집에만 있을 때보다 대화의 깊이와 폭이 넓어진 것 같았다. 힘이 들 때면 네 식구가 함께 노래 부르며(유나는 끝 글자만 하나씩 따라했다) 돌아다니던 추억이 우리 가족에게 힘든 시기가 올 때에 반드시 거꾸로 힘이 되어 줄 것이라고 믿는다.

 마지막 날의 일정은, 비행기 출발 전 우체국에서 엽서 보내기, 비글해협 한 번 더 보기, 우체국과 인포메이션 센터에서

펭귄만 보면 즐거운 아들

여권에 세상의 끝(fin del mundo) 인증 도장 찍기. 마지막 날이 되어서야 날씨가 좋아 떠나는 우리를 붙잡는 것 같았다.

"엄마, 펭귄은 어디 있어요?"

"마젤란펭귄? 배타고 가서 봤잖아. 자고나서 생각 안 나는 거지?"

우리는 절반은 세뇌의 목적으로, 절반은 농담으로 그렇게 대답했는데, 유준이는 혼란스러운 눈치였다.

"바다 구경하러 가자!"

유준이는 펭귄 투어를 하던 날 숙소로 돌아가던 길에서 산 펭귄 인형을 소중히 안고, 인형에게 바다를 보여주었다. 이 펭귄 인형은 마르띠알 빙하를 보러 등산할 때에도 유준이와 함께 했었다. 너무 한가로운 풍경, 계속해서 보고 싶었다. 바다가 하늘이 되고 하늘이 바다가 되는 이곳에 언제 또 와 볼 수 있을까?

돌아온 부에노스아이레스는 한참 더운 여름을 이어가고 있었다. 땅 끝 우수아이아에 가서 제대로 피서를 한 격이었다.

"다음에 또 어디 갈까?"

07

살따(Salta), 젊어서 고생은
사서도 하는 법

José

살따에 돌 구경 하러 가자

앞에서도 이야기했던 아르헨티나 영화 〈Relatos Salvajes〉에서 등장하는 인상적인 붉은 바위산이 있는 살따. 영화 속에선 협곡 사이로 좁은 도로가 나 있었고, 뜨거운 햇빛과 건조함이 만들어내는 흙먼지가 인상적이었다. 이곳은 고산지역으로 보통 3,000m이상은 되는 지역이었다. 여행 출발 전 지인에게서 들은 정보에 의하면 4,000m가 넘는 고지에서 고산병을 겪는 사람도 많다고 했다. 너무 많은 정보를 알면 도전하기보다 포기가 쉬운 법. 게다가 진정한 여행의 묘미란 예상치 못한 즐거움을 누리는 '여유'에 있는 것이 아닐지…. 그래서 나는 그 이상의 많은 정보 없이 일단 가자고 마음먹었다.

반면 치밀한 Ceci는 비행기 티켓을 구매한 이후 새벽까지 잠을 이루지 못하며 블로그와 트립어드바이저, 구글 등을 검색하며 계획을 세웠다. 왜 돌밖에 없는 살따에 가냐고 하던 Ceci도 계획을 세우면서 살따의 매력에 빠졌다 한다. 이럴 때 보면 평소에는 허당기가 많고 뭘 하든 빈틈이 있어 공부지능에 비해 생활지능은 낮아 보이는 Ceci의 MBTI 성격유형이 어떻게 나오는 정 반대인 ISTJ인지 알게 된다. 우리는 국제면허가 만기되어 차를 렌트하지 못하기에 구름기차나 까파야떼를 가기 위해서는 여행사의 투어를 이용해야 했다. Ceci는 그 투어라는 것이 종류가 엄청 많아서 잘 알아봐야 한다고 했다. 거기다 장기간 여행을 하는 것도 아니고 두 아이를 데리고 한정된 시간 안에 최소한의 고생을 해야 했기에 반드시 봐야 할 것과 포기해야 할 것, 괜찮은 식당까지 검색했다.

살따로 향하는 비행기에 오른 때는 마침 두 아이의 낮잠 시간이라 아이들은 비행기에서 두 시간 내내 단잠에 빠졌다. 살따 공항은 시내와 멀지 않아서 우리는 택시를 타고 까사 레알(Casa Real)이라는 호텔로 향했다. 체크인과 동시에 나는 아이들을 데리고 수영장으로 직행할 준비를 했다. 내가 물을 좋아해서 그런지 유유남매도 어렸을 때부터 물을 좋아했다. 그래서 아이들을 위해 수영장이 있는 숙소를 정했던 것이다. 한 가지 생각지 못했던 것은 성인 2명으로 방을 예약했는데 아이들까지 포함하면 하루에 26달러의 추가비용이 발생한다는 것

이었다. Ceci는 나를 툭 치며 역시 사람은 정직해야 한다고 선생님 같
은 말을 했다.

Ceci는 우리를 두고 체크인 직후 홀로 기차표를 사러 나갔다. 정보
의 힘은 대단하다. 어떻게 알았는지 가족 중 1인의 생일이 여름이면
직접 구매나 전화로 구매 시 그 나이 수만큼 할인을 받을 수 있다는
것이었다. 동반자 1인도 함께 말이다. 당시 만 33세였던 나는 33%를
할인받을 수 있었다. 표는 기차역에서 파는 것이 아니라 센뜨로에 있
는 사무실에서 사야 했다. 유나 역시 편하게 다녀오기 위해 만 24개
월이 되지 않았음에도 4인석으로 예매했다. Ceci는 기차역과 사무실
을 번갈아 다녀와 힘이 들었을 텐데도 여행경비를 아꼈다며 의기양양
한 표정으로 호텔로 돌아왔다.

Ceci가 미리 검색해 놓은 엘 차루아(El Charruá)라는 빠리샤 집은 저
녁 8시에 문을 열었다. 우리는 450페소짜리 고기 세트와 감자, 고구
마튀김을 시켰다.아사도와 곱창, 닭고기와 쵸리소, 간 등의 푸짐한 고
기 세트는 넷이 먹기에 양이 너무 많았다. 잘 먹어야 고산지대에서 힘
을 낼 수 있다며 Ceci와 나는 열심히 고기를 뜯었다. 저녁 식사 시간
이 늦어 아이들은 눈을 제대로 뜨지도 못한 채 고기를 씹으며 졸기도
하는 모습이었다. 유모차를 밀고 집에 오면서 산 프란시스꼬 성당과
지금은 역사박물관으로 쓰이는 까빌도, 대성당(Catedral)의 야경을 구
경했다. 그냥 숙소로 돌아가기에는 왠지 모를 아쉬움에 아르헨티나

형형색색의 Toro 협곡

전역에 있는 아이스크림 가게, 그리도(Grido)에서 콘 하나를 샀다. 유준이는 졸려서 눈을 비비며 걷다가 세상을 얻은 듯 행복해했다. 단 것을 먹은 유준이는 이날 흥분해서 잠을 설쳤다.

구름기차 타고 정신을 잃다

다음날 아침. 새벽 6시 조식 시작과 동시에 방에서 나왔다. 아침을 즐길 여유가 없어서 가방에 몰래 먹을 것들을 바리바리 싸 두었다. 여행사에서 간단한 아침 식사를 제공한다고는 했지만 얼마나 간단할지 몰라 비상시에 대비한 행동이었다. 사실 나는 별 생각 없이 살따에 왔으면 구름기차는 당연히 타야 한다고 생각하고 있었는데 Ceci는 나와 달랐었던 모양이다. 다음은 아내의 걱정거리들이다. 첫째, 유나 자리까지 했을 때 가족패키지로 한화 35만원 정도로 가격이 상당히 비쌌다. 둘째, 기차 타러 가는 시간까지 합쳐 왕복 12~13시간 가량 걸리는 일정이 아이들에게 힘들 것 같았다. 셋째, 가장 높은 곳이 4,220m로 고산병이 예상되었다. 하여 Ceci와 두 아이들은 일찌감치 고산병약을 챙겨 먹었다. 기차역에는 이미 많은 사람들이 새벽부터 줄을 서 있어 우리도 한참 기다렸다가 버스를 탔다. 아이들이 멀미한다는 것을 핑계로 마지막 버스의 맨 앞좌석에 태워달라고 부탁했다. 버스의 색과 같은 색의 팔찌(pulsera)를 차고서…. 이날 버스는 4대, 구급차 1대, 운영진들의 사륜차 2대가 여정을 함께 했다. 후에 이 의료진의 도움을 받게 될 줄은 상상도 못했다.

버스와 기차, 버스로 이어지는 강행군이 시작되었다. 그러나 오가며 창문 밖으로 보이는 또로 협곡(quebrada del Toro)의 풍경은 정말 아름다웠다. 우리는 연신 "우와~!"를 반복했다. 예전에 바다 밑에 있었던 산들이 파도와 바람에 깎이고 융기해 만든 장관은 어떤 카메라로도 담지 못할 것 같았다. Ceci는 살다 살다 돌산에 매료될 줄은 몰랐다며 물개박수를 쳐댔다. 곳곳에 2천 미터 고산에서 자생하는 길쭉길쭉한 선인장인 까르도네스(cardones)의 모습이 보였다.

우리는 알파르시또(Alfarcito)라는 마을에 들러 아침 식사를 했다. 빵 몇 조각과 따뜻한 차로가 제공되었다. 그 근방 계곡에서 하나뿐인 중

해발 4200m 구름기차에서

등학교가 근처에 있어 둘러볼 수 있었는데 이곳까지 몇 시간을 걸어 오거나 말, 당나귀를 타고 오는 학생들도 있다는 얘길 듣고 나라가 넓으니 그런 일도 있구나 싶었다. 거기서 한두 시간 더 달려 버스에서 기차로 갈아타기 위해 산 안또니오 데 로스 꼬브레스라는 마을에 도착했다. 버스는 이미 포장도로와 비포장도로를 번갈아 가며 고도가 서서히 높아져 있었다. 마을의 고도는 3,700m였는데 이때부터 Ceci는 두통과 부정맥을 호소하기 시작했다.

빼루와 볼리비아의 고산지대를 이미 무사히 여행한 경험이 있었던 우리였기에 처음에는 자신만만했다. 그러나 결과는 참담했다. 마을에서 기차로 갈아타고 나서 나를 제외한 모두가 고생을 했다. 기차는 유난히 느렸다. 한 시간에 21km를 갔다. 가는 동안 각 객차에 가이드가 한 명씩 타서 설명을 해 주고, 모니터로 이곳의 생물자원과 점점 더 높아지는 고도를 보여주기도 했다. 가이드와 모니터, 창 밖 풍경을 번갈아보는 아이들의 눈이 풀리기 시작했다. 고산병 약에 코카 캔디까지 준비했건만…. 아마 나까지 아프면 안 된다는 생각에 내가 버티지 않았나 싶다. 아내와 유유남매는 의사를 호출해 맥박을 재고 산소 호흡기를 착용해야 했다. 나는 안절부절 못하며 셋을 번갈아가며 돌보기에 바빴다. 등에 가방을 메고 두 아이를 양손으로 안고, 그 상황에서도 토하는 유준이를 한 쪽으로 기울여서 바닥에 토사물을 쏟아 내게도 했다. 그 때 Ceci는 의사의 부축을 받으며 앰뷸런스를 타고 갈

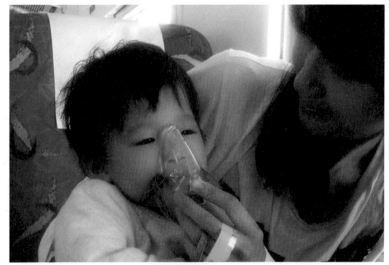

딸 쓰러지다.

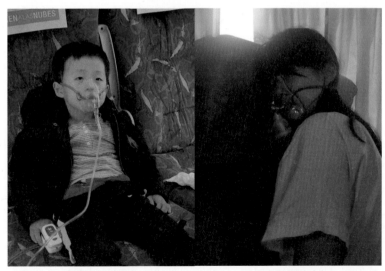

아들도 쓰러지다   Ceci도 쓰러지다.

지를 고민하고 있었다.

그러면서도 구름기차가 오래되고 위태위태해 보이는 다리가 보이자 탄성을 멈출 수가 없었던 것은 바로 우리의 여행 유전자 때문이었을 것이다. 둘 다 전생에 유목민이었지 싶다. 기차는 속도를 완전히 줄이고 최고의 구간이자 마지막 구간인 비아둑또 데 뽈보리샤(Viaducto de Polvorilla)로 건너가기 위한 준비를 했다. 건너갈 때는 왼쪽 좌석이 경치도 좋고 사진 찍기에도 좋으니 혹시라도 구름기차를 탈 생각이 있다면 참고하는 것이 좋을 것 같다. 그런 우리의 마음을 읽었는지 가이드가 오른쪽 좌석과 왼쪽 좌석 승객들은 자리를 바꾸라고 했다. 뽈보리샤에서 정차한 기차에서 승객들은 우르르 내려 미리 진을 친 상인들 틈을 돌아다니며 기념품을 구경하거나 전망대에 올랐다. 상인들은 이 높은 곳까지 어떻게 올라왔을까. 그 생각을 하며 다리 아래를 보니 저 아래쪽에서부터 오토바이가 올라오기도 하고, 짐을 이고 진 사람들이 하나둘 올라오는 모습도 보였다.

내려가는 길…. 일행은 모두 산 안또니오에서 점심을 먹어야 했는데 기차에서 내내 토하던 Ceci는 마을에 도착해 하차한 뒤 역시 한 입도 먹지 못했다. 유준이 또한 넋 나간 표정이었다. 유나만 보온병에 담아 간 누룽지를 열심히 퍼 먹었다.

구름기차에 대해 조금 더 얘기해보자면, 겨울에는 바람이 세어 운행을 안 하는 시기도 있고, 우기인 여름에는 안전상의 문제로 화요일과 토요일에만 기차가 운행한다고 한다. 그것도 일부 구간은 버스를 타고 가야하며, 제일 높은 고도의 마지막 역구간만 기차를 탈 수 있다고 하는데 이날 쾌청한 날씨가 뒷받침했던 걸로 보아 우리는 행운의 가족임에 틀림없다. 고산 증세를 빼면 말이다.

모든 일정을 마친 이날 저녁에는 살따의 대표적인 여행자거리인 발까르세(balcarce) 길 위의 노천 식당에서 뻬냐(peña) 공연을 보며 식사를 하며 하루를 마무리했다. 살따 지역의 대표적인 폴클로레인 뻬냐 공연은 흥겹기도 하고 애잔하기도 했다. 음악이 시작되자 유유남매는 격정적으로 몸을 흔들다 무대에까지 올라가고 싶어 안달이었다. 멀미와 고산증세가 함께 몰아치는 총체적 난국을 겪고도 음악에 몸을 실을 줄 아는 유유남매는 역시 우리의 여행유전자를 이어받긴 한 것 같다. 살따의 대표 맥주 살따가 그렇게나 맛있을 수가 없었던 밤이었다.

Ceci
그림 같았던 까파야떼 협곡

다음날, 어김없이 새벽 6시에 기상해서 까파야떼 투어버스 앞자리를 맡기 위해 남편은 유준이만 데리고 전력으로 뛰었다. 다행히도 맨 앞자리 사수에 성공했다. 멀미를 할지도 모르는 아이들을 데리고 장거리 버스 여행을 하기 위해서는 필사적으로 앞자리를 사수해야 했다. 그 사이 나는 호텔 조식을 챙겨서 숙소에서 픽업버스에 합류했다.

구름기차 투어에서는 아침식사와 간식을 넉넉히 주었지만 이 투어에서는 그런 것이 제공되지 않는다는 이야기를 들었기 때문이었다. 장기 여행의 경험으로 아이들은 멀미증상이 나타나면 스스로 누워서 눈을 감았다.

이 까파야떼 투어는 살따에 도착했던 날, 여행사가 모여 있는 부에노스아이레스 거리에 모여 있는 여행사 사무실 중 노르딕(Nordic) 여행사에서 예약했던 것이었다. 협곡과 보데가까지 보고 올 수 있는 12시간 종일투어를 조금이라도 편하게 하고자, 구름기차를 탈 때처럼, 원래 비용을 지불하지 않아도 되는 유나 자리도 같이 예약했다. 투어 버스를 고르는 팁. 26인승과 18인승 중 큰 버스가 흔들림도 적고 좌석도 편하다. 창도 넓어 지나가며 보는 살따의 풍경이 눈에 확확 들어온다.

이날의 가이드는 제레미, 3살 아들이 있다고 했다. 남편은 영어와 스페인어를 자유자재로 구사하는 그를 보며, 둘 다 못하면서 콩글리시와 스팽글리시(스페인어와 영어를 섞어서 쓰는 언어)를 쓰는 자신이 초라하게 느껴진다고 했다. 자라서 외국어가 필요 없을 거라는 오만함으로 학창시절을 보냈다는 고백을 들으니 내 학창 시절도 별반 다를 것이 없었다는 반성이 들었다. 아이들은 일찌감치 세계를 누비며 영어나 스페인어 등 다른 나라 언어를 배우고자 하는 동기를 얻었으면 했다.

살따 까파야떼 성(El Castillo) 앞에서

3개의 십자가 앞에서

악마의 목구멍에서

오전 협곡투어는 두 군데 밖에 안서고, 빨리빨리 진행해 까파야떼에 정오 전 도착하는 여정이다. 코스는 가이드마다 다르다는데 여행사에다 협곡의 주요볼거리를 다 보여주는지 미리 물어봤었다. 나는 살따 여행 전 며칠 밤을 새우며 협곡에 대해 공부를 했었다. 협곡마다 모양에 맞는 이름이 붙여져 있다. 일정상 정차하지 않고 빨리 지나가는 차 안에서 사진 찍기가 쉽지 않기 때문에 뻬루를 여행할 때 나스까 라인에 대해 미리 공부하고 간 것처럼, 협곡 곳곳의 이미지와 이름을 머리에 입력해야 했던 것이다. 예를 들면 개구리 모양의 바위(el sapo)는 대강의 위치를 기억하고 있다가 가이드가 설명을 시작할 때 바로 사진을 찍어야 한다. 유난히 하얀 돌이 우뚝 서 있는 것이 꼭 수도사(el fraile) 같다고 하여 그리 이름이 지어진 곳 역시 미리 공부하지 않고 가면 찾기 힘들다. 옛 사람들의 이름 짓는 센스가 매우 기발하다는 생각이 든다. 밤하늘을 보며 별자리를 만들어내고, 이야기를 상상해낸 사람들처럼, 이 넓고 끝없는 땅을 오가던 이들은 이렇게 협곡이나 바위 곳곳을 명명함으로써 지루함도 없애고 자신들의 위치도 나타낼 수 있었던 게 아닐까.

오전에 협곡에서 가장 많은 시간을 보냈던 곳은 세 십자가(Tres Cruces)라 불리는 곳이었다. 옛날 1,800년대 까파야떼에 큰 전염병이 돌았을 때 어떤 성직자가 살따까지 이동하던 중 죽음을 맞이한 곳으로, 이후 두 명의 시신이 더 안치되었다고 제레미가 설명해주었다. 제레미는 유일한 비스페인어권 국가에서 온 우리를 위해 스페인어로 설명한 뒤 영어로도 함께 설명해 주었다. 전망대에서 보니 오전의 찬란한 햇빛을 받은 저 너머 협곡의 음영이 마치 십자가 형상 같았다.

까파야떼 도착 전, 짧게 보데가 한 곳에 들렀다. 가족단위로 와인을 만드는 곳이었다. 대략 해발고도 1,700~3,200m 사이에서 자생하는 백포도 또론떼스(torrontés)가 까파야떼의 대표 품종인데, 맛이 깔끔하고 가벼워 사지 않을 수 없었다. 부에노스아이레스까지 깨지지 않고 무사히 가지고 갈 수 있을까 걱정이 되었다. 우리는 이 백포도주를 신주단지 모시듯, 갓난아이 만지듯 소중히 운반했다. 언젠가 특별한 날에 이 와인을 함께 하자는 약속과 함께….

버스는 조금 더 달려 까파야떼에 도착했다. 단체투어이니 기념품점엔 들르는 것이 당연한 코스였다. 그래도 우리는 긍정적인 마음으로, 이 지방의 둘세와 수공예품에는 어떤 것이 있는지 즐거운 마음으로 살펴보았다. 시골의 기념품가게 주인은 우리에게 "아이들이 어리니 이것도 좋고, 저것도 좋고…." 라며 기념품을 많이 사 가기를 원했지만 결국 우리가 산건 아이들 먹일 건포도 한 봉지뿐이었다.

꾸아라(Quara)라는 보데가에서 본격적으로 와인 투어가 시작되었다. 앞서 들렀던 작은 가족 보데가가 애피타이저와도 같았다면 드디어 메인 디쉬가 시작된 것이다. 이곳에는 우리버스 말고도 미니버스 몇 대가 이미 도착해 있었다. 사람들이 꽤 많았다. 한 시간에 3천개의

기념품점에서 신난 유유남매

병을 패킹하는 공장을 보며 보데가 소속 가이드는 "옛날이라면 사람이 다 했을 라벨링, 코르크 작업 등을 이제는 다 기계가 하고 사람들은 눈으로 확인만 한다"고 설명했다. 와인 업계에서도 기계화로 인해 많은 사람들이 일자리를 잃었겠구나 싶었다. 이 보데가에서는 또론떼스 외에도 말벡, 시라, 까버르네쇼비뇽, 까버르네블랑 등등 많은 품종들을 키우고 있다 한다. 남편의 눈이 유난히 반짝였다. 와인 두 병을 더 살 수밖에 없었다. 와인애호가이신 친정아버지를 모시고 왔으면 박스째로 사실 것도 같았다. 멘도사에서 자유로운 영혼을 뽐냈던 유준이도 그새 컸는지 우리를 잘 따라다녔다. 그러다 이곳에서 우연히 만난 다른 나라 아이와 친해져서 신나게 놀다가 보데가에서 패킹해 놓은 와인병들을 깰 뻔하기도 했지만 말이다. 약 45분간 진행된 가이드투어 내내 제레미가 옆에 딱 붙어 우리부부에게 영어로 설명해줬다. 이곳 가이드는 동물, 식물, 역사, 지리뿐 아니라 와인에도 능통해야하는구나 싶었다. 보데가 가이드에 설명을 일임하고 자신은 쉴 수도 있었을 텐데, 자신의 일에 자부심을 가지고 열심히 임하는 이를 만나니 몸과 마음에 힘이 들어가는 느낌이었다. 굳이 하지 않아도 되는 일을 최선을 다해 수행하는 모습에서 진정한 전문가란 이런 것이구나, 하는 것을 배웠다.

와인투어 후 다 같이 여행사를 통해 예약되어 있는 식당에서 점심식사를 했다. 자유여행과는 달리 이러한 제약이 있어도 우리는 불평

하지 않았다. 이번에도 긍정적인 자세로, 이미 투어 금액에 식비가 포함되어 있다는 사실을 상기하고 식당에서 시킬 수 있는 제일 비싼 메뉴를 시키자고 남편과 뜻을 모았다. 한국말로 얘기하면 주위에서는 아무도 알아듣지 못하기에 그런 것을 의논할 때에는 무척 편리했다. 우린 파스타를 메인으로 한 세트메뉴 1개와, 엠빠나다 3개, 밀라네사 1개를 시켰다. 별로 기대하지 않았는데 살따의 엠빠나다는 최고였다. 이래서 살떼뇨(Salteño), 살떼뇨 하는구나…. 지금도 육즙 가득한 살따의 엠빠나다를 생각하면 입안에 군침이 돈다.

점심 식후 주어진 두 시간의 자유시간이 무척 반가웠다. 까파야떼는 작은 마을이라, 센뜨로까지 몇 블록 떨어져 있지 않았다. 와인을 만들어 함께 피에스타를 즐기는 모습이 그려진 벽화를 지나 메인광장까지 슬렁슬렁 걸어가자 수공예품 파는 곳과 와인 아이스크림 파는 곳이 몇 군데 있었다. 레드 말벡과 화이트 또론떼스의 두 가지 맛이 있었다. 알코올에 약한 나는 촌스럽게도 이 와인 아이스크림 몇 숟가락에 얼굴이 빨개졌다. 성당까지 둘러보고 나니 딱 두 시간이 지나 있었다.

다시 버스에 올라 살따로 돌아가는 길에는 네 군데에서 들른다 하였다. 악마의 목구멍(Garganta del Diablo), 원형경기장(Anfiteatro), 성채(los Castillo) 등의 명소는 오후에 까파야떼에서 살따로 돌아오는 길에 멈춰 구경하는 것이 좋다고 한다. 오전엔 역광이라 빛이 안 좋기 때문이다. 제 아무리 절경이라 해도 빛이 받쳐주지 않으면 그 장관을 제대로 감상하기 힘든 곳이었다. 커다란 협곡에 송송 구멍이 나 있어 '창문(Las Ventanas)'이라 이름붙인 곳과 누가 봐도 오벨리스크를 닮은 '오벨리스크'를 지나고, 작은 그랜드 캐년이라는 별명까지 얻은 라 세세라(La Yesera)에 도착했다. 그곳은 까파야떼 협곡에서 꼭 봐야 할 곳이었지만 구름이 끼어 빛이 가려져 그 모습이 제대로 드러나지 못했다. 원래 빛을 제대로 받으면 무지개산 못지않게 아름다운 곳임을 사진으로밖에 볼 수 없다는 것이 아쉬웠다.

버스는 또 다시 협곡 사이사이 난 길을 따라 달리다 텅 빈 노천극장처럼 뻥 뚫려있는 원형경기장(Anfiteatro)에 도착했다. 카메라로는 그 깊이를 담아낼 수 없었다. 이곳에 도착하니 정말 극장에 온 기분이었다. 기타리스트 한 명이 연주하는 소리가 울려 퍼지고 있었다. 썬베드를 가져와 누워 휴식을 취하는 이도 있었다. 한국에서 단소를 가져왔더라면, 하는 생각을 했다. 양반다리를 하고 앉아 외국인들 앞에서 단소로 아리랑을 부는 내 모습을 상상해 보았다.

마지막으로 들른 곳은 이과수의 그곳과 동명의 악마의 목구멍(Garganta del Diablo)이었다. 말 그대로 뻥 뚫린 공간이 인상적이었다. "아!" 하고 소리를 내니 "아~! 아~! 아~!" 메아리가 울려 퍼졌다. '주의! 뻥 뚫린 곳까지 올라갈 수는 있지만 병원으로 실려 간 이도 있다하니 알아서 조심할 것'이라 적힌 표지판도 있었다. 표지판은 본체만

체 남편은 용맹함을 뽐내며 암벽등반 하듯 올라가 자세를 취했다. 유준이도 아빠처럼 올라가보고 싶어 버둥거렸다. 낯선 이의 도움을 받아 유준이 역시 올라가는 데 성공했지만 보고 있는 에미 마음은 조마조마했다.

모든 일정을 마치고 무사히 호텔로 돌아왔다. 저녁 7시 반, 밥을 먹어야 하는 시간이었지만 마지막 밤이었기에 수영을 택했다. 수영은 8시까지였고, 저녁식사는 8시부터였기 때문이었다. 직원에게 사정하여 8시 반까지 하얗게 불태운 우리의 열정은 돌이켜봐도 신기하다.

저녁식사도 인터넷으로 외국 사이트를 검색한 끝에 우연찮게 아주 좋은 곳을 발견해 만족스런 시간을 보냈다. 스페인 문화원이라는 의외의 공간에서 빠에야를 맛나게 한다는 것이었다. 쌀이 주식인 우리에게 식사 메뉴를 정하는 것은 언제나 어려운 결정을 요했다. 그런 우리에게 스페인 요리, 빠에야는 반가운 메뉴였다. 스페인 문화원에 들어서니 강의실과 롤러장만 보였다. "식당이 있긴 한 거야?" 하는 순간 발견한 것은, 반은 노천이고 반은 실내인 레스토랑이었다. 곧 있으니 할아버지들로 만석이 되었다. 현지인이 많이 찾는 곳은 틀린 적이 없다. 가격도 착하고, 맛도 인증된 식당인 것이다. 육즙이 줄줄 흘러나오던 엠빠나다 살떼냐(empanada salteña)를 시켜서 먹고, 또 먹고, 또 시키고…. 살따의 명물, 따말레스(Tamales)는 우미타(humita)처럼 옥수수가루반죽으로 되어있지만 안에는 찐 고기가 있었다. 그리고 빠에야는 해물이 진심 많이 있으면서도 비린 맛 전혀 없이, 스페인에서 먹었던 것보다 맛있었다. 눈물이 날 지경이었다. 며칠간의 살따 여행에서 이런 마지막 저녁 식사를 할 수 있다니…. 흙 속의 진주를 찾은 기분! 아르헨티나에서 소고기와 파스타에 질린 이들에게 강력 추천하고 싶다. 남편도 줄 수만 있다면 별을 있는 대로 다 주고 싶다 하였다. 살따는 우리에게 고산병을 주었지만 절경과 음식이 준 감동으로 그 모든 고생을 덮어버렸다.

José

마지막 날까지 알차게

사진 동아리 선후배로 만나 결혼한 우리였지만 아이들 짐이 많다보니 DSLR 카메라 하나 없이 여행을 했다. 어쩔 수 없는 선택이었다. 대학시절엔 필름 카메라가 좋았고, 사진관 아저씨와의 만남이 좋았으며, 한 장, 한 장 소중하게 찍었던 사진이 좋았다. 디지털 카메라에서 찍었다 지우고를 반복하는 사진에서 느낄 수 없는 매력이 그때는 분명히 있었다. 그러다보니 여행의 아름다움도 눈으로 많이 담을 수밖에 없었지만 힘든 만큼 많은 추억이 생겼다. 나라가 부유하지 않아도 충분히 삶을 즐기고, 자신만의 삶을 살아가는 현지인들의 모습은 여행에서 다시금 느끼는 부러움이었다. 한국에 돌아간 우리도 그럴 수 있을까? 내 아이들은 꼭 그렇게 살아갔으면 좋겠다.

마지막 날 처음으로 늦잠을 자고 호텔 조식을 식당에서 즐겼다. 사실 애들 난리통에 충분히 즐기지는 못했다. 그사이 아이들은 현지 친구들이 생겨 식당을 함께 뛰어다녔다. 유준이가 자기는 이제 수영을 하러 가야 한다고 하니 현지 아이가 울음을 터뜨리기까지 했다. 이런 아이들을 보고 나도 내 행복을 위해서 모두와 행복하게 함께 지내는 사람이고 싶다는 생각을 했다.

체크아웃 후에도 수영장을 이용할 수 있다고 하여 수영장에 한 번 더 들렀다. 이제 튜브만 있으면 혼자 발장구도 쳐 가며 잘 노는 유준이를 보니 아이들이 참 빨리도 큰다는 생각이 들어 아쉬움이 밀려왔다.

그리고 우리는 호텔에 짐을 맡긴 후 유모차만 끌고 센뜨로로 출동했다. 첫날 지나가며 야경만 구경했지, 센뜨로를 둘러보지는 못했던 것이다. 까떼드랄부터 들렀다. 평일인데도 사람이 많았다. 큰 성당이다 보니 사제만 넷이었다. 성당 입구에는 독립영웅 게메스(Guemes) 장군의 유해가 안치되어 있었다. 아는 만큼 보이는 법…. 역사 공부를 소홀히 한 것이 아쉽게 느껴졌다.

점심은 간단히 빤초로 때우기로 했다. 메가빤초라는 곳이 유명하다 해서 찾아간 그곳에서 처음으로 한국인 배낭여행객들을 만났다. 10~20페소에 토핑과 살사가 무한 제공되는 빤초집에는 배낭여행객이 몰릴 만도 했다.

유리에 비친 살따의 대성당

잠시 동안의 휴식 후 호텔에서 짐을 찾고 바로 택시를 잡아 케이블카까지 타러 갔다. 산 마르띤 공원에서 출발하는 케이블카(teleférico)를 탄 아이들의 표정이 밝아졌다. 10분정도 지나 도착한 베르나르도 언덕에서는 베르나르도 성인의 동상이 우뚝 서 우리를 반기고 있었다. 이곳에서는 전망이 한눈에 내려다보이는 것은 물론이고 이 전망대(mirador) 외에도 작은 폭포들과 놀이터, 수공예품상점 등등 조경도 잘되어있고 볼거리도 제법 있어 시간을 두고 여유 있게 다녀가면 좋은 곳이라는 생각이 들었다. 게다가 산 마르띤 공원에서는 페달보트도 탈 수 있다고 한다. 그렇게 알차게 즐겼는데도 아쉬움이 남는다니…. 케이블카를 타고 언덕을 내려오자마자 택시를 다시 잡고 공항으로 향했다. 친절한 택시기사가 우리에게 여행이 어땠는지 물어보았다. 음식도 맛있고 경치도 훌륭했다고 답하니 기사는 이곳의 축제가 우리 떠나는 날 밤에 시작해 며칠간 밤새도록 이어진다는 안타까운 소식을 들려주었다. 다시 한 번 더 아쉬움을 느낀 순간이었다.

공항이 떠나가라 난리치는 아이들을 보니 살아있음을 느낀다. 다리에 기대어 쓰러져 자고 있는 아이들 너머로 비행기 창가를 보니 하늘이 너무나도 예쁘게, 빨갛게 물들여져 있었다.

Ceci

에필
로그

집에 돌아오자마자 쌀을 씻어 쾌속취사하고, 빨래 돌리기, 얼려둔 자장 소스와 김으로 애들 밥 먹이고, 라면부터 찾는 아빠가 애들 씻기고 집안을 청소하는 동안 라면에 삼겹살 넣어 찐하게 끓여주고, 기념품으로 산 와인 세병 보며 잠시 흐뭇해 하다가 앗! 이거 말고 평생 갈 기념품 안 사왔다며 금방 또 아쉬워지고…. 사진을 클라우드에 옮기고, 자기 집 장난감들 보며 반가워하는 아이들 재우고, 일상으로 돌아가 처리해야 할 일들과 장볼 리스트를 적고 하루를 마무리 한다.

안 씹고 물고만 있어도 두통이 호전된다고 버스에 같이 탔던 의료진이 선물해 준 코카 잎 한 봉, 구름기차에서 받은 스낵으로 며칠 간 여행의 여운을 곱씹었다.

08

헤네랄 라바제(General Lavalle), 아빠의 힐링 타임, 그러나…

José

부에노스아이레스에서 바닷가 휴양지인 마르 델 쁠라따(Mar del Plata) 방향으로 3~4시간 거리에 있는 헤네랄 라바제. 작은 시골마을은 휴양지라기보다는 힐링 휴식장소였다. 한국 교민들 사이에서는 건강과 관련해서 요양을 하는 장소였고, 낚시광에게는 낚시의 장소로 알려져 있었다.

아르헨티나의 여름은 조기종류가 많이 잡히는 시기였다. 그 당시 생선구이를 좋아했던 유준이에게 먹을거리를 잡아준다는 명분으로 아내에게 두 아이를 맡기고 마르띤 형을 따라나섰다. 교민이 운영하는 한인 민박으로 숙소를 정하고 갔다. 물때가 좋지 않았는지 물 반 고기 반이라는 명성에는 미치지 못하는 수확 성적을 얻었다. 큰 아쉬

헤네랄 라바제에서 잡은 조기를 들고

움을 남겼지만 초보 낚시꾼에게 6~7마리의 물고기는 걸렸으니 낚시하기에 좋은 장소임에는 틀림없었다. 그곳에 살고 있는 마르띤 형의 아는 동생이 와서 잡은 고기를 바로 손질해서 회, 뼈튀김까지 요리를 해주어서 금방 한 상 거하게 차려졌다. 아빠들만의 힐링 타임이었다. 현지의 작은 식당에서 먹은 피자도 꿀맛이었다. 역시 여행은 사람들과의 어울림이며 각자의 삶의 이야기가 만나는 시간이다. 나와는 다른 삶을 살고 있는 한국 교민 1.5세, 2세의 삶을 들어보는 귀한 시간이 되기도 했다. 그들의 겪어온 삶의 어려움, 이를 극복해나가는 모습은 내게 다가오는 삶의 어려움을 이겨낼 힘을 주었다. 돌아오는 길, 마르띤형은 유준이 선물로 잘 손질된 조기를 한 아름 사 주었다.

09
—

루한(Lujan), 성 가정으로
살아간다는 것

Jose

    어떤 성당에서든 찾아볼 수 있는 성모님. 아르헨티노 가톨릭 신자의 가정에서는 대부분 함께하고 있는 성모상, 루한 성모님이 있다. 루한은 성모발현지로 매년 많은 이들을 루한 성당으로 이끈다. 유럽 성당만큼의 화려함은 없지만 시골마을의 나지막한 집들 사이에서 아르헨티나의 맑은 하늘과 어우러진 루한 성당은 묘한 매력을 가지고 있었다. 까삐딸 페데랄(부에노스아이레스의 수도)에서 1시간 남짓한 거리에 있는 곳이라 관광객들은 루한 동물원을 찾아 이 지역을 많이 방문하기도 하는 곳이다.

    나는 루한에 갈 기회가 두 번 있었다. 한 번은 한국학교 학생들을

루한 성당 앞에서

이끌고 현장학습의 명목으로, 또 한 번은 장인어른과 장모님을 모시고 성지순례를 목적으로 방문했다. 하늘 높이 솟은 성당의 첨탑이 파란 하늘과 어울려 자아내는 아름다움은 아직도 눈에 선하다. 매년 10월경에는 까삐딸 페데랄에서부터 루한 성당까지 50km 가량의 야간 걷기행사를 진행하기도 한다. 저마다의 모습으로, 저마다의 리어카와 장식품 등의 준비물과 성모상을 들고 밤새 걷는다고 하는데 그곳을 매년 찾는 이들의 마음을 생각해보게 한다. 매년 힘든 길을 경험하는 가운데 자신의 삶을 돌아보고 나은 삶을 위한 성찰의 시간을 갖는 것은 단순한 바람, 그 이상의 의미가 있지 않을까? 야간 걷기 행사에 참여하지 못한 아쉬움을 해소할 날이 오기를 소망해본다.

10

띠그레(Tigre), 당일치기
가족 나들이라면

José

띠그레는 부에노스아이레스에서 당일로 다녀오기에 가장 적당하고, 가장 경제적인 여행지이다. 한화로 1,000원도 안 되는 돈으로 에어컨 빵빵한 기차를 타고 1시간 남짓 가면 갈 수 있는 곳인데 아르헨티나의 부자들이 별장 또는 세컨드하우스로 사용하는 곳이기도 했다. 우리나라도 서울에서 일하면서 서울 근교 전원주택으로 출퇴근하는 사람들이 꽤 늘어나고 있는데 이곳에도 그런 사람들이 있다는 것이 신기했다. 띠그레에는 수많은 섬들이 있고, 섬마다 펜션 같은 숙소들이 즐비했다.

나는 이 띠그레에 가족들이 오기 전 답사 겸 혼자 다녀왔었고, 두 번째는 교장님과 다민이네 가족과 함께 소풍 겸 도시락을 싸서 방문

띠그레 배 투어

띠그레 놀이공원(Parque de la Costa)

했었다. 두 번째 방문에서는 관광 유람선을 타고 해안가 메르까도 (mercado, 시장)에도 들렀다. 크고 작은 장식품과 기념품이 가득한 시장은 늘 기분 좋은 구경거리였다. 아침 일찍부터 준비해 간 김밥 도시락과 과일을 먹으며 편안하고 여유로운 시간도 만끽하였다. 세 번째 방문은 겨울 즈음이었다. 이 날은 우리 네 식구만 도시락을 싸들고 집을 나섰다. 저렴한 식료품에 비해 상대적으로 외식비는 비싸게 느껴져서 가능하면 도시락을 싸서 다니는 것은 알뜰한 우리의 일상이었다. 특별히 무엇을 하겠다는 생각은 없었지만 아이들을 위해 놀이공원에 가보면 어떨까 하는 생각을 둘 다 하고 있었던 것 같다. '빠르게 델라 꼬스따(Parque de la Costa)' 라는 놀이공원에는 비교적 어린 아이들의 눈높이에 맞추어져 있는 놀이기구가 많았다. 유준이는 10개 이상은 탔던 것 같다. 유아용 바이킹을 타다가 울음보를 터뜨리던 유준이의 모습은 아직도 웃음을 자아내게 한다. 다소 쌀쌀한 날씨에도 겨울 햇빛을 충분히 즐기고, 관람차에서 도시락도 먹으며 우리에게 주어진 시간을 만끽했다. 부에노스아이레스에서에 낮 시간을 활용해서 가기에 안성맞춤 여행지였다.

Parte
03

생활여행자
네 가족 중남미 여행기
(조금 더 가볼까?)

탄식의 길 위에서

아이들이 어리니 포기해야 할 것이 많다.
가이드의 유적지 설명, 길거리 음식,
밤 문화는 물론이거니와 야경 투어 등등.
그래도 우리는 '지금', '여기'에
'함께' 있다는 것으로 행복했다.
우리가 포기하지 않은 것들은 그런 것들이었다.

01

우루과이(꼴로니아, 몬떼비데오, 뿐따 델 에스떼), 두 번째 도전기

José

작고 고즈넉한 꼴로니아

우루과이는 학창시절 사회책에 나오는 우루과이 라운드로 각인된 나라였다. 최근 악동 수아레즈와 같은 유명한 축구선수가 배출된 나라이기도 하다. 아르헨티나와는 바다와도 같이 광활한 라플라따 강을 사이에 두고 있는 나라로 뿌에르또 마데로 지역에선 날씨가 좋은 날은 보이기도 하는 비교적 가까운 거리에 있다. 버스로도 12시간 정도면 갈 수 있다고도 하는데 보통 부에노스아이레스에서는 뿌에르또 마데로의 배를 이용해서 많이 간다. 배편을 제공하는 회사가 3개(부께부스, 씨켓, 꼴로니아익스프레스)가 있는데 그 중에서 부께부스가 가장 큰 회사이며 가장 큰 배를 운영한다. 그렇다보니 배 멀미나 안정적인 운

꼴로니아로 가는 배 위에서

영을 생각하면 부께부스를 추천한다.

쾌속정으로 1~3시간이면 쉽게 오가는 거리라 사순시기의 시작을 알리는 재의 수요일 전, 이틀간의 카니발(carnaval)을 포함한 4일 연휴로 여행을 계획하였다. 보통은 꼴로니아를 당일치기로 많이 다녀오기도 하는데 우리는 몬떼비데오(수도)와 뿐따 델 에스떼(바다휴양지)도 모두 돌아보기로 했다. 해보지 않고서는 모르듯, 가보지 않고서는 말할 수 없는 법. 할 수 있는 것은 모두 해보리라는 마음가짐으로……

사실 1년 전 가려고 일찍이 배표를 구입했는데 출생증명서(fecha de nacimiento: 영주권자가 출국할 때는 아이들 부모라는 증명이 필요)가 없다는 이유로 출국 거부를 당해서 항구까지 갔다가 다시 집으로 되돌아오는 어이없는 해프닝이 있기도 했다. 그 후 두 번째 도전에 성공하기 위해 번역 공증을 맡기고 출발 전까지 열 번도 넘게 확인했다.

첫 날 아침 뿌에르또 마데로까지는 우버를 불러 타고 갔다. 아르헨티나에서도 우버가 합법은 아니었으나 많은 여행자들이 택시에 비해 저렴하고 믿을 만한 우버를 많이 이용하고는 한다. 비행기를 타는 것도 아니고 출발 두 시간 전까지 도착하라고 하는 것을 보고 의아했다. 1시간 만에 가는 고속정 시간표가 애매해서 3시간 걸리는 배로 가게 되었다. 어쩌다보니 좌석은 비즈니스. 가격차는 얼마나지 않았다. 황당하게도 처음에만 확인할 뿐 나중에는 좌석이 다 뒤죽박죽이 되는 이상한 배였다. 비즈니스석의 좋은 점은 출발 전에 vip 살롱에서 음료와 메디아루나를 제공받을 수 있다는 것이었다. 연휴를 맞아 사람들이 바글바글 했는데 공항에서처럼 어린 아이들이나 장애인을 위한 줄은 없다고 했다. 우리가 타게 될 배에는 자동차가 먼저 탑승하고 있었다. 우리는 1시간을 더 기다려 방송과 함께 일제히 우르르 나섰다.

1시간 고속 페리는 야외에 나갈 수 없게 되어있는데, 3시간 걸리는 배는 야외에 나갈 수 있었고 많은 이들이 햇볕과 맥주를 편안하게 즐기고 있었다. 우리도 나갔더니 볕이 아주 따가웠다. 워낙 햇빛을 좋아하는 남미 사람들인지라 아무데나 누워서 잠을 자고 있기도 했다. 마찬가지로 일찍 일어나 피곤했던지 아이들은 잠투정을 시작했다. 배의 창밖으로 멀어져가는 아르헨티나, 뿌에르또 마데로가 보인다. 내가 두 아이를 차례로 재우고 오니 아내도 곯아떨어져 있었다. 아이들은 못 잔 아침잠을 마저 자고 일어나자마자 먹을 것을 찾았다. 이번에도 보온병에 누룽지를 싸 갔는데 싹싹 긁어 먹고 샌드위치까지 사 달라고 요구했다. 머지않아 우루과이 땅이 가까워져 왔다.

우리가 도착한 곳은 꼴로니아(Colonia), 도시 이름이 식민지라니, 우리 정서로는 이해하기 다소 힘들다. 식민지시기를 겪고 난 이후 지금은 스페인과 포르투갈, 그리고 우루과이의 문화를 모두 수용하는 현대를 살아가는 이들이 이곳에 섞여 살고 있다. 작은 도시라서 꼴로니아 구시가지만 보려면 워킹투어로도 서너 시간이면 충분하지만 아이들이 아직 어리고, 날이 너무 더워 힘들까봐, 그리고 약간은 더 먼 곳까지 다녀 오고 싶어 출발 전 인터넷으로 골프카트를 미리 예약했었다. 부께부스 터미널에서 바로 골프카트(국제운전면허증과 신용카드 필요, 한국면허증은 거의 보지 않음)를 인수하고 제일 먼저 한 것은 바로 옆 버스터미널에서 큰 짐을 맡긴 뒤 몬떼비데오행 버스티켓을 발권하는 것이었다.

밖으로 나가니 무더위와 습기가 온 몸을 감쌌다. 4인승 골프카트의 앞자리는 남자들이, 뒷자리는 여자들이 차지했다. 유나는 신이 나는지 깔깔대며 웃다가 슬금슬금 카트에 탄 채로 일어나려 하기에 "떨어지면 머리 아야 해!" 라고 계속 얘기해주어야 했다. "아야?" 라고 말을 따라하면서도 계속 일어나려고 하는 오뚜기 같은 유나였다. 옛날 투우 경기장이었던 또로 광장(Plaza de toro)은 그리 멀지 않은 곳에 있었지만 이 무더위에 걸어서는 오기 힘들었을 것이다. 안에는 들어가 볼 수가 없어 잠깐 차를 멈추고 아이들은 풀밭에서 잠깐 놀았다. 경기장까지는 물가를 따라 가다가 산 베니또(Capilla San Benito) 성당을 보기 위해 내륙으로 향했다. 들어서자마자 성호경과 함께 안전여행을 기도하고, 강물에 발이라도 담가보기 위해 가까운 강가를 찾아 갔다. 유준이는 수영을 하고 싶다며 울부짖었다.

다시 구시가지로 돌아와 산 가브리엘 산책로(Paseo de San Gabriel)를 찾았다. 화창한 여름날, 울창한 가로수가 만들어내는 빛 그림자가 어찌나 환상적이던지. 이어 우리가 찾아낸 곳은 까르멘의 요새 극장

꼴로니아의 강변

흔적만 남은 극장

(Teatro Bastión del Carmen) 이라는 곳이었다. 바스띠온은 지붕을 받치는 돌이나 보루라 하는데 그 벽의 일부가 남아 있어 그런 이름이 붙여졌나 보다. 꼴로니아는 가이드투어도 참 좋겠다는 아쉬움이 생겼다. 바로 근처에 요트 부두장(Muelle de Yates)이 있었다. 이 더위에 사람들은 부두 앞 식당에서 한가로이 일광욕을 하거나 늦은 점심을, 혹은 간식을 먹고 있었다. 아들은 이제 배를 타고 싶다며 울부짖었다.

"우리 여기까지 배 타고 왔잖아." 라며 잘 달래어 다시 골프카트에 태우고 구석구석 다니다 꼴로니아를 대표하는 거룩한 사크라멘토 성당(Basilica del Santisimo Sacramento)에 들어갔다. 시키지도 않았는데 두 손을 모으며 "아멘." 하는 아이들의 모습을 보니 웃음이 났다. 우리 가족은 가톨릭 신자여서 성당이 보이면 무조건 들어가 보곤 한다. 어떤 성당이든지 그 성당은 가톨릭이 국교인 나라에서 마을의 구심점이 되어 왔을 것이고, 우리의 마음도 편안하게 해 주었다. 이 성당이 있는 곳이 바로 메인 광장, 아르마스 광장(Plaza de armas)이다. 노천 식당들이 즐비하고, 역사 지구(barrio historico)의 중심이기도 하다. 우리는 노천 아이스크림 가게에 자리 잡고 앉아 아이스크림을 사 먹었다. 유나는 세상에서 제일 행복한 미소를 보였다.

두세 블록 떨어진 곳에는 등대(faro)가 있다 하여 무더위를 뚫고 찾아가 보았다. 하지만 8살 이상만 전망대에 오를 수 있대서, 아내의 등을 떠밀어 혼자 전망대에 올라갔다와 보라고 했다. 나는 재작년에 혼자 와 보았기 때문이다. 처음에는 툴툴대던 아내도 올라갔다 와 보니 가슴이 뻥 뚫리고 상쾌한 기분이라고 좋아했다.

제일 유명하다는 탄식의 길(calle de los suspiros)이 근처에 있었다. 별 특별할 거 없어 보이는 이 길이 왜 유명한가 하니, 하나는 사형수와 관련된, 또 하나는 뱃사람과 매춘부에 관련된 얘기가 있었다. 아름다운 얘기는 아니지만, 사실이 아니라 할지라도 사람들이 상상을 하고 이야기를 만들어내게 하는 힘이 있는 거리임엔 분명한 듯했다. 아이들이 주차해 둔 골프카트에 앉아 운전하는 시늉을 하는 사이 아내와 함께 사진을 찍어 보려 했는데 어디선가 낯익은 울음소리가 들려왔다. 아직 말을 잘 못하는 유나가 야무진 두 번째 손가락으로 제 오빠와 과자를 번갈아 가리키는 것을 보니 유준이가 과자를 나누어주지 않는 모양이었다.

시우다델라의 문(Puerta de la ciudadela), 역사적인 공간이 시작되는 문에 이어 예전 부에노스아이레스와의 전쟁에 대비했었던 산 미겔 요새(Bastion de San Miguel)로 쓰인 흔적이 나타났다. 스페인에, 포르투갈에, 또 스페인에 번갈아 점령당했던, 어쩌면 불운할 수 있는 이 작은 곳에 여행자들이 즐비한 것은 왜일까. 그러한 역사를 우울함으로 치부하지 않고, 사람들이 겪고 지나갈 수 있는 하나의 과정으로, 또 지금은 문화로 받아들인 남미인들의 긍정적인 마인드 덕분일까 생각해 본다.

사크라멘토 성당에서 기도하는 유유남매

등대 앞에서

플로리다 거리에 있는 쓰리프티(Thrifty)사에 골프카트를 반납하고, 포장해가면 50프로 할인해준다는 식당에서 햄버거와 빤쵸를 산 뒤 버스터미널에서 허겁지겁 먹고 몬떼비데오로 출발했다. 포장 음식은 대실망을 금치 못하게 했지만 오늘 하루 실망할 구석이 없이 충분히 아름다운 시간을 보냈다. 힘든 가운데서도 웃으며 브이까지 하는 아이들을 보니 뿌듯하기도 했다. 몬떼비데오까지는 2시간 반 정도 걸린다 했다. 잠깐잠깐 눈 떴을 때 바라본 풍경에는 소도 지나가고 양도 지나가고 호수도 지나가고 일몰도 지나갔다.

차에서 어째 곤히 잠을 자더라니, 몬떼비데오의 호텔(Four Points Sheraton)에 체크인하자마자 수영장 냄새를 어떻게 맡고 수영복부터 주섬주섬 챙겨 입는 아이들이 새삼 대단해 보였다.

Ceci

뿐따 델 에스떼, 까사뿌에블로와 해변의 추억

호텔을 나서기 전에는 몰랐다. 얼마나 고된 하루가 될 것인지….

전날 몬떼비데오에 도착하자마자 터미널에서 뿐따 델 에스떼(Punta del Este)행 버스 티켓을 발권하고, 아침 8시, 버스를 타기 위해 길을 나섰다. 일요일에는 몬떼비데오에서 부에노스아이레스의 산뗄모 벼룩시장처럼 골동품이나 수공예품을 파는 시장(feria)이 선다는데, 그걸 못 보고 가게 생겨 내심 아쉬웠다. 어쨌거나 우리는 뿐따 델 에스떼를 택했다. 모든 것에는 기회비용이 따르는 법…. 가는 날이 장날이라고, 뜨레스 크루세스(Tres Cruces) 터미널로 향하는 택시는 시장 탓에 길이 막혀 이리저리 우회하다 겨우 제 시간에 우리를 내려주었다.

밤에 아이들 재우고 열심히 인터넷으로 검색한 정보로는, 첫 목적지인 까사뿌에블로(Casapueblo)에 가기 위해선 몬떼비데오까지 가지 않고, 뽀르떼수엘로(Portezuelo)라는 정거장에서 내려야 한다고 했다. 하지만 혹시나 해서 버스 기사에게 물어보니, 조금 더 지나서 세워주었다. 여기서 1km만 더 들어가면 된다고…. 우리가 내린 정거장에는 전망대(mirador)가 있어 대서양을 내려다볼 수 있었다. 고급 빌라가 가득한 푸른 바다. 전날까지 봤던 라 플라따 강의 흙빛과는 또 다른 푸른빛의 바다가 새삼스럽게 다가왔다.

그런데 걸어가다 보니 길은 족히 2km는 되는 듯했다. 뿐따 바예나(Punta Ballena)라는 이곳에 보석처럼 숨겨진 까사뿌에블로는 얼마나 아름다울까? 들뜬 마음으로 기대하며 힘을 내 보았지만 햇살은 너무 따갑고, 그늘 한 점 없었으며 무엇보다 우릴 힘들게 한 것은 엄청나게 찐득거리며 몸에 달라붙는 습기였다. 길은 끝도 없게만 느껴졌다. 그러나 끝없는 길이 과연 어디 있으랴. 우리는 그렇게 까사뿌에블로의 설계사, 까를로스 빠에스 빌라로(Carlos Paez Vilaro)의 이름을 딴 길을 따라 걸었다. 그는 위대한 예술가였음에 틀림없다는 생각이 들었다. 건축가이자 화가, 도자기 공예사에 작곡도 하고, 레오나르도 다빈치

까사뿌에블로 앞에서

절경의 까사뿌에블로

처럼 다방면의 재주를 가졌던 그는 몬떼비데오에서 태어났으나 이 곳, 뿐따 바에야에서 불과 몇 년 전, 2014년에 죽음을 맞이하였다 한다. 내 손을 잡은 유준이도 더우며 습기를 느끼고 힘들었을 텐데 씩씩하게 잘 따라와 주었다.

"이게 나팔꽃이야."

"왜요?"

"나팔처럼 생겼잖아."

"왜요?"

"봐, 생긴 게 뚜뚜따따 나팔 부는 것 같지?"

"왜요?"

"............"

"왜요오오오오~?"

"하느님이 그렇게 만드셨어." (웬만해서는 여기까지 말한 뒤엔 더 이상 물어보지 않는다.)

1인당 거금 240우루과쇼를 지불한 뒤 박물관에 들어가 앉을 수 있는 까페부터 찾았다. 우리가 가져 온 물은 더위 탓에 미지근해져서 쳐다보기도 싫을 정도여서 시원한 음료로 갈증을 풀고 싶었다. 까페의 전망은 너무나도 좋았으나 갈 길도 멀고, 시원한 바람도 불어주지 않아 자리에서 일어나 이동했다.

그런데 맙소사…! 여러 정보를 검색하면서도 호텔을 이용하지 않는 외부인들이 바라볼 수 있는 까사뿌에블로는 오전 시간대에는 역광으로 바라볼 수밖에 없다는 사실을 미처 생각하지 못했다. 인물사진을 찍더라도, 플래시가 없으면 어두컴컴하게 나올 수밖에…. 하얗게 반짝반짝 빛나는 까사뿌에블로의 모습을 기대했건만, 약간의 아쉬움이 남았다. 볕이 좋은 오후에 방문하면 더욱 아름답고 찬란한 모습을 볼 수 있을 것이다. 까사뿌에블로의 호텔 수영장에는 투숙객들이 한가로이 오전의 물놀이를 즐기고 있었다. 유준이는 그것을 보자마자 역시나 수영 타령을 했다. 여긴 우리 호텔 아니라고 한참을 설득하고 나서 오후에 물놀이를 꼭 하자고 약속을 했다.

박물관에는 피카소와도 친분이 있었던 까를로스 빠에스 빌라로가 어떻게 이 건물을 짓게 되었는지 간략한 스케치도 함께 전시가 되어 있어 흥미로웠다. 이 스케치가 어떻게 현실이 될 수 있는지 신기하기만 했다. 나 어렸을 때도 분명, 커서 친구들과 함께 살고 싶은 집을 그림 그리곤 했었는데…. 까사뿌에블로는 그리스의 산토리니를 연상케 한다는데, 그리스는 가본 적이 없어서 비교할 수는 없을 것 같다. 굳이 비교하지 않아도 충분히 아름답고 멋진 건축물임에는 틀림이 없을 것이다. 최대한 직선을 배제하고 대충 아무렇게나 슥슥 만든 것 같은 까사뿌에블로. 천방지축 아이들 덕분에 전시 구경은 대충, 이리 저리 홀과 야외를 번갈아 들락날락 하기만 했다. 바깥에서는 관광객이 꽤 많아 보였는데 막상 안에 들어오니 한적했다. 아무도 없는 갤러리에서 아이들은 자작곡까지 지어 신나게 불렀다.

다시 바깥으로 나왔다. 여기까지 어렵게 왔는데, 그냥 가긴 아쉬워 돈을 내지 않고도 멀리서 호텔을 한눈에 바라볼 수 있는 뷰포인트가 있는 듯해서 언덕을 내려가 보았다 그래도 빛을 정면으로 받지 못해 어두운 모습에 아쉬울 따름이었다.

그리고 슬며시 드는 생각…. 까사뿌에블로에서 눈호강은 잔뜩 했지만, 여기서 어떻게 나가지? 우린 차도 없고, 버스를 타려면 다시 2km를 나가야 하는데…. 이제 뿐따 델 에스떼 시내까지 어떻게 이동하지? 참으로 용감무쌍한 부모다. 이래서 계획을 더 세웠어야 했는데…. 막막했다. 택시는 코빼기도 안보이고, 관광객들을 태운 버스는 우리를 태워주지 않을 것이 뻔했다. 게다가 머리에 피도 안 마른 새파란 녀석들이 둘이나 있었으니…. 유모차도 한 짐이었고. 이런 동양인에게 호의를 베풀 사람을 찾기란 결코 쉽지 않은 일이었다. 우선 매표하던 여직원이 알려준 대로, 대로(avenida)까지 나가서 정류장에서 옴

니부스를 기다리기로 하고, 왔던 길을 다시 되돌아 걸어가기 시작했다. 오르막이었다. 어느새 정오가 지나 해는 중천에 떠 있었다. 바다의 습기 탓에 땀 저리가라 할 정도로 공중에 떠 있던 물방울들이 온몸에 착착 감기는 것을 느낄 수 있었고, 피부가 바싹바싹 타는 것 같았다. 아이들에게 미안했다. 그래서 일단 지나가는 차는 다 붙잡아 보기로 했다. 드디어 총각 둘이 탄 작은 승용차가 속도를 줄여 멈추는 것을 보았다. 첫 번째 히치하이킹이 성공한 것이다. 파라솔이며 여러 바캉스 용품이 뒷좌석에 가득 차 있는 것을 보고 "엄마, 이게 뭐예요? 못 앉겠어요." 라는 아들을 억지로 뒷좌석에 구겨 넣고, 우리도 그 중 하나의 짐은 것 마냥 얌전히 앉아 국도(ruta)까지만 태워 달라 했다. 내심 뿐따 델 에스떼까지 데려다 주었으면 해서 혹시나 하고 물어보니 반대방향으로 간다는 그들이었다. 그래, 국도까지만, 정류장까지만 가면 언젠간 버스가 오겠지.

그렇게 첫 번째 시련이 지나고, 감사 인사를 두 번, 세 번 하고 나서야 총각들을 보낸 뒤, 또 한참 인고의 시간을 보냈다. 정보가 힘이라며 밤늦게까지 검색하면서, 결정적인 실수를 한 나의 잘못이었다. 벌겋게 어깻죽지를 태우면서 남편이 버스를 기다리는 동안, 나는 아이들을 전망대 밑으로 떨어지지 않도록 꼭 붙잡고 있어야 했고, 버스는 단 한대도 서지 않았다. 뽀르떼수엘로 정류장까지는 몇 킬로미터나 또 더 되돌아가야 하는데, 걸어갈 엄두를 내지 못했다. 결국 뿐따 바예나에서 나오는 일반 승용차들을 향해 몇 십 번 손을 흔들어보았는데, 히치하이킹은 '돈 없어도 시간 많고 여유 있고 애는 없어야' 할 수 있는 것이라는 것을 깨달을 뿐이었다.

다행히 천사가 나타났다. 할아버지 천사였다. 그는 제법 큰 차를 몰고, 말도나도의 해안에 있는 세뇨라(부인)를 만나러 간다고 했다. 옴니부스는 뿐따 델 에스떼까지 가기 전에 뽀르떼수엘로를 지나 말도나도에서 한 번 더 멈추는데, 거기까지 우리를 데려다 주면 우린 거기서 로컬버스를 구할 수 있을 것이라 했다. 어쨌거나 너무 감사한 일이었다. 아이 둘 딸린 낯선 대륙의 여행자들에게 대가 없는 호의를 베푸는 이는 분명 하느님이 엄청 큰 상을 주실 것이라 속으로 생각했다. 나도 누군가에게 그런 호의를 베풀 수 있는 사람이 되고 싶다.

그래서 말도나도로 갔다. 생각지도 못했던 일이었다. 고생깨나 하고 할아버지 말씀대로 로컬버스를 기다리는 동안 아이들은 정류장 뒤에 있는 낡고 작은 놀이터에서 그네를 타고 있었다. 오전 내내 힘들었을 텐데, 그네 하나로 또 세상 즐거운 모습이었다. '욕심 많은 어른들 탓에 고생한다.' 하고 생각하며 하며 왼손으로는 유나, 오른손으로 유준이의 등을 밀어주었다.

그렇게 우리는 히치하이킹 두 번에 로컬버스를 한 번 타고 뿐따 델 에스떼 터미널까지 갈 수 있었다. 도착 즉시 몬떼비데오로 돌아가는 버스티켓을 끊고, 주린 배를 채우기 위해서 식당을 찾아보았다. 이날은 뭐 하나 신속하게 되는 것이 없었다. 식당도 눈에 잘 띄지 않았다. 유준이는 "배에 '튼튼공'이 안 생겨서 힘이 없어요."라며 시들시들한 모습이었다.

결국 제일 첫 번째로 발견한 식당에 들어가, 우루과이인들이 많이 먹는다는 우루과이식 소고기 샌드위치인 치비또(chivito)를 두 가지 시켰다. 하나는 일반적인 것, 또 하나는 알 쁠라또(al plato)라 하여 햄버거빵 없이 패티가 샐러드와 함께 서빙되는 것이었다. 우리가 우루과이를 여행하던 때 외국인 여행자를 위한 혜택이 하나 있었다. 여행객 유치를 위해서 우루과이에서는 직불카드나 신용카드 등 전자적인 방법으로 돈을 지불하는 외국인에 한해 호텔, 식당, 매점, 까페 등에서 부가세(iva)를 면제해준다는 것이었다. 그래서 메뉴에 부가세가 포함되어 있다면 결제해야 할 금액보다는 10%정도 절약된 금액을 지불하면 되었다.

유준이의 배에 튼튼공을 채우고, 다시 터미널에서 멀지 않은 브라바 해수욕장(playa brava)으로 향했다. 오전에 호텔 수영장을 보고 수영을 하고 싶다던 유준이와 한 약속을 지키기 위해서였다. 하루 종일 귀에 못이 박히도록 수영타령하는 유준이 덕분에 뿐따 델 에스떼의 상징, 손가락 조각상(los dedos) 앞에서 가족사진 한 장 제대로 남길 정신도 없었다.

혹시나 해서 수영복을 챙겨가길 잘했다 싶었다. 파라솔을 빌려 자리를 잡았다. 해운대만큼 인파로 가득 찼다. 귀염둥이 효녀 딸은 바다 바람 맞으며 단잠에 빠졌다. 바닷가 앞이라 바닷바람이 솔솔 불어왔다. 유준이가 남편과 어떻게 놀고 있는지 보니 파도가 너무 세서 튜브 없이는 입수가 불가능할 지경인 것 같았다. 알고 보니 그곳은 서핑존이었다. 서핑 하는 사람은 두 세 명 정도밖에 없었다. 대부분의 사람들은 선탠을 즐기거나 센 파도에 몸을 맡기고 있었다. 유나는 한 시간 반을 자고 난 뒤, '나는 누구, 여긴 어디?' 하는 표정으로 멍하게 있었다. "여기 바다야." 하니까 "바다?"라고 한다. 해변에는 흔한 샤워시설도 없고 발조차 씻을 수 없었지만 높은 파도에 바닷물을 실컷 먹으면서도 유준이는 해수욕을 즐겼다. 시원한 해변, 한가로이 여유를 즐기는 관광객들. 튜브하나 없이도 바다를 즐기는 그들 속에서 우리도 관광객이 아닌 지역주민처럼 자연스럽게 즐기고 싶었다.

미리 예매해 둔 버스 시각까지는 시간이 썩 많지 않아 뿐따 델 에스떼의 또 다른 포인트, 바다사자섬과 등대를 보러 가기로 하고 택시를 잡아탔다. 시내에 들어오니 이렇게 택시가 많은 것을…. 유준이는 피곤했는지 수영 후 제대로 씻지도 않았는데 찝찝함을 이겨내고 유모차에 앉아 낮잠에 빠져들었다. 유준이가 자고 유나만 깨어 있으니 광장에서 여유를 즐길 수 있었다. 결국 바다사자는 항구 근처에서 딱 한 마리보고, 시간에 쫓겨 다시 로컬버스를 타고 터미널로, 터미널에서 몬떼비데오로 향해야 했다.

몬떼비데오에 도착해서는 일요일이라 많은 식당이 문을 닫았다. 산호세(San José)길의 빠리샤 몇 군데가 열었기에, 택시에서 내린 뒤 가장 가까운 엘 포곤(El Fogon)이라는 곳으로 찾아갔다. 말끔하게 차려입으신 할아버지 웨이터의 모습이 이상적인 곳이었다. 늦은 시간에 굶주린 우리들은 식전 빵 부터 정신없이 집어먹었다. 긴 고생길 끝에 먹는 그 빵에 아이들은 너무나도 행복한 표정이었다.

최악의 더위와 습도, 히치하이킹까지 마치 극기 훈련 같았던 하루였지만 우린 그래도 즐거웠다, 행복했다, 그리 추억할 것이다.

José

몬떼비데오 시티투어버스로 알차게 구경하기

전날 하도 힘들게 돌아다녀서 분명히 피곤했을 텐데도 기상 시각이 9시를 절대 넘지 않는 새 나라의 어린이들. 우리 어른들은 입술이 부르틀 지경인데 아이들의 체력이 부럽다.

사실 3박 4일 여행을 계획했었지만, 어쩌다보니 이날의 일정이 끝이 되었다. 카니발을 낀 연휴에 많은 사람들이 우루과이를 다녀오다보니 좌석이 마땅치 않아 새벽에 부에노스아이레스로 돌아가는 배편을 예매할 수밖에 없었기 때문이었다. 한정된 시간 안에서, 최대한 교통비를 절약하되 포인트는 다 볼 수 있도록 24시간짜리 시티투어 버스를 이용하기로 했다.

호텔 바로 옆에는 전망대가 있는 시청(Intendencia de Montevideo)이 있었다. 그 곳은 시티투어버스의 2번 정류장이 있는 곳인데, 이곳에서 우리의 투어를 시작하기로 했다. 0번은 구시가지의 항구, 1번은 인데펜덴시아 광장이 있는 곳이다. 0번과 1번을 제외하고는 버스에서 신용카드로 투어버스비를 결제할 수 있다고 한다. 버스 안에는 자리마다 헤드셋이 설치되어 있고 여러 가지 언어로 설명을 들을 수 있었다. 헤드셋을 주물럭거리며 신나 하던 시간은 잠시, 곧 지루해지고 심심해하는 아이들이었다.

부에노스아이레스의 시티투어버스는 타 보지 못했지만, 우루과이가 꼬마 아르헨티나라는 별명도 있다시피, 시내를 꼼꼼하게 구경하지 않는 이상 많은 시간이 걸리지는 않을 것 같았다. 버스를 타고 한 번도 내리지 않으면 2시간 15분 만에 한 바퀴를 쭉 돌 수 있다고 한다.

'십자가 세 개'란 이름의 터미널은 우리가 우루과이 여행 첫날 꼴로니아에서 도착했을 때, 그리고 둘째 날 뿐따 델 에스떼를 왕복하면서, 이렇게 세 번을 방문한 곳이었는데 찾아보니 터미널 윗층에는 쇼핑몰과 마트도 있고 푸드코트도 있다고 해 솔깃했다. 마침 유준이가 잠이 들어서 낮잠을 시원한 곳에서 편히 재울까 싶어 들어오게 되었다. 유준이는 유모차에서 재우고, 유나는 쇼핑몰에서 무료로 빌린 새 유모차에 태웠다. 못 보던 유모차의 승차감이 좋았던지 유나는 자지러지게 웃으며 신나하다가 또 "뻬뻬~! 뻬뻬~!" 하면서 베개를 찾더니 갑자기 잠이 들었다. 딱히 살 건 없고, 이리저리 구경하다가 커피나 한 잔 마시자며 잠든 두 아이들 덕분에 갑작스러운 커피 수혈의 시간이 찾아왔다. 우루과이에서 외국인 여행객은 이 까페에서도 부가세를 면제받을 수 있다고 했다. 두 아이가 자는 동안 우리는 여행정보도 검색하고, 최근 뉴스도 찾아보았다.

유준이가 먼저 일어나고, 유나는 유준이가 자던 유모차에 다시 옮겨 잠을 계속 재운 뒤, 다음 정류장 버스 시간에 맞추어 8번 정류장인 경기장(Estadio Centenario)으로 슬슬 걸어가 보았다. 원형경기장은 유준이가 보면 좋아하지 않을까 싶어 일부러 찾아가보고자 했던 것이다. 부에노스아이레스의 보까경기장은 워낙 치안이 안 좋기로 유명한 곳이라 아직 가보지도 못했던 것이 생각났다. 햇볕은 따갑지만 그늘 안에서는 걸을 만 했다. 유준이는 좀 힘들어해서 살짝 업어주기도 했다.

"여기서 아저씨들이 축구를 하는 거야."

"왜요?"

"지금은 아무도 없지만, 원래 여기서 경기를 해."

"지금은 왜 안 해요?"

하루에 녀석이 왜라는 질문을 몇 번 하는지 진심으로 세어보고 싶다. 하느님이 그렇게 만들었다는 말도 웬만하면 많이 안하려고 아끼고 있는데 하루에 한 두 번씩은 꼭 그런 대답을 할 수밖에 없었다. 유나는 잠에서 깬 뒤 잠시 멍한 상태였다. 전날 뿐따 델 에스떼의 바닷가에서와 마찬가지로 '내가 왜 여기 있지?' 하는 표정으로…. 그래도 워낙 긍정적이고 밝은 데다, 잠투정도 유준이만큼 심하지 않은 아이라 금방 기분이 좋아지는 모습이었다.

시티투어버스는 9번 정류장, 세계무역센터(World Trade Center)를 지나 해안가로 달리기 시작했다. 이제 어디서 내릴까 하다가 뿐따 까레따스(Punta Carretas)라는 곳에서 사람들이 제법 많이 내리는 것을 보고 "아, 여기 등대 있는 곳이지? 우리도 등대나 보러 가자." 하며 덩달아 내렸다. 그러나 한참을 걸어도 등대는 보이지 않고 사람들에게 물어보니 걸어서는 갈 수 없다는 것이 아니겠는가. 아내는 여행하면서 스노우볼을 모으고 있는데 여기서 본 스노우볼에는 대부분 뿐따 까레따스 등대와 전날 봤던 손가락 상이 다였던 것으로 보아 상당히 유명한 등대인 것 같았다.

"아빠! 아이스크림 사주세요."

유준이의 요청으로 결국, 왔던 길을 되돌아가서 뿐따 까레따스 쇼핑몰로 이동했다. 우리를 덩달아 내리게 했던 사람들은 쇼핑몰에 갔던 것이었다. 우리 부부는 쇼핑몰을 썩 좋아하진 않았다. 아이들을 데리고 가기에 편하고 쾌적하다는 장점 외에 여행자로서 가야 할 매력이 전혀 없는 곳이었다. 아이스크림만 먹고 나가려고 했지만 출구가 어딘지 몰라 한참 헤매다 겨우겨우 시간 내에 빠져나오는 데 성공했

몬떼비데오 시티투어를 즐기는 중

뿐따 까레따스 쇼핑몰 앞에서

몬떼비데오 구시가지

다. 시티투어버스를 제 시간에 타지 못하면 한 시간을 더 기다려야 하니까 마음이 급해졌다.

버스를 타고 다음에 내릴 곳을 아직 정하지 못한 상태였다. 이번엔 전날 저녁 우연히 본 로도 공원(Parque Rodo)에서 내리고 싶었다. 밤이라 선선해서 산책하기 좋아 그런지 사람들도 많이 나와 있고 거기다 유원지처럼 놀이기구도 있었다. 식당도 있고. 아이들이 좋아할 것 같아서 내리려고 한 순간 사람이 아무도 안 보여 버스 내 가이드에게 물어보니, 저녁 무렵에 연다고 한다. 그래서 다시 자리에 앉아 0번 정류장까지 그냥 조용히 타고 가기로 했다.

시티투어버스는 0번 정류장에서 사람들을 모두 내려 준다. 이곳에서 또 투어가 시작되기도 한다. 그래서 모두들 의무적으로 0번에서는 다 내려야 한다. 시작과 끝인 셈이다. 0번 정류장은 구시가지(Ciudad Vieja)가 시작되는 곳이기도 하고, 항구가 있는 곳이기도 하다. 이제 구시가지에서의 남은 여정이 또 시작되었다. 어느 도시든지 구시가지는 그 도시만의 색깔을 꼭 지니고 있다. 몬떼비데오의 구시가지는 우리에게 너무나 강렬한 인상을 남겼다. 어딜 둘러봐도 푸른 하늘과 각양각색의 건물들, 그리고 어딘가에 숨어있다 꼭 나타나서 빼꼼히 그 존재를 알리는 보이는 바다, 바다, 바다….

구시가지에 내리자마자 사람들이 바글바글 했다. 우리가 여기 온 목적은 그 유명한 항구 시장(mercado del puerto)을 보기 위해서였다. 찾는 것은 어렵지 않았다. 모든 사람들이 다 일단 그쪽으로 가고 있었으니, 뒤만 졸졸 따라가 두리번거리면 찾을 수 있었다. 먹거리 천국, 빠리샤로 즐비한 곳, 가격은 제법 나갔다. 무엇보다도 도저히 여기서 뭘 먹는 건 상상도 못할 정도로 날씨가 무척 더웠다. 빠리샤들이 막힌 공간에 즐비해 있었으니 사우나도 아니고, 극한체험을 하는 것도 아니고, 맛은 있어 보였다만 그 가격에 이런 고생을 하면서 먹고 싶지 않았다.

재미난 수공예품과 개성 넘치는 그림도 많이 팔고 있는 구시가지 골목으로 슬슬 걸어가 보기로 했다. 좁은 2차선 도로를 사이로 오래된 건물이 마주보며 대화하듯 서있었다. 멋진 건물들과 여유 있는 표정의 사람들을 지나치다 보니 사발라 광장(Plaza zabala)이 나왔다. 우리가 이곳에서 오랜 시간을 머물었던 까닭은 놀이터 때문이었다. 아이들의 웃음소리로 광장이 채워졌다. 기저귀만 찬 원주민 아이와 반바지만 입은 원주민 아저씨가 나와 그네를 함께 타기도 했다. 우루과이 사람들도 아르헨티나 못지않게 마떼를 많이 마시는 모습이었는데, 그 둘의 문화가 어찌 보면 닮은 부분이 참 많은 것 같기도 했다. 함께 근무했던 영어교사 중 한명이 우루과이 출신이었다는 것이 떠오른다. 본인 입으로 말하기 전에는 전혀 이질감을 느끼지 못했었다.

독립 광장(Plaza independencia)에는 그 이름답게 옛 독립영웅 호세 아르띠가스(José Artigas)의 무지무지 커다란 동상과 무덤이 있었다. 그리고 몬떼비데오의 상징, 어쩌면 우루과이의 랜드마크라고도 할 수 있는, 한 때 남미에서 가장 높은 건물이기도 했다는 살보 궁(Palacio Salvo) 건물이 한눈에 들어왔는데, 진짜 궁전은 아니고 호텔 목적으로 지어졌다 한다. 여기도 꼴로니아처럼, 구시가지가 시작되는 곳에 시우다델라 문이 서 있었다. 우린 이 문을 통해 센뜨로까지 이어지는 사람 많은 길을 놔두고 왜 샛길로 왔던 것일까 웃음이 났다. 다시 그 문을 통해 독립 광장으로 나와 보았다. 그림같이 서 있는 아르띠가스 장군의 뒷모습이 멋있다. 늘 저렇게 멋진 건물을 보며 서 있는 장군은, 늘 사람들이 많아 외롭진 않을지도 모르겠다.

약간의 기다림 뒤에 핫핑크색 시티투어버스가 도착하였고, 10분정

몬떼비데오 구시가지

도 타고 가 2번 정류장, 우리의 오늘 투어가 시작된 시청 앞에서 "야호~!" 하면서 여정을 마무리하는 외침을 내뱉었다.

호텔에 들어오자마자 아내는 침대에 푹 드러누웠지만 그걸 허락할 유유남매가 아니었다. 유준이는 수영하러가자고 또 노래를 불렀다. 혼자 웃통 벗고 바지 벗고, 그렇게 재빨리 행동하는 것을 이날 처음 보았다. 알았다, 알았어…. 어차피 시간도 일러, 8시부터 여는 식당 가려면 시간도 많이 남았기에 저녁은 우선 뒷전으로 하고 수영으로 아이들 입맛을 팍팍 살려보기로 했다. 낮에 수영장에 올라오니 첫날 왔던 것에 비해 물도 꽤 따뜻하고, 경치도 좋았다. 아내는 이것이 오션뷰라며 웃었다. 유나는 이제 자기가 수영을 제법 할 줄 안다고 생각하는지 튜브도 거부하고 겁도 없이 물에 첨벙첨벙 들어갔다.

그렇게 한판 수영하고 난 뒤 유나는 곯아 떨어졌다. 그래도 밥은 먹으러 나가야지, 하는데 시계가 또 유난히 안 간다. 이날따라 8시까지 시간이 너무 많이 남아 있었다. 우루과이가 아르헨티나보다 책값이 싸다는 얘길 들어왔던 터라, 정말인가 싶어 식당에 가기 전에 근처 책방에 가서 아내가 좋아하는 〈백년의 고독〉을 찾아 가격을 비교해기로 했다. 하지만 별 차이가 없이 오히려 조금 더 비싼 느낌이었다. 기념이 될 책을 사는 것은 미루기로 했다.

근처에 자물쇠 분수(Fuente de los Candados)라는 게 있다고 하여 가보기로 했다. 걸어서 두세 블록이면 되니 안 들릴 이유가 없었다. 낮에 버스를 타고 지나가며 봤을 때에는 우중충 해보여 뭔가 궁금했는데 조명을 받으니 제법 누런 자물쇠 빛이 예상보다 예뻐 보인다. 분수의 유래가 적혀 있어 잠깐 보니, 우리나라 남산타워의 자물쇠나 다른 유명 관광지의 자물쇠, 혹은 로마 트레비 분수에 동전을 던질 때의 그런 설화처럼, 자물쇠를 채운 연인은 다시 이곳을 찾으며, 영원한 사랑을 얻게 될 것이라는 그런 얘기가 적혀 있었다. 유명한 탱고 가수 까르롤스 가르델(Carlo Gardel)의 동상이 변치 않는 자세로 앉아 관광객들을 맞이하고 있었다.

이날 우리가 찾은 식당은 산 호세 길의 빠차란(Pacharan). 분수에서 한두 블록 떨어져 있었다. 문을 열기 15분 전에 가서 고개를 내밀고, 아직 영업 시작 안한 줄은 알지만 미리 좀 앉아 있어도 될까 물어보니 흔쾌히 알았다 하여 자리 잡고 앉았다. 이날따라 종업원이 한명이었는데, 4일 연휴라 그런 거였을까, 혼자 너무 피곤한 모습이었다. 그래서인지 우리가 영업시작 전부터 와 앉아있었는데도 빵도 안 갖다 주고 음료수도 늦게 주어 약간 심통 나 있던 찰나에 아이들 가지고 놀라고 장난감도 갖다 주어 고마웠다. 우리가 먹으러 온 것은 빠에야였다. 스페인문화가 있는 곳이라 빠에야가 많이 있을 거 같은데도, 그렇지가 않았었다. 대충 햄버거 내용물 이리저리 흐트려 놓은 것 같은 치비또나, 아르헨티나처럼 소고기가 일반적이고, 이 빠에야 집은 몇 안 되는 스페인 요리집이었다. 살따에서도 마지막 저녁식사는 빠에야였는

몬떼비데오 시티투어를 마치고 살보 궁 앞에서

데 어쩌다보니 우루과이에서도 마찬가지였다. 살따에서 너무 맛있는 빠에야를 먹어서 그런지 맛에 있어서 성에 차지는 않았지만 아이들은 잘 먹어 주었다. 해산물도 제법 많이 들어있고, 돼지고기, 닭고기가 모두 들어 있었는데 1인분을 주문했음에도 양은 1.5인분이어서 흡족했다. 식후에 조금 산책을 하고 싶었지만 시간이 너무 늦어 아이들이 피곤해하는 바람에 도로 호텔에 들어가야 했다. 이 식당에서도 신용카드로 계산하니 부가세는 면제받을 수 있었다.

우루과이가 작은 아르헨티나라는 말도 있고, 볼거리가 없다는 말도 많이 들었지만 우루과이에서만 느낄 수 있는 한적함과 여유로움이 좋았다. 화려하지 않은 사람 사는 동네 같은 느낌이랄까? 강원도에서 자란 나라 그런지 나는 아직 그런 여유로운 분위기가 더 좋다. 이들의 하는 일도, 삶을 바라보는 관점도 이와 같지 않을까? 만원 지하철과 버스를 벗어나서 지낼 수 있는 지금의 시간이 새삼 감사하고, 소중하게 느껴졌다. 머지않아 바쁜 세상으로 다시 돌아왔지만 여행의 사진과 기억들은 우리에게 작은 쉼터가 되어주고는 한다. 새벽 3시 버스와 페리로 부에노스로 돌아가면서 더운 날씨에 힘들어 허덕이던 우리의 모습도 잊혀져가고 있었다. 마치 고향집에 돌아가는 느낌이 들었다. 우루과이의 삶을 조금이나마 엿보았던 4일. 감사함으로 여행을 마무리 했다.

02

뻬루(이까, 나스까, 리마, 마추픽추)는 우리를 업그레이드 시켰다.

José

프롤로그 | 뻬루 나스까(Nazca) 세계 10대 불가사의 중 하나를 경비행기를 타고 보고 왔다. 드넓은 땅에 새겨진 돌로 만들어진 불가사의한 그림들. 오랜 세월의 흐름에도 원형의 모습을 그대로 간직하고 있는 행운까지 함께하고 있는 곳. 역사란 기록으로써 이어지는 것이다. 평소 SNS나 인터넷을 통한 소통을 그리 좋아하지 않는 나였다. 그런 내 앞에 역사의 흔적, 기록이 있다. 어찌 보면 그리 신기하지도 않을 돌 그림이 우리에게 선사하는 묘한 감동과 기분에 기록이 갖는 의미를 다시금 떠올려본다.

리마의 구시가지 투어

깔라파떼, 우수아이아에서 돌아오고 나서 아이들 소아과 검진 받고 정확히 사흘 뒤, 이번에는 조금 더 멀리, 뻬루와 볼리비아로 떠나보았다. 비행기, 숙소, 투어 등 모든 건 남편이 알아보고 계획을 짰는데 그 사이 나는 학교 일에 허덕이고 육아에 허덕이고, 뭐 이리 여유가 없었는지…. 미안한 마음에, 떠날 때가 얼마 되지 않아서야 일정표를 제대로 보고 가이드북을 손에 잡을 수 있었다.

떠나던 월요일에는 비행기를 타면서 시간을 다 보냈다. 리마까지는 환승시간까지 합쳐 7시간. 비행기에서 잠투정하다 두 번의 낮잠을 잔 유나와, 전날 저녁 기침해 간담을 서늘하게 한 유준이와 함께 하는 긴 비행이었다. 하지만 몇 시간이 되었건 우리를 용감하게 만들어준 것은 '어디든 한국에서 아르헨티나 갈 때보단 가깝다' 라는 사실이었다.

리마에 도착하니 생각보다 너무 이른 시각이었다. 포비네 민박집에서 연계해준 사설택시기사, 리까르도가 공항에 마중 나와 있었다. 리마 시내는 교통체증이 심해, 숙소에 도착하니 이미 해질 시간이었다. 아무것도 못하고, 유유남매를 씻기고 바로 재웠다. 도미토리 룸에는 우리밖에 없어 손님들에게 죄송해 하지 않아도 되어 좋았다.

하지만 다음날, 아이들은 첫날부터 민폐 캐릭터로서의 입지를 다졌다. 뻬루는 시차가 부에노스아이레스와 두 시간이다. 보통 아이들이

8시쯤 일어나 아침 식사를 하는데, 뻬루에선 6시…. 아무도 일어나지 않은 꼭두새벽에 천방지축 뛰면서 배고프다 난리를 친 것이다. 9시가 넘어서야 포비아저씨가 눈비비고 일어나, "아이들이 목소리가 크네요." 라고 한다.

리마의 포비네 민박집에 묵는 여행자들은 그곳에서 밥과 김치, 생수를 살 수 있었다. 하여 우리는 기본적인 끼니는 민박집에서 다 해결할 수 있었다. 부에노스아이레스의 한인식품점에서 사 온 3분 카레를 개봉하자 아이들은 신이 났다. 집에서 내가 카레 가루를 사다가 해 준 카레 보다 맛있었나보다. 어른들은 애들 남은 밥을 긁어 먹었다. 배불러서 신났는지 유유남매는 서로 끌어안고 안 하던 짓을 한다.

민박집은 바랑코 지구에 있었다. 집을 나서니 바람에 움직이는 물안개가 눈에 보일 정도였다. 그곳에서 리마에 온 관광객들이 많이 찾는 구시가지인 센뜨로와 신시가지, 미라 플로레스로 가려면 메뜨로버스를 타고 가야 했다. 우린 일단 뻬루화가 하나도 없어서 환전부터 하고, 장을 좀 봐 오기로 하고 구시가지 투어는 조금 미뤄두었다. 리마의 아침은 안개로 자욱해, 느낌이 남달랐다.

정오가 가까워질 무렵 안개는 조금씩 걷히고 있었다. 출동이다. 리마의 교통체증은 심각해 보였다. 메뜨로뽈리따나(metropolitana)라 하는 중앙차선전용 긴 버스에 사람이 만원인데도 끊임없이 구겨 타는 것을 보면 이것도 문명의 신비 같았다. 유나는 그냥 유모차에 태운 채로 버스에 올랐다. 남편은 유준이를 앞세워 자리에 앉아 유준이를 무릎에 앉혔다. 숙소에서 만난 노부부도 함께였다. 첫날은 그렇게 두 팀이 하나가 되어 구시가지를 둘러보기로 했다.

햇빛이 쨍하고 날이 더워지기 시작해 산 마르띤 광장이고 라 유니온 거리고 그냥 빨리 지나가 버리고 싶었다. 포비네 아저씨가 대통령궁까지 이어지는 라 유니온 거리는 외에는 위험하다고 다니지 말라 하였는데 우리는 점심을 먹기 위해 기어코 골목으로 들어섰다. 우리가 가기로 한 곳은 차이나타운(barrio chino)이었다. 중국요리를 먹기 위해서였다. 차이나타운까지 북적거리는 인파를 뚫고 더운 날씨에 걸어가는데 땀이 삐질삐질, 이 길이 맞나 두리번두리번, 여러 번 물어보고 들어오니 맛집 인증 분위기가 솔솔 풍겨왔다. 론리플래닛에 소개되어 있던 와 록(Wa Lok)이라는 중국집에 가서 노부부와 함께 원형 탁자에 둘러앉으니 친정부모님과 시부모님이 생각났다. 어르신 두 분이 패키지여행도 아니고 배낭여행을 하시는 것을 보고 존경스럽기도 했지만 많이 부러웠다.

중국요리를 먹으며 궁금하던 잉카콜라를 주문해 보았다. 냄새는 암바사인데 맛은…. 애매했다. 볶음밥과 완탕, 딤섬, 그리고 돼지고기에 단 소스(salsa dulce)를 입힌 탕수육을 맛있게 먹으며 노부부의 이야기를 들었다. 유준이도 할머니 손에서 자라 그런지, 그리고 할머니가 그리웠는지, 처음 만난 할머니 손을 꼭 붙잡고 "엄마, 아빠는 저기서 와

리마 시티투어 버스

산 끄리스또발 언덕으로 향하는 버스

요. 할머니만 있음 돼요." 하면서 이날 하루 종일 할머니 껌딱지가 되었다. 물론 헤어질 땐 대성통곡할 것은 충분히 예견할 수 있는 일이었다.

구시가지는 그냥 투어버스를 타고 다니며 슬렁슬렁 하기로 하고, 길에서 호객하고 있는 아주머니 무리로부터 인당 10솔에 산 끄리스또발 언덕까지 다녀오는 2층 버스에 올랐다. 가이드가 영어와 스페인어로 설명해준다더니, 속았다. 아이들도 난리고, 여기저기 빵빵대는 소리에 가이드의 설명은 거의 못 알아들었다. 유일하게 산 끄리스또발 언덕까지의 아슬아슬한 여정이 제일 기억에 남는다. 빽빽한 달동네들 사이로 난 좁은 길을 따라 커다란 2층 버스가 휘청거리며 올라가는데, 혹시 낭떠러지로 떨어지면 어떡하나 싶었다. 까마득한 아래를 보며 유준이도 "오오오오~!" 하며 스릴을 즐겼다. 마치 롤러코스터라도 타는 것 같았다.

여기도 여느 대도시처럼 빈부격차, 공해와 교통체증, 날치기도 심한데 도대체 리마의 매력은 어디에 있을까. 잘 따라다닌 유준이가 기특해 언덕 꼭대기에서 1솔짜리 싸구려 강냉이를 사주었다. 뻬루도 가톨릭이 일반적인지라 곳곳에 성당이 있고, 이 언덕을 오르는 중에도 14처의 작은 십자가를 볼 수 있었다. 리마시내 전망이 한눈에 보이는 언덕의 십자가 앞에서 우리 가족을 위한 기도도 하고 어르신들의 사진을 찍어 드리며 둘러보고 있는데 버스가 신호를 보냈다. 다시 타라

산 프란치스꼬 성당

는 것이다. 아쉬웠지만 내려가는 길은 또 얼마나 스릴이 넘칠지 내심 기대가 되었다. "오오오오~!" 하며 버스의 손잡이를 꼭 쥐며 내려왔다.

여독에 지쳐 유나가 또 잠이 들었다. 게다가 시간이 늦어 까떼드랄은 못 들어가 보게 생겼다. 시간이 애매하여 산 프란시스꼬 성당의 가이드 투어만 겨우 할 수 있었다. 그곳은 가이드투어만 가능해, 처음에는 못 들어갈 뻔 하다가 운 좋게도 미국 사설 투어 팀의 한 한국 아주머니 덕분에 그 팀에 꼽사리 껴서 함께 들어갈 수 있었다. 우리는 맨 뒤에서 투명인간처럼 따라다니려 했는데 아이들은 어딜 가나 자신들의 존재를 드러내고 싶어 했다. 산 프란시스꼬 수도원 지하묘지(catacumba)는 사진 촬영이 엄격히 금지되어 있었다. 그 엄청난 규모와 해골들을 사진에 담지 못하고, 눈으로, 마음으로만 담아내야 했던 것이 무척 아쉬웠다.

성당을 나오니 비둘기가 무서울 정도로 잔뜩 모여 있었다. 산 프란시스꼬 성당은 비둘기 떼로 유명하다는 얘기를 들은 것도 같았다. 유준이는 부에노스아이레스에서 비둘기에게 번개 파워를 쏘던 기억을 되살려 뻬루의 비둘기도 쫓아다니며 즐거워했다. 비둘기라면 치를 떠는 우리지만 잠시 동안은 현지 아이들처럼 놔두어도 괜찮겠지 하는 생각이 들어 가만히 놔두었다. 뭐, 괴롭히거나 만지지만 않으면 되니까….

저녁식사는 바랑꼬 지구로 돌아와, 소의 심장을 구운 안띠꾸초가 맛있다는 엘 띠오 마리오(El Tío Mario)라는 레스토랑에 갔다. 아이들은 배고파 찡찡댈 시간인데 여기선 아직 저녁식사가 시작되지도 않은, 그런 이른 시각이라 식당이 텅 비어 있었다. 안띠꾸초 외에도 호기심에 기니피그 구이를 시켜 보았다. 생각보다 살이 적고 맛은 그럭저럭 먹을 만 했다.

첫날의 전체적인 인상으로는, 리마가 생각했던 것보다 크고, 사람이 많으며 공기도 안 좋고, 차가 많다는 것이었다. 이까, 나스까, 꾸스꼬 가기 위해 선택의 여지가 없었기에 들른 리마였으나 이 대도시에도 분명히 우리가 아직 모르는 무언가가 있을 것이라 생각했다. 이까와 나스까를 다녀와서 둘러볼 신시가지, 미라플로레스가 궁금해지는 첫 날이었다.

빠라까스 국립공원에서부터 와까치나(Huacachina) 사막까지, 하루 안에…!

첫날 공항에 마중 나왔던 리까르도와 함께 1박 2일 투어를 나섰다. 새벽 4시에 출발해야 빠라까스 국립공원에서 바예스따섬으로 가는 8시 배를 탈 수 있다 하여 잠든 아이들을 들춰 안고 차에 올랐다.

뻬루의 빠라까스는 사막과 바다가 공존하는 곳이다. 예전에는 전부 바다였다 했다. 빠라까스는 '모래비(lluvia de arena)'는 뜻이다.

벌써부터 바다 냄새가 쫙 밀려온다. 리마의 바다는 이런 냄새가 나지 않는데…. 물고기를 잡고, 안 잡고 차이인가 했다. 아이들은 일단 풀어놓으면 잘 돌아다니면서 논다. 앉아있든 들어눕든 모래를 파먹든, 바다에만 들어가지 않으면 안심이었다. 그렇게 기다림의 시간이 끝나고, 작은 배를 타고 통통거리면서 떠난다. 유준이는 갈매기 떼를 보고 벌써 "우와~~~!" 함성을 지른다.

캐나다에서 온 유머러스한 아저씨가 옆 자리에 앉았다. 그런데 안개가 너무 자욱했다. 오늘 뭘 볼 수 있을까 걱정이 되었다. 허나 가이드는 천하태평이다. 원래 이런가 하고 조금은 안심이 되었다. 안개 탓에 사구에 새겨진 세 개의 촛대 그림은 제대로 보이지 않아 안타까웠다.

가난한 자들의 갈라파고스라 하는 바예스따 섬까지 가는 길에는 물안개로 한치 앞도 안보였는데 마치 "그래도 여기까지 왔는데 보여줄

빠라까스의 선착장

가난한 자들의 갈라파고스, 바예스따섬

도로에 드러난 화석

게."라고 하는 듯, 엄청난 새똥냄새와 함께 수천마리의 새로 뒤덮인 바위섬이 갑자기 나타났다. 펠리컨과 갈매기의 천국이었다. 돌섬…. 새똥으로 뒤덮여 있는 돌섬…. 근처로 갈 때마다, 혹은 새가 머리 위로 날아갈 때마다 흠칫 몸이 움츠러들었다. 항구에서 새똥 맞는다고 창 있는 모자를 팔던 아저씨가 갑자기 그리워지기 시작했다.

바다사자 무리와 훔볼트 펭귄, 잉카 턴과 콘돌도 보였다. 암컷, 수컷 바다사자도 따로따로 일광욕도 즐기고 있었다. 잘 보면 웃고 있는 것 같았다. 마치 살아 있는 해상 동물원에 온 것 같았다. 동물들은 사람들이 왔는지 안 왔는지, 자기 할 것 하느라 바쁘고, 우린 사진 찍느라 바쁘고…. 잠시 새소리, 바다사자 소리에 귀를 기울여보았다. 이곳에서 우리 인간들은 철저히 이방인이 되었다. 가이드는 암컷 바다사의 양육공간으로 우리를 안내했다. 수컷 바다사자는 아빠임에도 새끼들을 경계하여 간혹 자기 아이를 해치기에, 엄마가 아기를 데리고 어느 정도 클 때까지 숨어 키운다고 한다.

아이들은 새벽 출발로 피곤했는지 배에서 까무룩 잠들었다. 그래봐야 부에노스아이레스에서는 6시에 출발한 셈이었는데 그래도 아이들에게는 지칠 수 있는 여정이었다.

2만원 안팎의 뱃삯에, 별 기대 안 하고 간 곳인데, 모레노빙하를 볼 때와 맞먹는 정도의 감탄을 쏟아 붓고 나왔다. 배에서 내리자마자 또 가고 싶다는 생각이 들었다. 길지 않은 항해가 끝나고, 근처에 박물관이 있어 둘러보았다. 박물관은 늘 짧고 굵게! 아이들 핑계를 대 보지만, 까막눈과 별반 다를 바 없었던 우리는 그냥 사진만 보고 갈 수밖에 없었다.

박물관을 나오자 옛날에 이곳도 바다였다는 것을 입증이라도 하듯, 조개며 큰 생물 화석 등이 모래 바닥에 잔뜩 있는 걸 보고 참 놀랍다는 생각이 들었다. '하나 슬쩍…?' 하는 생각을 하던 찰나, 돌 하나라도 주워가면 안 된다는 표지가 눈에 들어왔다.

햇살이 무척 따가웠다. 얼굴은 타도 좋았다. 바람이 시원했다. 악마의 해변(playa diablo)이 보이는 뷰포인트로 가니, 뒤로 보이는 해변은 검은 모래로 되어있었다. 근처에 대성당 모양을 한, '까떼드랄'이라 이름 붙여진 바위가 있다 하여 보러 갔는데, 지진으로 무너져있었다. 그래도 경치가, 바닷바람이 그 아쉬움을 달래주었다. 이곳은 2007년 대지진 이후로 무너져서 이제는 그 형상을 찾아볼 수 없다고 했다. 정말 둥글게 아치가 이어져 있어야 할 곳에는 아무것도 없었다. 리까르도는 환하게 웃으며 가족사진을 찍어 주었다.

남편과 나란히 서서 시원한 바닷바람을 맞으며 경치를 구경하고 있는데 유나가 돌부리에 걸려 넘어져 "으앙!!" 하는 소리가 들려 부리나케 달려갔다. 이마가 까져 있었다. 딸내미 얼굴에 상처가 생기니 마음이 더 아픈 것 같았다. 조금 진정이 된 후에 이제 괜찮겠지 하고 안고 있던 손길을 푼 지 얼마 안 되어 이번에는 모래를 퍼 먹는 유나를 발견했다. 나는 "안 돼! 지지!" 하면서 또 부리나케 달려가는데 남편은 허허 웃으며 리까르도와 "미네랄이 부족한가 봐요." 하면서 농담 따먹기를 한다. 마침 리까르도가 붉은 해변(playa roja)의 모래는 빨갛고, 악마의 해변의 모래는 검은 색인 이유는 이 고장에 미네랄이 많기 때문이라고 설명하고 있었다.

리까르도는 과하지 않게, 우리가 궁금해 하는 정도로만, 그리고 호기심이 생기고 애정이 생길 정도로만 설명을 차분하게 해 주었다. 아이들도, 우리도 어느새 리까르도와 정들어 있었다. 리까르도가 쓰는 말이 우리가 배운 까스떼샤노와 발음도, 단어도 다른 점이 많아 신경 쓰면서 얘기하는 것도 또 하나의 재미였다. 마치 사투리를 안 쓰기 위해 노력하는 촌뜨기 같은 기분이었다. 외국인인 우리를 배려한 리까르도가 천천히 얘기해주어, 뻬루의 문화, 유적, 사고방식 등 많은 것을 배울 수 있었다.

제 부모가 이렇게 머리를 싸매며 리까르도와의 원활한 의사소통을 위해 고민하고 있었건만, 유준이는 개의치 않고 리까르도가 운전석에서 내릴 적마다 눈치를 보며 슬금슬금 운전석으로 올라가 시동을 켜보려 시도하거나 크락션을 누르려 해서 우리에게 숱하게 혼나고야 말았다.

리까르도는 대뜸 우리에게 수영을 좋아하냐고 물어보았다. 마린보이인 남편은 1초의 망설임도 없이 좋아한다고 대답했다. 그는 바다에 한번 들어가지 않겠냐는 리까르도의 제안에 어린 아이처럼 좋아했다. 리까르도는 우리를 미나 해변(playa mina)으로 데리고 가 주었다. 남편은 마침 비치반바지를 입고 있었기에 바로 해수욕을 해도 이상할 것이 없는 복장이었고, 유준이는 팬티 바람으로 바다에 들어갔기에, 해수욕 후 노팬티로 다녀야 했다. 남자들이 그렇게 바다에서 오후의 여유를 즐기는 사이 여자들은 그늘에서 조용히 쉬었다. 유나도 얼마나 들어가고 싶었을까? 이마에 난 상처가 소금물에 닿으면 따가울까 싶어서, 또 아직은 천방지축 무서운 것을 모를 나이라 해수욕은 다음으로 미루기로 했다. 지금 생각해 보면 오후에 와까치나 사막까지 도착해서 버기카 투어도 하게 해 주어야 하는 그 시점에서 리까르도의 이런 여유와 배려는 고맙고 대단해 보이기까지 한다. 그럼에도 늦은 점심 식사 후 이까 까지 한 시간, 다음날 나스까 까지 세 시간을 더 가야 해, 바닷바람을 맞으며 사막을 감상하고 싶은 마음을 추스려야 했다.

처음 이까–나스까 투어를 계획할 땐 샌드보딩, 오아시스, 나스까 라인만 생각했는데 이렇게 생각지도 못한 풍경을 보니 또 한 번 진흙 속 진주를 발견한 듯한 기분이었다. 이런 예상치 못한 것이 여행의 매력이고, 모든 것이 계획대로만 돌아간다면 에어컨을 틀고 편하게 책이나 다큐멘터리만 보아도 될 것이란 생각을 해 본다.

엘 체(El Che)라고 하는 해산물집에 가서 드디어 맛본 세비체는 꽤 먹음직스러워 보였으나 아이들의 잠투정 및 식당 탈출시도에 회가 콧구멍으로 들어가는지 귓구멍으로 들어가는지도 모를 정도였다. 아이들을 위해 시킨 생선구이에는 감자튀김과 쌀밥이 함께 나왔다. 쌀밥이라니…! 이런 면에서 아르헨티나보다는 뻬루가 아이들을 데리고 여행을 다니기엔 좋을 것도 같았다.

리까르도의 차를 탄 우리는 이까 안쪽으로 더 들어갔다. 유나는 결국 멀미로 차에서 내리자마자 호텔 밤부 프론트에서 왈칵 토를 했다. 나 역시 속이 약간 더부룩한 상태였다. 유나는 숙소의 계단을 내려가는 것이 무서운지, 계속 위로 올라가기만 했다. 그래서 버기카 투어를 과연 제대로 할 수 있을까 걱정되는 마음에 남편을 지그시 바라보았지만, 역시 남편은 직진남이었다.

"유나 괜찮은 것 같은데? 계단도 잘 올라가고. 일단 해보자."

"그럼 꼭 안고 있어요! 떨어뜨리지 말고!"

남편에게 유나를 꼭 안고 있을 것이라고 재차 약속을 받은 끝에 결국은 모두 버기카에 탑승했다. 앞에 유준이보다 조금 더 큰 꼬마아가씨 둘도 더 타는 것을 보고 내심 안심이 되었다. 어떤 이들은 아이들을 데리고 타기에는 힘들 거라고도 했지만 결과는 대성공이었다. 유준이는 환호성을 지르며 즐거워했고, 유나는 모래바람 탓에 고개는 못 들었어도 모래놀이를 하면서 엄청 좋아했다.

빠라까스 국립공원에서 해수욕하기

이까 와까치나 사막

와까치나 사막에서의 모래놀이

덜컹거리며 신나게 스릴을 즐길 수 있게 운전해 준 버기카가 가이드
가 첫 번째로 내려준 곳에는 다른 버기카 손님들도 함께 휴식을 취하
며 사진을 찍고 있었다. 모두 한 번씩은 올라가본다는 버기카 지붕에
우리도 한번 올라가 보았다. 그 사이 유유남매가 모래를 얼마나 먹었
는지 상상하기 싫을 정도이다. 나중 얘기지만, 숙소로 돌아가서 씻는
데 귀에서 모래가 끊임없이 나오고, 며칠간 몸 구석구석에서 모래가
계속 나오는 걸 보면 이것 또한 인체의 신비인 듯 했다.

당시 〈꽃보다 청춘〉이라는 프로그램으로 유명해진 샌드보딩을 우
리도 타 보지 않을 수 없었다. 꽤 경사진 곳에서 엎드려 타니 꽤 스릴
만점이었다. 발을 살짝 들고 타면 멈추지 않고 멀리 갈 수 있었다. 유
준이도 안 무서운지, 자꾸 타고 싶다며 샌드보딩을 즐겼다. 한 번에
부부가 다 타고 내려갈 순 없었기에, 유나를 버기카 주위에 놔두고 한
명씩 번갈아 타다 유나도 한번 태워보기로 했다. 만 17개월이었던 유
나는 당연히 최연소 참가자였다. 속도가 나면 울 줄 알았는데, 이 녀
석이 제 엄마를 닮았나보다. 아빠랑 앉은 자세로 모래 언덕을 내려온
유나는 "또~! 또~!" 하며 더 태워달라고 졸라 댔다.

썰매를 타고 사구를 한번 내려간 다음, 그리 높지 않은 경우엔 다시
올라와 또 탈 수 있었는데, 내려가는 것은 금방이었으나 올라올 때에
는 발이 쑥쑥 빠지고 힘이 들었다. 유준이는 그 힘든 일을 계속 해냈
다. 그러다 버기카 가이드가 잠깐 자리를 비운 사이 버기카에 슬며시

샌드 보딩을 즐기는 아들

와까치나 사막의 오아시스

올라가 핸들을 잡고 있는 것이 발각되었다. 가이드는 그래도 괜찮다고 웃었다. 썰매에 왁싱도 해 주고, 자세도 잡아주고, 사진에 동영상까지 찍어주고, 고생이 많은 가이드에게 팁을 잔뜩 주고 싶었다.

해질 무렵이 되니 바람이 세어졌다. 바람막이를 챙겨가길 잘 했다 싶었다. 마스크도 있으면 좋았을 텐데 하는 아쉬움도 있었다. 돌아가는 길, 모래를 입주위에 잔뜩 묻히고 고개를 자꾸 떨구는 유나를 보고, 멀미가 심해 기절하려는 줄 알고 자꾸 정신 차리라 했는데 남편은 유나가 조는 것이니 자게 놔두라고 했다. 세상에, 버기카를 탄 채 조는 아이라니…! 버기카 타고 숙소로 내려오는 길이 어찌나 아쉽던지….

저녁은 호텔에서 해결했다. 빨따 알라 하르디네라(palta a la jardinera)는 아보카도를 사랑하는 우리 부부에게 최고의 애피타이저였다. 그리고 코코넛 맛이 나는 퀴노아 리조또와 마늘향 파스타는 왠지 이름만 들어도 건강할 것 같은 맛이었으나 아이들에게 인기는 없었다. 하루 동안 믿을 수 없을 정도의 강행군을 소화해 낸 대견한 아이들은 일찍 뻗어주며 우리에게 끝까지 효도를 다 해 주었다. 아이들은 미동도 않고 잠을 잤다. 그리하여 여행을 다니며 처음으로 아이들을 숙소에 둔 채 밖에 나가 오아시스를 한 바퀴 산책하고 잉카콜라와 맥주를 사 와 방문 앞에서 한잔하며 이 하루를 마무리하였다. 새벽 4시에 출발해 아침 8시에 보트를 타고 바예스따섬, 빠라까스의 국립공원, 점심 먹고 이까에서 더 들어간 와까치나에 도착해 버기카 투어와 샌드보딩…. 아이들은 집 나가면 고생이지만, 덜컹거리는 버기카에서 신나하는 모습과 사막 한가운데에서 모래놀이에 열중하는 모습을 떠올리니 고생시켜 미안했던 마음에 함께 오길 잘했다는 생각이 겹쳐졌다.

와까치나 오아시스 주위로는 식당과 여행사, 호스텔, 작은 슈퍼가 전부였다. 숙소 주인 아들 띠아고는 이렇게 철저히 관광지화 된 곳에서 너무나 심심해하며 휴대폰으로 영상을 보거나 간혹 울고 떼쓰기도 하여 안타까웠다. 유나의 손을 말없이 붙잡고 방으로 들어가기도 한 친구였다. 손님이 남의 집을 막 들어가는 게 실례인 것 같아 냉큼 데리고 나왔는데 지금 생각하면 친구가 되도록 해줄 것을 그랬다.

빼루 이까의 사막은 십년쯤 전, 인도 자이살메르 부근에서 본 사막과는 달랐다. 지난해에 가려다 못간 아따까마도 분명 다를 것이다. 어린왕자가 우물이 숨어있다 했던 그 사막은 어디쯤일까.

나스까 라인, 정체를 밝혀라!

나의 고등학생 시절의 장래희망은 천문학자였고, 중학생 시절부터 별을 보러 다녔었다. 우주에 지적인 외계생명체이 없다면 그것은 엄청난 공간의 낭비라는 칼 세이건박사의 말에 전율했고, 창백한 푸른 점에서 꿈꾸는 다른 차원의 세상은 알 수가 없어 더 매력적이라 느꼈다. 그렇기에 미스테리나 초자연적현상에 대한 관심이 없을래야 없을 수가 없었다. 그러나 나스까 라인을 보고 싶다는 것은 그냥 작은 바람 중 하나일 뿐이었다. 버킷리스트에 올릴 정도로 갈구하던 것은 아니었고 이미 많은 것이 밝혀진 지도상의 한 부분에 가서 비싼 돈을 주고 경비행기에 30분쯤 올라 남들 다 찍는 사진을 나도 한번… 이라며 찍어오는 건 무의미한 일이라 생각했었다. 게다가 신혼여행을 갔을 적 스카이 다이빙을 하기 위해 경비행기를 탔을 때 멀미가 너무 심했던 기억 탓에, 나스까 라인을 보여주기 위해 좌우로 45도씩 계속 기울여 댄다는 나스까의 경비행기는 피하고 싶기도 했다.

그럼에도 불구하고, 이까에서 차로 3시간 30분 거리밖에(?) 안 되는 나스까를 그냥 지나치면 후회할 것 같아, 결국엔 다녀왔다. 그 거리는, 길다 하면 길고, 짧다면 짧은 거리였다. 하지만 한국에서 뻬루까지 걸리는 시간에 비하면….

사구로 둘러싸여 있는 오아시스 마을 와까치나에서 하룻밤을 자고 난 뒤, 왠지 옷 속에 더 모래가 많이 들어간 느낌이 들었다. 씻어도 씻어도 개운치 않은 기분에, 더워서 창을 열어놓으면 바람에 모래가 섞여 방 안으로 들어왔다. 그래서 땀을 삐질 삐질 흘리며 삐걱거리는 선풍기에 의지해 밤을 보내야 했다.

호텔의 조식은 엉덩이처럼 생긴 빵과 버터, 잼, 오렌지주스, 커피였다. 단출하지만 엉덩이빵은 왠지 중독성이 있어 많이 먹게 되었다. 아이들은 약간 단단한 겉은 뺀 채 보들보들한 속만 파먹고, 어른들은 남은 껍데기만 먹었다.

리까르도는 오전 6시 반이 조금 넘어서 우리를 데리러 왔다. 그는 간밤에 안녕했을까. 어제 장시간 운전하느라 힘들지 않았느냐, 아침부터 고생이 많다 얘기하니 너털웃음을 지으며 자기는 끄떡없다고 하는 그였다.

바로 경비행기부터 타러 가고 싶었지만 기왕 온 것, 나스까라인을 연구하는데 일생을 바친 마리아 라이헤 박사의 박물관부터 들렀다. 볼 것이 크게 없긴 했어도, 의미 있는 공간임에 틀림없었다. 박물관에 걸려 있는 그녀의 사진을 보니 평생 침팬지를 연구한 제인구달 박사가 생각났다. 마리아 라이헤 박사가 연구하고 생활하던 방을 꾸며놓은 곳에 고양이가 있어 유나가 "야옹~ 야옹~" 거렸다. 정작 고양이 본인은 마치 박물관 전시품의 하나인 것 마냥 꿈쩍도 않고 야옹거리지도 않았지만 말이다.

다시 차에 올라 나스까까지 가는 데는 세 시간이 더 걸렸다. 유나는 차 안에서 심심했던지 나한테 공갈젖꼭지를 물려주더니 자기의 애착 베개를 끌어안고 있으라고 해 놓고는 자장 자장 두드려 준다. 기특했지만 눈을 감으면 후벼 팔 기세였다. 전날 유나의 모습이 떠올라 혹시라도 멀미라도 할까 싶어 작은 마을에 들러 약국에서 멀미약도 샀다. 우수아이아에서 배 멀미 방지용으로 샀던 것과 다른, 아이들 용 고산병약이었다. 알고 보니 성분은 멀미약과 비슷했다.

마리아박사가 조성한 전망대에도 들렀다. 멀리서 보았을 때는 별거 아닌 것처럼 보였지만 올라가는 길이 꽤 무서웠다. 곁에 꼭 붙어 올라가는 유준이를 한 손으로 잡고, 또 다른 손으로 난간을 잡는데 그 두 손에 어찌나 힘이 잔뜩 들어가던지…. 전망대를 들른 이유는 그곳에서도 나스까라인의 일부를 볼 수 있었기 때문이었다. 바닥의 자세한 윤곽이 눈에 들어왔다. 물론 경비행기를 탈 때처럼 한눈에 들어오진 않지만, 그것도 그 나름 신기했다. 전망대 꼭대기에서는 나무, 손, 도마뱀 등의 라인 볼 수 있었다.

경비행기장 가는 길에는 잉카인의 옆모습을 닮은 신기한 바위도 볼 수 있었다. 리까르도가 잠시 차를 멈추고 신기하지 않냐 하며 우리에

나스카 라인

게 바위의 위치를 알려주었다.

그렇게 여러 차례 멈춘 끝에, 나스까의 경비행기장에 도착했다. 작은 건물에는 여러 경비행기회사들 사무실이 빼곡했다. 경비행기 타기 전에는 여권을 반드시 검사한다고 한다. 불의의 사고에 대비해서일까? 이 비행기로 국경을 넘는 일도 없을 텐데…. 다 타고 내려오면 증명서(certification)도 발급해 준다고 한다.

우리는 아이들을 두고 둘만 탈수 없어 한명씩 번갈아 타기로 했다. 처음에는 내가 먼저 다녀오고 나서 바톤터치 하듯 아이들을 받으면 남편이 출발하기로 했다. 하지만 남편은 내가 비행기에서 내리기도 전에 먼저 출발하여, 서둘러 달려와 보니 남편은 온데간데없이 아이들만 있었다. 다행히 유나는 낮잠을 자고 있었고, 유준인 여행사 아주머니가 블루베리맛 아이스크림을 사주어 행복해하고 있었다.

비행기를 타기 전에 조종사와 함께 경비행기앞에서 사진도 찍어 주었는데, 그럴 줄 알았으면 냉장고 바지에 티셔츠만 대충 입은 동네 아줌마 패션이 아니라, 우아한 관광객 패션이나 정글 탐사라도 하는 듯한 복장을 입고 올 걸 하는 후회를 했다. 비행기 안에서는 조종사 옆의 가이드가 "왼쪽(izquierda)", "오른쪽(derecha)"이라고 또박또박 설명해 주지만, 자칫 잘못하면 엉뚱한 곳을 보고 형상을 놓칠 수가 있어, 타기 전에 얼마나 열심히 공부했는지 모른다. 숨은그림찾기 하듯 그림과 이름을 짝지으며 비행하는 것은 생각보다 재미있었다. 미리 먹은 멀미약도 효과가 있었다. 선체를 밑으로 기울일 때 날개 바로 밑을 보지 않고 집중하지 않으면 그림을 못보고 갈수도 있다는 가이드의 말에 잔뜩 긴장하고 귀염둥이 우주인, 벌새, 앵무새, 손, 나무, 도마뱀 등의 모습을 열심히 찾았다. 도마뱀의 머리는 고속도로에 의해 댕강 잘려 있었다. 열심히 집중했는데도 원숭이와 거미 그림은 놓쳐 버렸다. 제일 유명하고 인기 있는 형상이 원숭이였는데, 많이 훼손되어 있었던 듯하다.

나는 마을로 가까워지는 동안 점점 늘어나는 물줄기와 나무를 감상했다. 이상기후와 개발로 인해 점점 사라지는 나스까라인이 안타까웠다. 엄청난 세월동안, 특수한 기후로 인해 지워지지 않고 보존되어 왔는데….

남편, 아이들과의 상봉 후 나스까 시내로 들어섰다. 리까르도가 추천해 준 리꼬 뽀요(Rico Pollo)라는 곳에서 뽀요 알라 브라사(pollo a la brasa)라는 메뉴를 주문했다. 장작구이통닭정도 되는 것 같았다. 거기에 밥, 감자튀김이 곁들여지면 아이들을 먹이기에 안성맞춤이다. 이게 뻬루인들이 제일 많이 먹는 메뉴중 하나라 한다. 왠지 아쉬워서 소고기가 들어간 국(sopa)을 시켜 보았는데, 매콤하고 우리 입맛엔 딱이었다. 유유남매는 이날따라 하도 안 먹어서 식당에서 파는 케이크 한조각을 사 주었다. 5솔(1700원 정도), 한국에 비하면 엄청 싼 가격이었다. 유유남매는 한 것도 없이 꾀죄죄한 몰골이었다.

리마로 돌아가는 길에는 너무 피곤해서, 리까르도와 말동무를 끝까지 못 하고, 졸다가 한마디씩 던지는 것이 다였다. 그것이 미안해도 어쩔 수 없었다. 리까르도도 피곤했던지 잠깐 차를 세워 쉬기도 했다. 우리에게 다시없을 1박 2일을 함께해 준 이였다. 차 안에서 징징대는 아이들에게 간식을 안 줄 수도 없어 차가 지저분해 지는 것도 아랑곳하지 않고 친절을 베풀어 준 호인이었다.

리마의 신시가지에서 쉼표를 찍다

이까-나스까 1박 2일의 여정으로 피곤해 늦잠을 자도 됐을 텐데 일찍 일어난 새나라의 어린이들.

해안가에 위치한 지리적 특성 탓에 리마에선 빨래도 안 마르고 계속 찜찜하고 꿉꿉하고 눅눅하고…. 하루 종일 상쾌하지 않은 기분이었다. 아침 물안개 자욱한 리마에서 "오늘은 뭘 할까?" 남편과 즐거운 고민을 시작했다. 이 날은 컨디션을 회복하고자 잠시 쉬어 가는 날로 정했기에 따로 계획을 세워 두지 않았다.

신시가지라 불리는 미라플로레스 지구에 갈까, 자살바위라는 절벽에 가 볼까 하다가 오전을 다 보냈다. 아이들에게 쌀밥을 먹이고 싶어서 볶음밥을 먹기 위해 미라플로레스의 한 중국집으로 향했다. 뻬루에는 'chifa'라 불리는 중국집이 정말 많이 있었다. 볶음밥에 초면을 하나 더 시켰는데 양은 거의 3~4인분 수준이었다.

먹다먹다 결국 남긴 채 고양이가 많다는 케네디공원으로 들어갔다. 아이들은 길가의 고양이들 덕분에 행복한 시간을 보냈다. 하지만 우리 부부는 비둘기 다음으로 길고양이를 무서워한다. 나는 고양이털 알러지가 있어서 무섭고, 남편은 혹여 아이들을 할퀼까 싶어 무서워했다. 아이들은 그런 우리의 마음도 모른 채 고양이를 만지고, 눈을 바라보고, 난리도 아니었다. 고양이들은 사람 손길이 워낙 많아 익숙해졌는지 "넌 만져라. 난 잔다."하는 표정이었다.

"고양이야, 안녕~!" 하고 인사를 한 뒤 민박집에 한국에서 뻬루로 출장을 올 때마다 포비네 민박집에서 묵는다고 하던 한 아저씨가 정

리마 케네디 공원에서

말 맛있다고 극찬했었던 츄러스 가게, 마놀로(Manolo)를 우연히 발견하고, 고민도 없이 불쑥 들어갔다. 안에 초코, 바닐라, 둘레 데 레체가 들어있는 것 3종과 플레인이 있는데 바닐라가 들어있는 것이 정말 맛있었다. 우리는 그렇게 리마의 핫플레이스인 라르꼬 마르(Larco Mar)까지 걸어갔다.

리마플로레스는 대강 주요도로 세 개로 이루어진 삼각형 모양이라 할 수 있는데, 성인 걸음으로 20분이면 한 변에 해당하는 거리를 둘러볼 수 있다. 우리는 욕심내서 다 둘러보지 않고, 아이들을 위해 놀이터에서 질릴 정도로 놀았다.

실은 난 이날 하루 종일 속이 안 좋았다. 라르꼬 마르에서 애들 노는 동안 화장실로 뛰어가 한번 토하고, 배도 계속 아팠다. 유준이도 거의 식욕을 잃은 모습이었는데 저녁부터 시름시름 앓더니 계속해서 왈칵 토했다. 다음날 꾸스꼬로 이동해야 하는데, 걱정이 이만저만이 아니었다. 왜 그랬을까 곰곰이 생각하다가 문득 떠오르는 것이 있었다. 아침에 전날 남미에서 처음 만난 던킨 도넛이 반가워서 사 먹다 남은 것을 냉장고에서 꺼내 먹으면서 '께름칙한데, 괜찮을까?' 라고 생각했었는데, 그것이 괜찮지 않았던 모양이다. 도넛을 먹이지 않은 유나는 멀쩡했던 걸로 보면 그것이 화근이었던 것이다. 유준이는 그렇게 고생길에 들어섰다.

꾸스꼬 도착 – 친체로, 모라이, 살리네라스를 거쳐 마추픽추 마을로

정들었던 리까르도, 이제 못 만나나 했는데 리마를 떠나는 마지막 날 우리를 공항에 데려다 주러 왔다. 정말 반가웠다. 아들 주라고 한국식품점에서 사 온 마이쭈와 함께, 전에 충분히 못 챙겨 주었던 팁도 두둑히 안겨 주었다. 고마웠다고, 잘 지내라고 진심을 다해 인사를 하고 꾸스꼬로 출발!

우리는 아이들이 어려 장거리 버스는 웬만하면 피하고, 돈이 좀 들더라도 비행기표를 예매했는데, 잘 한 선택이었다. 유준이의 상태는 간밤부터 계속 안 좋았다. 꾸스꼬에 도착해서 바로 마추픽추 마을인

고산병 시달려 축 처진 유준

아구아스 깔리엔떼스로 가는 택시 투어가 힘들 것 같아 내내 걱정했다. 늘 그렇듯 걱정은 엄마 담당, 아빠는 안심 담당이었다. 남편은 유준이는 씩씩해서 잘 이겨 낼 거라고 했다. 아이들은 고산병약을 미리 먹이고 비행기에 올랐다. 꾸스꼬에 내리기 전, 산이 엄청 가깝게 느껴졌다. 이것이 고산지대의 위엄이구나 싶었다. 구불구불 산길을 내려다보며, 우리가 저길 가야 하는 건 아니겠지 하고 또 다시 걱정을 시작했다.

해발고도 3,400의 꾸스꼬에 내리자마자 두통이 시작됐다. 내가 먹을 고산병약은 아직 안 샀는데⋯. 일단 꾸스꼬에서 묵게 될 한인민박

집, 사랑채에 큰 짐을 내리고, 주인아저씨가 연결해주신 택시를 타고 서둘러 고도 낮은 곳으로 이동했다. 보통 배낭여행객중에선 꾸스꼬에서 얼마간 머물다 마추픽추를 보러 가는 이들이 많은데, 아이들이 있으면 꾸스꼬는 되도록 짧게 머물라는 조언을 들었다. 즉, 도착하자마자 해발고도가 낮은 곳으로 이동해 조금씩 올라가면서 적응하는 게 좋다는 것이었다. 우리 같은 경우는 꾸스꼬 도착 즉시 출발하여 → 친체로 → 모라이 → 살리네라스 → 오얀따이땀보 → 아구아스 깔리엔떼스 → 마추픽추 → 다시 꾸스꼬 순서로 이동하면서 중간중간 멈춰서 유적을 보기로 했다. 아이들이 있기에, 다음날 마추픽추를 보기 위해서 고산병의 위험을 최소화하는 방법으로 남편이 선택한 것이긴 했지만 1박 여정으로 그렇게 하니 시간도 부족하고, 고산증세가 생각보다 오래 지속되어, 어린 아이들을 데리고 가는 사람들이 있으면 이렇게 조언을 하고 싶다. 꾸스꼬에서 최저지대인 아구아스깔리엔데스에 가 1박을 하고 다음날 마추픽추를 본 뒤, 오얀따이땀보에서 또 1박을 하고, 살리네라스, 모라이, 친체로를 거쳐 다시 꾸스꼬로 돌아오는 일정이 제일 적응도를 높이는 데 좋겠다고….

어쨌든 우린 정보가 너무 부족했다. 한국인들 중 영유아 둘 데리고 마추픽추에 다녀왔다는 후기를 본 적이 거의 없어서 영어로 된 블로그와 여행기를 찾아 봐야 했는데, 딱히 그럴싸한 정보를 얻진 못했다. 외국인들이 배낭캐리어에 아이를 각각 싣고 함께 다녀왔다는 인증사

살리네라스

모라이 앞에서

진을 보고 희망을 얻을 뿐이었다.

첫 경유지, 친체로. 친체로는 꾸스꼬보다 100~200m 더 높은 곳에 위치해, 차로 이동하는 동안 나는 아, 이게 고산병이구나 싶을 정도로 가슴이 탁 막혀왔고, 유준인 여전히 배앓이를 하는 중이라 위로 토하고 아래로 싸고 난리도 아니었다. 유나도 몸이 뭔가 이상한 것을 느꼈는지 계속 보챘다. 갈색 그리스도가 있다는 작은 성당을 둘러보고 싶었지만, 아이들이 칭얼대다 차 안에서 겨우 잠들었는데 그 단잠을 깨울 수가 없어 내릴 수가 없었다. 그렇게 아담하고 평화로운 마을 친체로와 성당은 구경하지 못하고 차에 탄 채 멀리서 조망만 하였다. 마을의 조용한 분위기는 멀리서도 느낄 수 있었다.

바로 택시는 출발을 했고 원형경기장처럼 생긴 모라이에 도착했다. 옛날 잉카인들이 농경 실험지로 쓰였다는 곳이었다. 고도가 높은 곳에서 농사를 잘 짓기 위해 고도 낮은 곳에서 자라는 농작물들을 조금씩 높은 곳에 심어 고도에 적응시켰다는 설도 있었다. 모라이 꼭대기에서 아래를 내려다보았다. 가장 낮은 곳과의 온도차가 5도 이상이라, 밑에 직접 내려가면 피부로 느낄 수 있다 한다. 유준이가 여기서도 구토를 곁들인 설사를 또 하는 덕분에 내려가 보는 것은 꿈도 못 꿀 일이었다. 옛 뻬루인들이 고도차에 따라 농작물을 경작한 지혜와 실험정신으로 정교하게 만든 농경지를 그저 바라보는 것으로도 우리에게 놀라움을 주기에 충분했다. 지금도 이곳에서 얼굴이 하얗게 된 유준이와 함께 찍은 사진을 보면 아직도 마음이 안타깝다.

'이렇게 아름다운 곳에서… 우리 아들, 많이 힘들었지?'

살리네라스에 도착했다. 소금광산 살리네라스 역시 〈꽃보다 청춘〉에서 보고 홀딱 반했던 곳이었다. '여기 가면 꼭 소금을 사 올거야.'라는 소박한 소망을 품고…. 먹은 것도 없는 유준이의 고산증세 완화에 도움이 될까 싶어 막대사탕을 쥐어주니 아들은 힘없이 살리네라스의 소금밭을 바라보기만 한다. 비까지 오기 시작했다. 남편은 내게 멀리 가지 말고 조금만 둘러보고 오라고 했다. 나는 구석구석 돌아보고 싶은 욕구를 꾹 누른 채 졸졸 흐르는 맑은 물 한번 찍어 먹어 보고 "으어, 짜!", 소금 몇 봉지 사서 다시 출발했다. 이제 고도가 계속 내려간다는 기대와 함께….

이날의 가장 큰 실수는 점심을 먹은 것이었다. 우루밤바의 식당에서 무려 40~50분간 지체하며 현지식 부페를 90솔이라는 거금을 들여 먹었는데, 많이 먹고 난 뒤에 차를 타면 으레 더부룩해지곤 하는 것을 깜박했다. 입맛도 많이 없었는데 꼭 점심을 먹어야 했을까. 게다가 무료로 먹을 수 있었던 두 아이들도 잠을 자고 있었고, 볼거리가 많았던 오얀따이땀보를 둘러볼 시간이 20분정도밖에 남지 않는 상황이 되어 버렸다.

오얀따이땀보에서도 정신 못 차리고 계속 자는 유준이를 결국 차에 놔두고, 조마조마한 마음으로 잽싸게 올라갔다 오기로 했는데, 그게 말 같지 않았다. 일단은 해발고도가 워낙 높았고 계단 길의 경사도 만만치 않았다. 중간에 가다가 어질어질하며 현기증이 몇 번 쓰러질 뻔도 했다. 잉카인들의 정교한 돌 맞추기 실력에 놀란 것도 잠시, 기차 시각 탓에 돌 하나를 깎아 만들었다는 왕녀의 욕탕도 못보고 중간에 내려와야 했다. 위에서 바라보는 작은 마을의 모습과 산허리에 걸쳐진 그림 같은 구름을 보니 이 좋은 곳에서 1박을 할 수 있었더라면 얼마나 좋았을까 싶었다. 맨 위까지 올라가보지도 못하고 중간에 시계를 보고 허둥지둥 내려와야 했던 오얀따이땀보는 우리에게 아쉬움만 잔뜩 남겼다. 부랴부랴 차에 탔는데 눈치 없는 소 두 마리가 길 한복판에서 싸움이 붙어 또 한참 기다려야 했다.

이날 하루 종일 시간에 치여 돌아다녔던 까닭은, 바로 뻬루레일 탓이었다. 성수기에는 수요가 많아, 마추픽추 마을인 아구아스 깔리엔떼스까지 가는 뻬루레일을 미리 예약했는데, 그 시간이 너무 빠듯했던 것이었다. 아이 둘을 안고 뛰다시피 해서 기차에 몸을 싣자 그제야 안도의 한숨이 나왔다. 경치는 끝내줬다. 서비스도 좋았다. 승차감도 좋았다. 뭐하나 빠지지 않았는데 문제는, 이 한 자리가 엄청 비쌌다는 것이다. 유준이는 여기서도 잠만 잤다. 이러다 밤에 안자면 어떡하나 싶을 정도로….

한적한 계곡의 시골마을 사이사이로 지나가는 설산의 풍경이 그렇게도 아름다울 수 없었다. 고도가 낮아지며 이제야 정신이 좀 드는 것 같았다. 유나도 씩씩하게 주전부리를 하기 시작했다. 기차에서는 퀴노아 파이를 무료로 나눠주었다. 아니, 이게 다 이 기차표 요금에 포함되어 있는 서비스겠지. 한국에서 웰빙 푸드로 잘 알려진 퀴노아가 여기서는 주식으로 먹을 정도로 흔한 것이 신기했다. 아직은 고산 증세로 인해 목구멍으로 쉽게 넘어가지 않았다.

두 시간 쯤 달려 도착한 아구아스 깔리엔떼스에는 어둠이 내리고 있었다. 그렇게 아구아스 깔리엔떼스는 직역하면 '뜨거운 물(Aguas Calientes)' 이다. 숙소마다 뜨거운 물이 잘 나오나 했는데 인근에 온천이 있다는 정보를 입수했다. 유준이는 도착해서 색소가 잔뜩 들어간 파란색 음료수를 안 사준다고 격노했다. 아들이 이렇게 떼쓰는 것을 보니 나을 때가 다 됐구나 싶어 그 진상 짓도 반가웠다. 기차역에 도착하자마자 아이들에게 알파카와 야마 인형을 하나씩 사 주었다. 사실은 내가 갖고 싶었던 아이템이었다는 것을 남편이 눈치 챈 것 같았다.

밤이 되고 비가 오기 시작했다. 우리는 호텔에 짐을 풀고 아이들부터 씻기고, 비가 멎자마자 또 중국집으로 향했다. 이 또한 실수였다. 하루 종일 음식이 넘어가질 않았는데 기름진 중국음식이 웬 말인지, 나의 선택을 토르의 망치로 부숴버리고 싶을 정도였다. 유준인 껌만 먹고, 유나는 식당에서 잠을 잤다.

해발 2,040m까지 내려오니 고산병증세가 씻은 듯이 없어졌다. 두

구름 속 마추픽추

야마가 부럽다

마추픽추에 오르다

오얀따이땀보 유적지 앞에서

통 하나 없이 잠을 푹 잘 수 있겠다 싶었는데 피곤한 김씨 세 명이 모두 뻗은 가운데 나는 홀로 화장실 불을 켜고 변기에 앉아 마추픽추에 대해 공부를 하느라 잠을 설쳤다. 마추픽추에서 가이드 없이 다니기로 했던 것이다. 마추픽추는 바티칸만큼이나 가이드의 역할이 매우 중요한데, 문제는 유유남매였다. 사설 팀을 꾸리기에도 재정이 빠듯하고, 다른 팀과 함께 하기에는 우리가 민폐를 끼칠 것 같아서 나는 인터넷과 가이드북을 거의 외워가다시피 하기로 한 것이었다.

꿈에 그리던 마추픽추

죽기 전에 이곳만은 꼭 가봐야지, 했던 곳 중 하나가 마추픽추. 기도도 많이 했다. 꼭 가 볼 수 있게 해 주세요, 아이들 건강이 회복되게 해 주세요….

전날 유준이 컨디션도 안 좋았고 해서 와이나픽추는 과감히 포기하기로 했다. 포기한 다음에는 뒤도 돌아보지 않아야 한다. 새벽에 아이들 단잠 깨워가며 줄을 설 생각도 사실은 없었다. 하지만 유나가 배고픈지 5시에 눈뜨자마자 보온병을 붙잡고 "밥! 밥!" 시위하고 있고 유준이도 오줌을 싸서 일찍 일어날 수밖에 없었다. 예상치 못한 상황이었다. 긴 바지가 한 벌밖에 없었기 때문에 혹여 감기라도 걸리지 않을지…. 유나는 보온병에 누룽지를 넣고 뜨거운 물을 부어 만든 숭늉을 알뜰살뜰히 챙겨 먹었다. 이럴 때 보면 역시 객지에서 여자가 더 적응력이 좋다는 것이 실감난다. 여자들은 이민 생활을 하며 살이 찌고, 남자들은 민첩함 등 공격력을 높이기 위해 몸을 날렵하게 만든다는 누군가의 얘기가 생각났다.

일단 짐을 마저 추리고 체크아웃을 일찍 해 버렸다. 짐을 숙소 창고에 맡기고 아침식사를 하는데 여행자들은 이미 버스를 타러 가서 식당에는 우리뿐이었다. 그제서야 조금은 서두르며 나가보았다. 아직 동트기 전인 아구아스 깔리엔떼스. 개천을 보니 전날 비온 뒤로 또 물량이 늘어 있었다. 다행히 마추픽추에 가려는 사람들의 줄은 끝이 보였다. 밤을 새거나 세시 반부터 줄서는 사람도 있다는데 우린 이 정도면 선방이구나 싶었다. 나도 혼자 여행하던 때 같았으면 와이나픽추는 당연히 가야 하는 코스였을 테고, 그러면 내 성격 상 잠도 포기하고 저 줄 맨 앞머리에 있겠지…. 판초우비를 사고 있는데 유준이가 길바닥에 토 하는걸 본 직원이 우릴 부른다. 순간, '헉, 애 토하니 버스 타지 말라 그럼 어쩌지?' 하는 생각이 들었다. 다행히 직원은 아기(유나)가 있으니 맨 앞으로 가라고 얘기하려는 것이었다. 우리는 모든 사람들을 제치고 앞으로 나갔다. 최연소 참가자인 유나가 큰 효도를 했다.

다행히 버스에서 아이들은 더 이상 토를 하지 않았다. 구불구불한 길에 따른 울렁거림을 잊게 만드는 멋진 산세와 구름이 만들어내는 장관에 넋을 잃었다. 꿈에 그리던 마추픽추에 도착하다니…! 허나 전날 고산증세를 심하게 겪고 배앓이까지 했던 에미 탓에 두 아이들은 온전히 아빠 몫이 되었다. 것도 배낭캐리어 없이는 불가능한 일이었다. 이날, 말로 표현은 안 해도 남편이 얼마나 고맙고 든든했는지 모른다.

"야마다!"

유준이가 그렇게나 보고 싶어 했던 야마였는데, 정신 놓고 아빠 품에서 자느라고 유준이만 못 보고 지나쳤다.

"야마 넌 좋겠다."

"왜?

"맨날 절경을 보고 사니까…."

"*&$&*@&%&^*_@#0 (우물우물)"

우선 사람이 더 많아지기 전에, 마추픽추의 전경을 내려다볼 수 있다는 망지기의 집부터 올랐다. 모두가 한번은 올라가보게 되는 망지기의 집은 그다지 높진 않지만 어린 아이가 혼자 걸어올라 가기에는 무리인, 얕은 언덕 높이 정도였다. 그 곳에서는 마추픽추가 한눈에 내려다보였고, 반대편의 설산도 감탄사를 자아냈다. 그런데 아쉽게도 안개가 껴 있었다. 실은 이 안개가 서서히 걷히며 유적이 조금씩 나타나는, 그런 절경을 보기 위해 사람들이 일찍 오르기도 한다. 계속 쨍한 날씨 아래의 마추픽추는 그다지 매력이 없다는 이들도 있었다. 또 하루 종일 구름에 싸여 있는 적도 거의 없다 하니, 또 언젠가는 또 뿌연 안개가 걷힐 것임을 알기에 그렇게 망연자실하진 않았다.

정말로, 서서히 안개가 걷혔다. 감히 구름의 이동을 10배속 하고 싶어졌다. 마추픽추는 구름 속에 가려졌다 나타났다를 계속 반복했다. '짠!' 하고 나타나면 사람들은 냉큼 뛰어가서 사진을 찍고 왔다. 나는 저 아래 촘촘 보이는 사람들에 옛 잉카인을 오버랩해 잠시 상상해보았다.

아아, 그런데…. 구름까진 괜찮은데 비가 오기 시작했다. 왠지 쉬이 그칠 것 같지 않아 보였다. 망지기의 집에 사람들이 오밀조밀 모여 비 그치기를 기다리지만 비 보다도 추위가 더 걱정이었다. 판초우의를 꺼내 아이들을 입혔다. 함께 망지기의 집에 대피해 있던 한 뻬루 아줌마가 말을 걸어 왔다. 그녀는 뿌노에 산다고 했다. 유나가 너무 귀엽다면서 호들갑을 떠는데 유준이는 내심 시샘하는 눈치였다. 유준인 눈뜨자마자 야마를 찾고 있었다.

"엄마, 야마는?"

"너 자고나서 유적지 한 바퀴 돌고 올 때까지 기다린대."

"응, 알았어."

당황해서 대충 둘러대니 유준이는 진지하게 고개를 끄덕여 주었다.

비가 아주 잠시 멈춘 사이, 남는 건 사진뿐이라며 낯선 이들에게 도움을 청해 우리 역시 사진을 남겼다. 하늘이 쨍하게 개길 기다렸지만 우리에게 그런 운은 없었다. 그래도 여기까지 왔으니, 이정도로도 얼마나 감사한가!

우비를 입은 채 미끄러운 돌길, 흙길을 아들 손 꼭 잡고 조심조심 걸어 내려가 보았다. 잉카인들의 손길, 발자취를 느껴보며 정교한 건축기술과 지혜가 깃든 이곳을 감상하고 싶었는데…. 역시 아이 둘과는 한 시간 반 만에 급속 견학을 완료해야 했다. 그러다보니 놓친 부분도 많았다. 채석장이며, 세 개의 창문이 있는 신전이며, 독수리 날개 모양, 머리 모양 돌이 있는 신전 등 내 나름대로 공부도 열심히 해 간 터라 가이드만큼은 아니지만 유식한 엄마이자 아내로 빙의하여 남편과 유준이에게 설명을 해 주고 싶었는데 비는 오고 애들은 난리, 정신없었다. 옛 뻬루인들이 종이 접기 하듯 돌을 다룰 수 있었던 신비한 능력에 혀를 차다가도 숨바꼭질하는 유준이를 찾느라 정신이 번뜩 들곤 했다. 다행히 유준이는, 멀리 가지 않아도 엉덩이만 쑥 뺀 채 자기 눈만 가리면 내가 자기를 못 찾을 거라 생각하는 어린 아이였다. 가이드 없이 얕은 지식으로 다니려니 정말 아쉬웠다. 이렇게 많은 아쉬움을 남기고 가면 다음에 또 올 수 있으려나. 또 마추픽추는 보존과 복원이 잘 되어 있는 곳도 있었지만 어떤 곳은 지진으로 무너져 있기도 했고, 어이없게도 해 그림자를 보여주던 천문관측소는 몇 년 전 광고를 찍다가 크레인에 처참히 희생당했다고 한다.

하산할 때 쯤 되니 욕이 나올 정도로 햇님이 쨍쨍이었다. 유준이는 출구의 야마 몇 마리를 보고 소원 성취한 표정이었다. 유나도 "야마야

~! 야마야~!" 하면서 그날 이후로 알파카 인형은 본 척도 않고 야마만 불러댔다.

굽이진 길을 다시 따라 내려간다. 아쉬움 가득 안고, 멀어져가는 유적을 하염없이 바라보며….

아구아스 깔리엔떼스 마을로 돌아온 우리. 크게 입맛은 없지만 애들 탓에 뭐라도 먹긴 해야 했다. 중국요리는 거들떠보지도 않고 야마요리에 도전했다. 그리고 이날 처음 맛본 야마요리는 희한한 향의 향신료 탓에 얼마 먹지 못했다. 함께 주문한 하와이안 피자도, 파인애플이 너무 적어서 인상적이었다.

아주 작은 마을이지만 이곳저곳 구석구석 둘러보려니 볼 것이 제법 있었다. 어떻게 마추픽추를 지었는지 그에 따른 설과 상징이 담긴 벽조도 있었고, 마추픽추마을의 작은 성당에도 갈색의 그리스도가 있었다. 스페인을 비롯한 유럽인들이 전파한 가톨릭을 원주민들이 어떻게 받아들였는지 갈색의 그리스도가 잘 나타내주고 있었다. 또 하나 특이하게도 검을 베일을 쓴 성모마리아가 많았는데, 고통의 성모(virgen del dolor)라 적혀 있었다.

뻬루레일을 타고 다시 오얀따이땀보, 그 곳에서 또 꾸스꼬로 가는 버스를 갈아타야 했다. 돌아갈 때는 마추픽추마을에 갈 때보다 더 서비스가 좋았다. 토마토도 아니고 낑깡도 아닌 과일과, 원하는 차는 무엇이든 대접받았고, 그리고 꿔노아가 들어 있는 피자, 쿠나 브랜드의 알파카 제품들을 선보이는 승무원들의 패션쇼까지!

　우리는 성스러운 계곡을 뒤로 하고 오얀따이땀보에서 인당 10솔 하는 꼴렉띠보를 잡아 탔다. 우리가 마지막 승객이었다. 깜깜한 언덕길을 올랐다 내렸다 하니 꾸스꼬에 도착해 있었다. 너무 어두워서, "뭐야, 대성당이야? 아르마스 광장이야?" 했는데 눈앞에는 산 프란시스코 성당이 있었다. 몇 블록 더 나와 아르마스 광장에 도착하니 오렌지 빛 가로등 불빛이 오래된 벽돌과 건물을 반사하며 만들어내는 분위기 있는 야경이 나타났다. 나는 둘째를, 남편은 첫째를 안고서 그 몽환적인 야경을 잠시 바라보았다.

　남들은 "그 먼 곳을, 기억도 못 할 아이들을 데리고 생고생을 해서 다니느냐"고 하기도 할 테지만, 돌이켜 생각해보면 이런 경험으로 우리 네 식구의 능력치는 한 단계 업그레이드 된 기분이다. 남편은 잠든 아들, 딸 다 업고 안고 힘들게 다녔는데도 어떤 상황에서도 절대로 힘들다는 소리를 하지 않았다. 그것은 나를, 우리 모두를 위한 배려였다고 생각한다.

구름이 바로 머리 위에 있는 듯했던 꾸스꼬

　꿈의 꿀단지 어디쯤에 있었던 마추픽추는 이제, 추억의 꿀단지 어디쯤으로 간직하고 꾸스꼬 시내를 둘러보는 날.

　아이들이 어리니 포기해야 할 것이 많다. 가이드의 유적지 설명, 길

꾸스꼬 아르마스 광장

야마와 알파카라면 사족을 못 쓰고 좋아하는 아들

거리 음식, 밤 문화는 물론이거니와 야경 투어 등등. 그래도 우리는 '지금', '여기'에 '함께' 있다는 것으로 행복했다. 우리가 포기하지 않은 것들은 그런 것들이었다.

전날, 마추픽추 하산 즉시 1,300~1,400m 더 높은 꾸스꼬로 올라와 다 같이 대자로 뻗었었다. 다시 고산지대로 올라온 셈. 한번 혼쭐이 났던 터라 나도, 아이들도 약을 꼼꼼히 챙겨 먹었다. 성인용 고산병 약은 아구아스 깔리엔떼스의 약국에서 샀었다.

이날의 미션은 밀린 빨래 및 휴식. 꾸스꼬 시내를 느긋하게 구경하면서도 우리의 최고 관심사는 유준이, 유나의 상태였다. 메뉴를 고를 때에도 꼭 쌀이 들어 있는 것, 향이 독특하거나 진하지 않은 것이어야 했다. 아이들 없으면 둘 다 길거리음식으로 연명할 수도 있었을 텐데….

한인민박 사랑채의 아이들은 한국으로 바캉스를 갔다고 했다. 그 덕분에 유준이는 장난감을 원 없이 만져봤다. 사전에 주인아저씨와 연락을 주고받으면서 아이들끼리 같이 놀 수 있으면 좋겠다고 얘기했었는데, 아쉬웠다.

전날 잠깐 보았던 아르마스 광장으로 향했다. 쨍 하디 쨍한 꾸스꼬…. 구름이 정말 가까이에 있었다. 고산지대라 조금만 움직여도 산소가 부족해 헐떡거리는데도 아르마스 광장에서 비둘기를 쫓으며 잘만 뛰어 다니는 유준이의 체력이 부러웠다. 언제 아팠냐는 듯 금방 회복한 아들이 고맙기도 했다. 난 두통과 메슥거림으로 하루 세알 아미타졸아마이드를 먹어야 했다.

이날 유준이가 유모차에서 자는 사이 까떼드랄만 들어가 보고, 헤수스 성당은 제대로 구경하지 못했다. 종교시설 입장권은 유적지통합입장권과 별도로 사야해서, 애들이 어리기에 그것도 포기했다. 광장근처에는 아기 알파카와 새끼 양을 안고 있는 원주민이 곳곳에 있었다. 유준이가 야마와 알파카라면 사족을 못 쓰고 좋아하니, 사진을 함께 찍고 지불하는 모델 값이 전혀 아깝지 않았다. 그 유명한 12각돌 앞에는 관광객이 모여 있을 줄 알았는데 그렇지 않아 하마터면 놓칠 뻔도 했다.

점심은 가이드북에 나온 식당을 찾아가 먹어보기로 했다. 헤수스 성당 오른편의 길을 따라 가다 보면, 원주민들이 많이 찾는 식당이 몇개 나온다. 만날 사먹는 음식에 질려 우리도 애들도 입맛을 잃은 데다 며칠간은 계속 메뉴와 식당선정에 실패하여 이날은 여행책자를 보고 '감자탕맛 '이 난다는 아도보(adobo)와, 돼지갈비튀김인 친차론(chincharon)에 도전해보기로 했다. 아도보는 그런대로 유준이도 먹어주어 성공했으나 친차론을 먹으며 이가 나가는 줄 알았다. 그렇게 딱딱한 것을 어떻게 먹으란 말인지….

콧소리 흥흥거리며 잘 따라 다닌 유준이에게 꼬리깐차(산또 도밍고 성당) 근처 아이스크림집에서 4솔짜리 아이스크림을 사주었는데 맛이 꽤 괜찮았다. 늘 간식은 천천히 먹으라고 했더니 아이스크림도 아껴 먹다가 결국은 땅에게 제물로 바쳐야 했다.

느긋하게 돌아다니다보니 꾸스꼬 근교를 둘러볼 시간이 많지 않았다. 게다가 우리에겐 빨래도 한 더미…. 언덕을 차로 조금만 올라가면 들를 수 있는 삭사이와망이라는 유적지와 예수상 정도만 둘러보기로 했다. 삭사이와망에서 다시 야마와 마주쳤다. 역시 모델료를 기쁘게 지불했다. 아이들이 기뻐하니까. 그런 원주민에게는 사진값을 깎으면 안 될 것만 같았다.

그런데 먹구름이 몰려오고 있었다. 비가 한두 방울씩 굵직하게 내리기 시작해, 유적지는 제대로 보지 못했다.

"비 오니까 가자."

"나 바빠요. 땅 파야 돼요."

띠에라 델 푸에고에서 돌을 던지던 아들은 이날 삭사이와망에서는 땅을 파야 한다며 진지한 얼굴로 이렇게 말했다.

삭사이와망 출구 쪽으로 가니 하얀 예수상이 바로 보인다. 다행히 비구름은 아직 삭사이와망 쪽에 머물러 있었다. 리우의 거대한 예수상이 생각났다.

꾸스꼬의 저녁 식사는 일찌감치 한식으로 정해 놨었다. 20대 때엔 여행 다니며 한식을 먹는 것은 시간 낭비라며 절대 눈길도 안줬는데 부모가 되다 보니 한식이 반가워졌다. 그리고 비가 와서 그런지 우리 입맛도 어느새 매콤하고 얼큰한 김치찌개, 부대찌개와 바삭바삭한 파전을 찾게 되었다. 물은 따로 안 시켜도 보리차가 나오다니…. 감격스러웠다.

비에 촉촉하게 젖은 아르마스광장을 마지막으로 한 번 더 둘러보고, 체력을 충전하러 일찌감치 숙소로 들어갔다. 다음날은 뿌노로 향해야 했으니….

뿌노로 향하는 투어버스

뿌노까지는 아침 일찍 출발하는 투어버스를 이용하기로 했다. 중간 중간 잉카와프레 잉카(pre-inca) 유적지를 둘러 보고 민속 음악을 즐길 수 있는 부페에 들르는 코스였다. 우리가 이용한 투어버스는 잉카 익스프레스였는데, 음료도 중간 중간 나눠주고, 그 지방 특유의 거대한 빵도 나눠 주었다.

제일 먼저 들른 곳은 성 베드로 성당이었다. 성당 앞에는 많은 상인들이 각종 수공예품을 팔고 있었다. 가이드가 영어와 스페인어로 골고루 설명을 해 주는데, 남편에게 애들을 맡기고 혼자 설명을 들으러 쫓아다녔다. 다녀와서 남편에게 전달 연수를 하기로 하고…. 내부에는 뻬루인들이 어떻게 천국과 지옥을 개념화했는지 알 수 있는 벽화가 가장 먼저 눈에 띄었다. 웃기게도, 천국에는 상차림 메뉴 중 피자가 있었다. 아주 오래된 파이프 오르간, 형형색색 알록달록한 치마를

락치 비라꼬차 신전

입은 예수상도 눈에 띄었다.

　다음 들른 곳은 락치마을이었다. 비라꼬차 신전이 있는 곳이었다. 가이드가 열성적으로 손짓 발짓 해가며, 예전에 이 신전이 어떤 모양이었는지 상상하기 쉽게 말해주었다. 그래서 지금은 건물 기둥의 일부만 남아 있음에도 어떤 모습이었을지 떠올릴 수 있었다. 유준이는 이 유적지에서 땅을 파거나 '택배 왔어요' 놀이를 하거나 숨바꼭질을 하느라 바빴다. 하여 나는 이런 높은 곳에 왜 이런 신전을 세우고 작은 도시를 형성했는지 가이드의 설명을 열심히 듣고 싶었지만 유준이와 숨바꼭질놀이를 하거나 택배가 왔을 때 "누구세요"라고 답을 해줘야 했다.

　비라꼬차 신전에서 나와 락치마을의 수공예품 파는 곳에서 남편이 1솔을 내고 유나의 응가를 닦아주러 유료 화장실에 들어간 사이, 유준이에게 작은 새 피리를 사 주었다. 물을 넣고 불면 제법 진짜 새 같은 소리가 나는데 기분이 무척 좋아지는 소리였다.

　투어의 일부로 식당에서 라이브뮤직과 함께 현지식 부페를 먹도록 되어있는데 유준이가 매우 즐거워하며 뻬루의 포크음악을 듣는 것을 보고, 팁도 기쁘게 주었다. 나란히 피리 한번 불어보고 또 버스에 올랐다. 유나는 또 그새 컸는지 버스 안에서 아무데나 돌아다니자고 하거나 나가자고 조르지 않았다. 대신 오빠처럼 두 손바닥을 벌리며 간식거리를 계속 요구했다. 우리는 "주세요~!"를 가르쳤는데 끝까지

"줘~요!"라고 대차게 요구하는 유나였다.

버스는 달리고 달려 4,335m 고지까지 올랐다. 아브라 라 라야(Abra La Raya)언덕이 있는 곳이었다. 이 높은 곳에, 이렇게 바람이 많이 부는 곳에도 뻬루의 아낙네들은 기념품을 팔고자 노점을 차리고 있었다.

이어 들른 유적지는 잉카 이전의 문명이 남아 있는 뿌까라. 우리의 투어 그룹이 박물관에서 가이드 설명을 듣는 동안 아이들은 자갈 놀이를 하느라 바빴다. 하여 남편이 애들을 보고, 내가 들어가 또 설명을 듣고 나서 남편에게 전달해 주었다.

그리고 드디어 버스가 마지막 목적지, 뿌노에 도착했다. 뿌노까지 곧장 쏘면 그리 먼 거리는 아닌듯한데 이곳저곳을 들렀다 가니 아침 7시부터 오후 5시 반까지, 꽤 오랜 시간이 걸렸다. 다음날 띠띠까까호수에 가기로 했는데 뿌노에 도착하니 맙소사, 눈비가 내리는 것이 아닌가! "이거 진짜 눈이야?" 어안이 벙벙했다. 눈이 조금 쌓일 정도의 궂은 날씨에, 정전까지! 불도 안 들어오고 와이파이도 안 되고, 투어가 가능할지 걱정이 되었다. 일단 뭐라도 먹어야 하겠기에 눈보라를 뚫고 차마 밖으로 나가지는 못하겠어서 호텔 식당에서 촛불 켜고 주문하다 보니 다행히 불이 들어왔다. 신고식 한번 요란하다 싶었다.

전기가 들어오자마자 다음날 투어가 진행될 수 있기는 현지 투어를 연결해 준 포비아저씨에게 물어보니 이런 일이 다반사라 한다. 전날 비가와도 다음날은 멀쩡히 호수를 볼 수 있다고….

띠띠까까 호수의 우로스, 따낄레 섬

전날, 거센 바람과 눈비가 웬 말이었냐는 듯 맑게 갠 하늘을 보고 예쁜 띠띠까까를 볼 수 있게 되어 기뻤다. 호수든 바다든 하늘색이 예뻐야 물색도 예쁘기에….

나는 고산병과 감기, 배탈로 고생중이어서 남편에게 몇 번이고 뿌노를 건너뛰고 꾸스꼬에 더 머무르자 설득하기도 했지만 결국은 정해진 코스를 다 밟아 여기까지 왔다. 유준이는 다행히 입맛을 되찾았고, 유나는 조금 무기력해보이긴 했지만 그 덕에 섬을 오가는 배에서 낮잠을 많이 자 주어 편했다.

세상에서 가장 높은 호수 위를 둥둥 나아가는 작은 배에 탄 우리들…. 통통배만큼 느릿느릿 호수를 나아가는 배로 두 섬을 들르게 된다. 갈대로 만들었다는 우로스섬은 여행자들 사이에서 많은 구설수에 오르고 있지만 유준이가 새 친구를 만든 소중한 추억이 담긴 곳이 되었다.

갈대로 만든 인공 섬 우로스에 사는 원주민들이 이방인을 노래로 환대해 주고, 갈대로 만든 배가 여행자를 현혹하는 모습이 보였다. 그들에게는 매일 반복되는 환영의 노래일 터였다. 무표정한 얼굴 뒤로 어떤 감정을 느끼고 있을지 궁금해졌다. 작은 부락 대표가 갈대섬을

우로스 섬 여인들의 전통음악

동갑내기 족장 아들 호세와

따낄레섬

어떻게 만들었는지, 어떻게 생활하는지 께추아어로 설명하고, 가이드
오마르가 영어와 스페인어로 통역을 도왔다. 그러다 안 되겠던지 아
예 스페인어로 설명하는 족장님의 모습에 다들 웃었다. 곧 있으니 원
주민들은 투어비와 별도의 돈을 지불하고 갈대배에 타라고 우리의 등
을 떠밀었다. 관광객들 모두 강제로 탑승하게 되었다. 조금은 께름칙
했지만 그래도 배 안에서 원주민 아줌마 앙헬라(Angela)와 대화를 나
눌 수 있어 좋았다. 55세라는 나이에 비해 꽤 나이 든 할머니로 보이
는 그녀였다. 그사이 뱃머리에서 노를 잡은 남편과 아들이 해맑게 웃
고 있었다.

그러던 중, 유준이에게 새 친구 호세(José)가 생겼다. 족장님 아들 호세와 만나자마자 낄낄대며 친해진 아들의 모습을 보니 그렇게 흐뭇할 수가 없었다. 남의 집도 불쑥 들어가고 잡은 물고기도 서슴없이 만지는 어린이의 순수함이란…! 한편 난 넬리(Neli)라는 유부녀 집에 초대됐다. 말이 유부녀지, 기껏 해야 중고등학생밖에 안 되는 것처럼 보이는 여자였다. 땋은 머리가 두 갈래인걸 보고 혹시나 했는데 역시나남편이 있다고 했다. 그녀의 방은 방문객을 위해 만든 공간인가 싶을 정도로 조촐하게 옷가지만 벽에 걸려있고 침대와 의자만 덩그러니 놓여 있었다. 전기가 들어오는지 오디오도 있긴 했다. 자신이 만든 공예품을 사라고 "Amiga, Ceci~!" 하는 넬리를 뒤로 하고 우로스섬을 떠났다.

한숨 자고 일어나니 저 멀리 따낄레섬이 보였다. 하지만 그 상태로 한 시간 반을 더 가야 도착할 수 있었다. 느릿느릿 세 시간을 더 나아가 도착한 따낄레섬은, 그들만의 이색적인 문화가 독특하고 너무나 아름답지만 왜인지 슬퍼 보이는 곳이었다. 날씨가 맑고 햇살이 따뜻해 가벼운 옷차림으로 섬 언덕을 올랐다. 그러지 말았어야 했는데…. 경솔한 선택이었다.

관광객으로 붐비는 우로스보다 훨씬 조용한 섬마을 따낄레는 제주도처럼 돌이 많았다. 모자(gorro)를 만들고 계신 원주민할아버지의 모습도 보였다. 할아버지가 쓴 것과 같은 빨간 모자는 유부남용이고, 총각이 모자는 빨간 색깔에 흰색 바탕이라 했다. 섬의 주민은 늘 그 자리에 피어있는 꽃처럼 많은 말을 하지 않았다. 조용히 일상을 이어나가고 있을 뿐….

띠띠까까에서 잡은 송어(trucha)를 점심으로 먹었다. 생선이라면 껌벅 넘어가는 유준인데, 이날 남편도 애들도 입맛이 없는지 많이 남겼다. 식후 모냐차를 한 잔 서빙받았다. 페퍼민트와 로즈마리를 섞은 향이 났다.

조용했던 섬마을의 광장에 갑자기 먹구름이 끼자 더 조용해졌다. 비가 오면 푸르던 띠띠까까의 색도 검게 변하겠지 하고 생각하는데 비가 한두 방울씩 떨어지더니 금세 빗줄기가 거세어졌다. 덩달아 섬마을을 내려가는 이들의 발걸음도 분주해졌다.

그 뒤 세 시간 넘는 항해 끝에 뿌노에 도착했더니, 역시나 비가 그치지 않고 내렸다. 또 호텔 식당에서 저녁 식사를 해야 했다. 아이들은 일찍 잠자리에 들었고, 나는 배 멀미 탓인지 고산병 탓인지 모를 메슥거림에 약을 한 알 먹을까 하다 꾹 참아보았다.

그렇게 볼리비아에 가까워지고 있었다.

José

에필로그

1살, 3살 어린 녀석들을 데리고 모두의 걱정 속에서 **뻬루**를 다녔다. 담담했고, 걱정하지 않았지만 늘 기도하는 마음과 감사하는 마음으로 하루하루를 보냈다. 해발 4,500미터도 어린 아이들과 같이 숨을 헐떡이며 무사히 지났다. 밤새 화장실을 들락거리는 아내를 본 적도 있었고, 이틀 동안 토하며 제대로 먹지 못하는 아들을 마주한 적도 있었고, 축 늘어져서 무기력한 딸을 보기도 했다. 과연 내일의 일정을 소화할 수 있을까? 때로는 혼자 멀쩡한 모습으로 있는 것이 미안해지기도 했다. 대신 아플 수 있다면 하다가도, 나라도 멀쩡해야 싶은 생각에 정신을 차리곤 했다. 가족모두 모든 힘든 순간(고산병, 멀미, 힘든 여정)을 이겨내 주었다. 디테일한 계획이 필요한 Ceci, 완주가 목적인 나. 뻬루여행의 계획은 내가 했다. 꼼꼼함 보다는 추진력만으로 덤벼드는 남편, 아빠로 인해서 얼마나 힘들었을까 생각해본다. 그래도 다들 잘 따라와 주었다.

여행에서는 개인 인식의 틀 속에서 각자의 배움과 생각이 남는다. 나는 그 찬란한 역사의 현장에서도 세세한 흔적을 쫓지는 못한다. 그저 자연 속에서 한없이 작은 인간인 나를 마주했던 것처럼 이곳의 수많은 역사의 흔적 속에서, 사람들의 삶의 모습 속에서 나 자신의 작고, 부족함을 돌아보곤 했다.

'지금 어린 아이들이 무엇을 알겠는가' 라고 다들 말하겠지만 우리가 나눈 심한 헐떡거림 속에서도 우린 주저하지 않았으며 포기하지 않고 끝까지 함께했던 순간은 평생 아이들의 삶의 일부분으로 남을 것이라고 믿는다.

리까르도(Ricardo). 뻬루에서 이까와 나스까 택시투어를 해준 가이드였다. 그는 24살 딸의 아버지였으며, 6살 아들의 아버지, 1살 아이의 할아버지이기도 했다. 투어기간 내내 그가 보여준 배려는 이루 말할 수 없이 많았다.

운전이 직업인 가족이 있다면 알 수도 있겠지만, 장시간 운전을 앞두면 식사를 아주 조금만 한다. 많은 양의 식사는 곧 졸음운전으로 이어지기 때문에 스스로 지키는 보이지 않는 규칙이다. 내 아버지도 그랬었다. 리카르도는 작은 양의 식사 후에 남은 음식을 훌륭하게 포장을 하더니 외진 곳을 지나다 쓰러져있는 노숙인에게 차를 세우고 건넸다. 아침 공항 픽업을 와서는 새벽잠에 가림막을 열지 않은 경비원에게 후진까지 해서 아주 조심스럽게 열어달라고 알리는 그였다. 그의 모습 속에서 어른다운 모습을, 참 인간다운 모습을 보았다. 생활 속에 밴 배려하는 말과 행동. 일찍이 아내를 하늘로 보냈다는 그가 정말 잘 지내기를 기도했다. 여행에서 보는 역사의 감동과 함께 사람에게서 받는 감동이 여행의 진가가 아닌가 싶다.

사람마다 받는 감동도, 느끼는 깊이도 다 다를 것이다. 누군가에게는 좋은 장소도 내게는 별다른 감동을 주지 못하는 경우도 있다. 세계여행을 다니는 혹자는 감동이 무뎌지는 경험을 했다고 한다. '감동의 역치'라고 했던가? 나는 생각이 조금 다른 편이다. 내가 여행을 다니는 것은 감동을 위해서가 아니기에. 어떤 장소에서든 그곳에서의 삶은 우리에게 많은 이야기를 건넨다. 그리고 그 이야기는 결국 우리 삶의 작은 변화가 되곤 한다. 멋진 풍경, 자연, 예쁜 사진. 모두 좋지만 그것이 여행의 모든 것은 아니다. 마추픽추도 가기 전 인터넷에서는 날씨가 좋았네, 안 좋았네. 다 보여야 좋다는 둥 별의별 말이 많았다. 하지만 내가 가본 뻬루는 마추픽추가 다는 아니었다. 뻬루의 새로운 변화모습에 놀랐고, 그러면서도 오랜 전통을 유지해서 살아가는 그들의 삶이 놀라웠다. 물론 다음에 다시 가게된다면 또 다른 모습의 뻬루겠지만 말이다. 야마나, 알파카 한 마리를 들고 사진 찍고 돈을 달라는 그들의 삶이 안타까울지라도 그들에겐 역사의 깊이만큼이나 그들 삶의 깊이가 있어 보였다.

우리 또래의 아이들을 데리고 다니는 여행자는 거의 없었다. 외국인들 중에서 어린 아이를 데리고 마추픽추를 다녀온 사람들은 간혹 있었지만 이정도의 코스를 모두 다녀온 사람들은 없었다. 마추픽추를 가는 고산지대, 뿌노의 고산을 웃으면서 이겨내 준 유유남매. 비록 뻬루에는 배낭 여행자의 모습으로 찾은 터라 그들의 삶을 충분히 느낄 시간은 없었지만 우리에겐 함께하는데 의미가 있었고, 모든 과정에서의 어려움들을 이겨내는 만족과 즐거움이 있었다. 우리가 다시 함께 이곳을 찾을 행운이 찾아올까 생각해본다. 삶에서 가장 소중하고 중요한 것은 지금 바로 이 순간, 오늘. 모든 것이 감사하고 소중하다. 이 모든 과정을 끝낼 수 있었다는 것. 신께 감사할 수밖에 없다.

03

볼리비아(라 빠즈, 우유니 사막),
우유니? 꿈이니 생시니

Ceci

프롤
로그

볼리비아 입국, 그리고 우유니로…

뻬루에서 시작한 여행이 우유니를 끝으로 마무리에 접어들었다. 13박 14일의 일정도 이제 마지막 하이라이트 하나를 남겨 둔 것이다. 11일째 되는 날, 우유니만을 위해 볼리비아에 입국하게 되었다. 다녀와 보니 수끄레, 산따끄루즈, 라 빠즈, 뽀또시 등 가고픈 곳이 많아지게 된 볼리비아 여행이었다.

볼리비아 비자는 인터넷으로 미리 신청하고 꾸스꼬에서 볼리비아영사관에 들러 당일에 무료로 발급받았지만 입국이 쉽지만은 않았다. 뿌노에서 라 빠즈로 향하는 2층 버스를 타고 있다 사고가 났던 것이다. 같은 회사의 버스가 뒤에서 박았는데, 가만히 있다 당한 우리버스에 타고 있던 승객들은 한 두 시간의 기다림 끝에 졸지에 화장실도 제구실을 못하는 구린 일반 고속버스와 밴 두 대에 구겨 타고 가야 했다. 우릴 박은 차에 탄 이들은 일찌감치 새 버스로 먼저 갈아타고 꼬빠까바나로 유유히 떠났다. 어처구니없는 일이었다. 지루한 기다림 끝에 겨우 버스를 갈아타고 국경으로 가는 길은 그래도 아름다웠다.

뻬루 출국 후, 200m 정도를 걸어가 볼리비아에 입국했다. 이 길로 페루와 볼리비아의 국경을 공유하는 띠띠까까 호수와도 작별을 고했다.

예정된 시각보다 늦게 국경에 도착하니 줄이 어마무시하게 늘어나 있었던 것은 이루 말할 수 없었다. 유나가 콧물에 미열기가 있어 남편이 볼리비아입국장의 경비에게 영유아를 위한 패스트 트랙(fast track) 서비스를 요구했지만 거절당했다.

한참을 더 기다리다 입국심사요원들이 점심 먹으러 갔는지 줄이 줄지를 않아 하는 수 없이 내가 유나를 안고 다시 같은 경비에게 사정을 얘기했다. 병원에 얼른 가야한다고…. 다행히 이번에는 제일 앞으로 가 심사를 받고 입국할 수 있었고, 1달러로 자두 4개를 사 유준이를 진정시키고, 짐칸에서 겨우 이부프로펜을 찾아 유나에게 먹인 뒤, 차에서 나머지 승객들을 기다렸다.

그렇게 라 빠즈에 두 시간 늦게 도착했다. 마침 도로를 넓히는 공사 중이라 교통체증이 이루 말할 수 없었다. 게다가 알고 보니 볼리비아의 시간은 뻬루보다 1시간 빨라 우유니행 비행기 시간이 1시간도 남지 않았던 것! 그럼에도 불구하고 원했던 오른쪽 좌석을 받아, 비행기에서 우유니소금호수를 내려다보며 석양을 감상할 수 있었다. 오른쪽 좌석은 우유니에 도착할 무렵, 소금사막을 내려다 볼 수 있는 명당 자리였다.

우유니에 도착해 숙소에 체크인하자마자 여행사부터 찾았다. 데이투어를 알아보러 간 곳에서 마침 스타라이트 투어 자리가 하나 비었다고 했다. 하지만 남편에게 애들을 맡기고 들뜬 마음으로 떠난 스타라이트투어에서는 먹구름으로 가득해진 하늘 탓에 아무것도 보지 못하고 돌아와야 했다.

José

우유니 첫 종일투어, 그러나…

들뜬 마음으로 눈을 번쩍! 아내는 조식을 후다닥 먹고 홀로 데이투어를 알아보러 나갔다. 일기예보에는 분명히 비가 온다고 했는데 오전까지는 하늘이 파랬다. 슬금슬금 기대가 되었다. 아내는 여러 군데를 다니며 투어를 알아보다, 900불에 4륜 구동차 한 대를 온전히 대절했다. 혹시라도 아이들이 징징대고 칭얼대서 다른 여행자들 불편할까 싶어서였다.

아이들 갈아입힐 옷 사러 시장에 잠시 들렀다. 소금호수에서 첨벙거리다 옷 젖을 일은 각오했지만 긴 옷을 한 벌밖에 안 챙겨온 탓이었다. 시장에는 공룡 피규어가 많이 있었다. 우리는 나중에야 그 이유를

먹구름 가득한 우유니

Parte 3 _ 생활여행자 호세네 가족, 중남미 여행기

우유니 사막에서 선글라스는 필수

알게 되었다. 원주민으로 북적거리는 시장 구경을 좋아하는 아내는 눈이 반짝거렸다.

우리는 50분가량 달려 소금호수에 도착했다. 다른 불필요한 곳은 들르지 않는 것은 쁘리바도(privado, 개별 팀) 차의 가장 큰 장점이었다. 유준이는 어느새 잠이 들어 마른 땅(lugar seco)에서는 유나랑 셋이서 신나게 놀았다. 거인놀이, 점프 샷, 난쟁이 놀이…. 그런데 저 멀리, 먹구름이 몰려오는 것이 보였다. 우리는 서둘러 물이 있는 곳으로 향했다.

먹구름으로 일찌감치 예정 되었던 비가 후두둑 오기 시작하더니 쏴아아아아 퍼붓기 시작했다. 도저히 멈출 것 같아 보이지 않는 비였다. 거센 빗줄기와 바람 탓에 마치 마음이 너덜거리는 것 같았다. 추위로 아이들은 차에 묶여 있어야 했다. 비가 잠깐 멈춘 사이 아이들은 아주 잠시 땅을 밟을 수 있을 따름이었다. 그 잠깐 동안에도 유나는 재밌는지 자꾸 찰박거렸다.

이날의 기사 겸 가이드인 까를로스는 일몰은 보지 못할 게 빤하다 며 냉랭한 표정을 지었다. 그는 그냥 돌아가자고 했다. 있어봐야 소용 없다는 것이었다. 우리는 계약한 시간까지 있어야 한다고 버텼다. 아이도 있고 인내심이 많아 우리 가이드로 적당할 거라고 여행사 브리사(Brisa)의 대표 죠니가 추천해 준 이였다. 하지만 그는 무표정한 얼굴로 휴대폰만 만지고 있었다. 비가 잠깐 멈추었을 때라도 적극적으로 임했으면 팁도 두둑하게 줬을 텐데…. 후에 까를로스는 남미사랑 단체 채팅방에도 이름이 오르내리는 걸 보았다. 요새 귀차니즘의 절정이라 피해야 할 가이드라는 것이었다. 한 번뿐인 추억 여행이 될 이 우유니에서 적당한 장소를 찾아 여행자를 내려주는 것은 가이드의 능력과 직결된 문제였다. 또한 가이드가 얼마나 사진을 잘 찍어주느냐가 여행자들의 만족도를 결정한다고 해도 과언이 아닐 정도였다. 우유니 투어의 성공 여부는 '여행사'가 아니라 '가이드'라는 것을 깨달은 날이었다.

잠깐씩 파란 하늘이 보여, 이제 하늘이 개려나 기대했지만 맘 같지 않았다. 바람이 세어 물에 비친 그림자는 물결 탓에 제대로 찍히지도 않았고, 분명 해가 지고 있는데 해는 콧구멍만큼도 보이지 않았다. 아내는 하루 종일 비가 오는 것이 우리 같은 뜨내기 여행자들에겐 하늘이 무너져 내리는 것 같은 일지만 현지인들에게는 대수롭지 않은 일일 거라고 얘기했다.

버티다, 버티다 돌아가는 마지막 무렵, 우유니는 드디어 우리에게 멋진 석양 풍경을 선물해주었다. 비가 완전히 멈추었지만 그래도 바람과 추위로 결국 철수하기로 했다. 그러다 창밖으로 본 별이 너무 예뻐 잠시 차를 세우고 침 흘리며 하늘을 한참 동안 바라보았다. 평생 보지 못할 만큼의 많은 별들이었다. 눈물이 나는 별빛이었다. 한차례 폭풍같은 비가 몇 시간 쓸고 지나간 뒤, 전날 보지 못했던 은하수, 겨

아빠를 날려

내가 제일 잘 나가

인생 사진을 남기다

아이들 두고 부부끼리

울철 다이아몬드 사이로 반짝거리는 사막의 은하수가 보였다. Ceci는 천문학자가 꿈이었을 정도로 별을 사랑하는 사람이라 무척이나 감동했겠지만 별에 문외한이었던 내게도 우유니 하늘에서의 별은 감동 그 자체였다. 나도 모르게 흘러나오는 감탄사와 내 뺨을 타고 흐르는 눈물을 멈출 수가 없었다. '자연은 감동하는 이의 것이다.' 라고 했던가? 그날 별빛은 우리의 것이었다.

파란 나라, 하얀 나라, 눈부시게 아름다운…

아내는 여행 마지막 날이니 비행기시간을 아침으로 당겨 라 빠즈 시내투어를 하자는 나를 전날부터 설득했었다. 고민 끝에 라 빠즈로 돌아가는 비행기표를 뒤로 미루고 우유니 데이투어를 한 번 더 하기로 했다. 어려운 결정이었다. 이틀 다 차 한대를 대절해야 해서 비용이 꽤 소요되었다. 하지만 아내는 이날은 왠지 완벽한 하루가 될 거라는 확신이 생긴다고 했다. 전날 비가 많이 와 우유니에 물이 가득 찼을 거라는 것이었다. 나 역시 물이 찬 우유니를 꼭 밟고 싶었다.

이대로 북적거리는 라 빠즈에 가 인파에 밀려 시장 구경을 하느니 아이들에게 새파란 하늘과 새하얀 소금사막을 자유로이 밟게 해주고도 싶었다. 다시 못 올 우유니기에….

전날 아이들은 저녁도, 씻는 것도 다 생략하고 귀가 길에 잠이 들었기 때문에 내가 아침부터 아이들을 씻기는 사이에 아내는 다시 브리

사 여행사로 찾아갔다. 그렇게 대표 죠니와 길고도 긴 협상 끝에 가격을 조율해 다시 데이투어를 하기로 했다.

점심을 먹기 애매한 시간이어서, 엠빠나다 살떼냐를 두 개 사서 출발했다.

이날의 가이드는 밀똔(Milton)이었다. 전날 까를로스에 대한 실망감 탓이었을까, 왠지 모를 신뢰감이 들게 하는 차분하고 친절한 인상이었다.

전날 못 간 열차의 무덤부터 들렀다. 예전에 칠레까지 갔었다는 이 열차들은, 죽은 뒤에 더 유명해진 셈이다. 쨍한 날씨 덕분에 우리 가족들은 모두 신나 들뜬 상태였다.

이날은 물이 찬 땅부터 밟아보기로 했다. 하늘과 땅과 물이 이루어내는 절경에 감탄이 절로 나왔다. 하지만 바로 우유니를 즐기기에는 조금 무리가 따랐다. 왜냐면 태양이 바로 머리 위에 있어 그림자가 아주 짧게 생겼기 때문이었다. 물도 많고 날도 좋은데 사람 마음이 참 간사한 듯 했다. 하는 수 없이 가져온 간식들 다 꺼내 점심을 차에서 해결하며 태양이 조금 내려가기를 기다렸다.

이윽고 인생 사진 건질 준비를 마쳤다. 이날 만세 운동을 참 많이도 했다. 점프도 열심히 했는데, 점프 후에는 온 몸에 소금물이 튀어 만신창이가 되는 것을 감수해야 했다. 부츠를 신었음에도 옷까지 물과 모래가 튀었다.

아이들은 소금물 위로 자꾸 넘어지려 했다. 그래서 어쩔 수 없이 우리가 사진을 찍고 풍경을 즐기는 동안 아이들은 조금 놀다 차 안에 들어가 뽀로로를 보며, 스키틀즈를 오물거리며 놀았다.

밀똔이 하얀 해변(playa blanca)을 아냐며 데려가 준 곳에는 예전에 호텔로 쓰이던 곳이 있었다. 유나는 선글라스를 쓰고 애착베개를 안고 물이 없는 해변을 누비고 다녔다. 건물 안에서는 사람들이 도시락을 까먹고 있었는데 마치 찜질방 같았다.

이번엔 마른 땅으로 가 보았다. 바닥이 너무 아름다워 감탄, 또 감탄했다. 단, 넘어지면 크게 다칠 것 같이 거칠거칠한 재질이어서 조심시켜야 했다. 트리케라톱스 뒤에 내가 숨어서 유준이와 마주보며 "우와악~!" 하고 포즈를 취하는 사진을 찍었다. 유준이는 "뭐야?"하며 시큰둥했는데 찍은 사진을 아이들에게 보여주니 깔깔대며 좋아했다. 아빠가 잡아먹혀 온가족이 출동하는 모습이었다. 원근법의 원리를 이용해 우리가 한참 뒤에 가서 화들짝 놀라는 표정을 지으면 유준이는 거인이 되어 의기양양하게 서 있는 사진도 재미있었다.

이제 우유니를 떠나 라 빠즈로 향하는 비행기에 오를 시간이 가까워짐에 따라 우리는 너무나도 아름다웠던 이 소금사막을 떠나기로 했다. 더 이상 사진으로 담지 못하는 풍경은 각자의 기억과 마음속에 간직했다. 밀똔에게 팁을 두둑히 주었던 것은 물론이었다. 다른 이들에게도 많은 행복과 즐거움을 주는 그였으면 했다.

해발 3,600m의 소금사막에서 소원이 이루어졌다. 아이들이 부츠를 신고 찰박거리는 소리도 아직 생생하다. 하늘은 땅의 일부였고, 우린 그런 파란나라, 하얀나라의 일부였다. 한없이 눈부시게 아름다운….

Ceci

에필로그 | **마지막 날 라빠즈를 떠나…**

우유니를 떠나려 공항에 모인 이들의 옷차림은 하얀 소금 얼룩탓에 난리도 아니었다. 우유니 공항엔 라운지도 없고 변변찮은 식당도 없었다. 작은 까페가 다였는데 유준인 여기서 또 친구를 만나 사귀었다. 예상치 못하게 해 지는 모습도 끝내주게 잘 보이던 곳이었다.

우유니를 떠나 라 빠즈로 가면 오밤중에 떨어진다. 설상가상으로 우유니에 흠뻑 빠졌던 우리의 발목을 잡는 것 마냥 비행기가 연착되었다. 픽업 나온 데보라 민박 사장님이 한참을 기다려 주셨다.

물론 라 빠즈 구경은 아예 하지도 못했다. 사장님의 차를 타고 본 야경, 다음날 공항으로 가는 택시 안에서 본 새벽 풍경, 이것이 우리가 본, 라 빠즈의 전부였다. 그 고산에 오밀조밀 모여 있는 작은 집들과, 색색깔 가로등이 인상적이었다. 아주 잠깐 쉬었다 가는 여행객인 우리를 따뜻하게 챙겨주시고 맞아주시던 데보라 민박 사모님 덕분에 라 빠즈에서의 마지막 추억이 따뜻하게 기억에 남았다. 애들도 밤새 코 막혀 찡찡댔는데….

"라 빠즈도 구경하러 한 번 더 오셔야지요." 라고 하시던 사장님의 요리 솜씨는 최고였다.

밤 열한시, 열두시가 다 되었는데도 먹으라고 챙겨 주신 저녁밥, 과연 먹을 수 있을까 했는데 국물까지 싹싹 긁어먹었다. 특히 등갈비를 넣은 김치찌개의 깊은 맛은…. 어쩜 그리도 요리를 정갈하게 바삭하게 얼큰하게 아삭하게 맛있게 하실 수 있을까.

라 빠즈 공항은 이름도 알또(Alto)였다. 공항까지 가면서 귀가 먹먹해지는 것을 느끼며 그 높이를 실감했다. 공항에서 유나는 데보라 민박에서 싸온 밥과 미역국으로 그간 빠진 체중을 보충하느라 바빴다. 사모님께서 새벽같이 나가는 우리에게 미역국을 싸 주셨던 것이다. 밥 한 그릇에 감동하고 감사함을 느끼기는 오랜만이었던 순간이었다.

그렇게, 우리는 다시 부에노스아이레스로 돌아왔다.

04

미국(플로리다 마이애미), 뜨거운
땡볕의 눈부신 바다

José

키웨스트, 미국의 땅끝으로

이번에도 비행기에 타자마자 아이들은 잠을 잔다. 우리는 비행기 안에서 해가 뜨는 것을 보았다. 일요일에 미사를 드리고 점심까지 먹은 뒤에 오후 늦게 탑승하여 결국은 밤비행기를 타게 된 셈이었던 것이다. 이번에는 마이애미와 키웨스트, 올랜도를 거쳐 깐꾼까지 가는 2주 남짓한 여행이다. 아이들이 잠자면서 가면 괜찮으려니 했지만 좁은 볼리비아 항공에서 자리도 없는 유나와 함께 하는 비행은 출발부터 쉽지 않았다. 만 2세 전이라 좌석을 끊지 않아도 되어 경비절약이라는 큰 장점이 있었지만 거의 만 2세가 눈앞인 유나를 안고 장거리 여행을 가는 것은 쉬운 일이 아니었다. 그래도 시간은 가고 볼리비아

키웨스트로 향하는 오버시즈 하이웨이

의 산따끄루즈에서 한번 경유하며 PP카드를 이용해서 라운지에서 휴식을 취한 뒤, 마이애미에 도착했다.

비행기연착으로 두 시간 늦게 도착했지만 시차를 계산하면 아침 8시였다. 결코 이르지 않은 시각이었다. 짐 찾고 렌트카 터미널까지 또 전철을 타고 가서 그곳서 또 셔틀을 타고 가야 렌트카를 빌릴 수 있었다. 공항이 크기도 엄청 컸다. 차를 빌리면서 보험, GPS, 카시트, 톨게이트비, 풀탱크 옵션 등을 다 추가하고 나니 하루 130불도 훨씬 넘는 금액이 소요되었다. 그래도 키웨스트 당일치기는 차를 빌리지 않고는 도저히 무리였다.

키웨스트로 향하는 고속도로는 'Overseas Highway' 라고 한다. 말

그대로 바다와 길밖에 안 보이는 길이었다. 한국에서 카시트에 익숙해졌던 유준이와는 달리 카시트가 익숙지 않은 유나는 울다 지쳐 잠이 들었다. 키웨스트에 간다고 하니 이미 다녀와 보셨던 막내작은아버지께서 '오픈카타고 바닷길 달리는 맛' 을 극찬하셨으나 이 땡볕에 오픈카는 상상도 할 수가 없었다. 편도 세 시간 반 정도라는데 더 걸렸다. 밀리는 구간에서는 다들 차 밖으로 나와 구경하기에 우리도 잠시 내려 보기도 했고, 마트 들러 물이랑 간식도 사고 여차 저차 하다 보니 1시 가까이 도착했다. 헤밍웨이가 사랑했다는 키웨스트는 관광객으로 붐볐다.

아이들이 허기질 것 같아 미리 알아봤던 유명한 랍스터 음식점 DJ's Shack으로 바로 들어갔다. 그러나 갑작스런 더위와 피로 탓에 아이들은 랍스터롤도 제대로 못 먹고 감자튀김만 몇 조각 먹었다.

이곳은 헤밍웨이가 많은 저서를 집필한 곳으로 유명하다는데 사실 너무 더워서 헤밍웨이 하우스는커녕 바나 갤러리도 많이 돌아다니지는 못하고 차로 몇 바퀴 드라이브하는데 만족해야했다. 밤에는 또 분위기가 사뭇 달라지겠지 하고 생각하니 1박이 살짝 아쉬워지기도 했다. 성당이 보여 들어가 기도하고, 더워서 스타벅스에 들렀다. 녹차프라푸치노가 있어 반가움에 호들갑을 떨며 시켰지만 사카린 맛이 강하게 났다.

길고 긴 루트 1이 끝나는 지점에는 'the end of the road 슈퍼' 가

있었다. 등대는 오픈시간이 지나 패스해고, 여기까지 왔으니 미국 최
남단이라는 'Southern Most Point'도 가봐야지 했는데 실질적인 땅
끝은 따로 있다고 하였다. 사람들이 국적 상관없이 최남단 포인트 인
증 사진을 찍으려고 길게 줄을 서있어서 깜짝 놀랐다. 쿠바까지 90마
일, 쿠바와 가장 가까운 곳, 가슴을 뻥 뚫리게 하는 바다가 눈 앞에 펼
쳐져 있었다.

　나는 졸음운전에 취약해 남편이 왕복 8시간 운전을 도맡아했다. 가
는 길은 다행히 더 짧게 느껴졌지만 해가 길어져서 일몰을 보지 못해
아쉬웠다. 키웨스트는 미국의 최남단이라는 타이틀 만큼이나 멋진 드
라이브 코스를 자랑하고 있었다. 양쪽으로 바다를 보면서 달리는 드
라이브 코스는 색다른 경험이었다. 어쩌면 편도 4시간가량 되는 이
모든 길을 연결해놓은 미국의 기술력에 놀라기 시작한 순간이었다.
헤밍웨이가 있었던 곳, 쿠바와 가까워 쿠바의 문화와 미국의 문화가
공존하는 곳. 하와이의 여행에서 느꼈던 분위기가 떠오르기도 했던
장소였다. 생각보다 컸고, 다양한 문화가 공존하는 그곳에서 우리는
미국을 느끼고 있었다. 꼭 가야한다, 짧은 일정에 갈 필요 없다 등등
의 조언들은 많았지만 우리는 갔다. 뭐든 해보지 않고 말하는 것은 금
물. 밤 비행기로 힘든 상황에서 장거리 렌트카 이동 여행은 괜찮았던
선택이었다. 아이들은 충분히 잘 수 있었고, 우린 나름 색다른 드라이
브 길과 문화를 느끼면서 이번 여행을 활기차게 시작할 수 있었다.

1번 국도의 시작점에서

키웨스트 땅끝

마이애미 노스비치

업고 메고, 남미육아여행

노스비치, 돌핀몰에서 시간 가는 줄 모르고

날씨 맑음! 그러나 일희일비할 필요가 없다. 하루 한 번 씩 스콜이 지나가니까, 맑건, 흐리건 결국은 '다 지나 간다'는 불멸의 진리만이 변하지 않을 뿐….

마이애미에서의 우리 숙소는 호텔급은 아니었지만 사우스비치(마이애미비치)보다 정돈된 느낌의 노스비치가 엎어지면 코앞인 데이즈 인(Days Inn)이었다. 지금 생각해보면 냉장고도 크고 전자레인지도 있고 욕조도 있고, 객실 내 갖춘 것들은 올랜도의 디즈니 팝 센추리 리조트보다 우월했던 것 같다.

숙소 앞 오솔길만 지나면 해변이 나왔다. 아침부터 쨍한 날씨를 보고, 더 더워지기 전에 해수욕해야겠다 싶어 이번 여름 첫 바다에 발을 담갔다. 워낙 물을 좋아하는 유준이는 걱정 없는데 유나가 날 닮아 몸에 모래 묻는 걸 좋아하는 편이 아니다. 난 해수욕이나 모래놀이 보다는 썬베드에서 바다를 바라보는 것을 더 좋아하는데 녀석도 그런 듯했다. 유나는 내 손을 잡고 조심조심 바닷물에 발을 담가 보고는 왠지 불안했던지 제 아빠를 찾기 시작했다. "아빠한테 가~."라고 하면서. 그러니 자연스레 나는 찍사, 남편은 아이 둘을 안은 수퍼맨이 될 수밖에. 하지만 햇볕이 너무 뜨거워져서 숙소 수영장으로 옮겼다. 아이들은 콧노래까지 부르며 좋아했다. 수영장은 한산해서 우리가 전세 낸 것 같았다.

둘 다 한바탕 놀리고 씻긴 뒤에 향한 곳은 돌핀몰이었다. 마이애미에 큰 쇼핑몰 몇 곳이 있지만 우리 수준엔 이게 딱이지 싶었다. 여긴 우리가 유준이를 임신했었을 때 몇 년 치 옷을 사재기 했었던 이월제품 쇼핑몰 ROSS도 있다 하니 원체 옷 잘 안사는 우리 식구에게 요긴한 쇼핑 장소가 될 것 같았다.

하와이 신혼여행 이후 오래간만에 치즈케익 팩토리를 마주쳤다. 여기는 음료도 음식도 양이 꽤 많다는 걸 깜박하고 넘치게 주문해 버렸다. 배를 실컷 채우고, 3번 출구에서 외국인여행자용 할인쿠폰북을 받고 카트를 빌렸다. 다들 빈손으로 와 여기서 캐리어를 사가지고 다닌대서, 우리도 마침 여행 가방이 찢어진데다 기내용 캐리어가 필요해 빈손으로 갔다. 1인용 카트를 빌리고 유나 몰래 유준이만 태웠는데 다니다 보니 자동차 모양의 2인용 스트롤러가 있어 바로 반납하고 다시 빌렸다. 아이들은 시원한 쇼핑몰에서 자동차를 운전하는 자세로 약간 칭얼거리다 잠들었다.

처음 생각과는 달리 쇼핑을 많이는 못하고 시간을 꽤 허비해 버렸지만 다행히 시즌오프 세일기간이라 어딜 가도 저렴한 가격에 옷을 살 수 있었다. 그리고 돈 벌 줄도, 쓸 줄도 모르고 소심하기만 한 내가 이날만큼은 꼭 사야지 했던 게 속옷이었다. 그래도 잠깐 보고 올게 하고 들어갔던 속옷가게에서 한 시간도 넘게 헤맬 줄은 몰랐다. 속옷 가

돌핀몰에서 빌린 2단 트롤리

게에서는 치수를 재주고 스타일을 정하기 위해 1대 1 맞춤 상담을 해주고 색깔까지 맞추어 주었다. 편할 수도 있는 시스템이었는데 나는 오히려 너무 힘들고 진이 빠지는 느낌이었다. 밖에서 유유남매가 번갈아 우는 소리도 들려 조급하고 미안한 맘으로 남편에게 가보니 안색이 잿빛이었다.

미안해서 유나를 안고 캐리어를 사오겠다고 큰소리를 쳤는데 다리를 삐었다. 더 큰 문제는 8군데로 나눠진 이 큰 쇼핑몰 한가운데에서 길을 잃었다는 것이었다. 남편과는 유모차 빌린 데서 보기로 했는데 그게 처음 1인용 유모차를 빌렸던 곳인지 아니면 2인용 유모차로 갈아탔던 곳인지 대체 모르겠는 와중에 유나는 자기가 캐리어를 끈다고 난리치다 몇 번을 바닥으로 고꾸라지고…. 정말 난리도 아닌 하루였다.

저녁 식사는 일식으로 정했는데, 하도 시트콤을 찍으며 고생해서 입맛도 없고 배도 안 고프고 다린 아프고 사우스비치에서 일몰 보는 것도 실패하고…. 심신이 너덜너덜해진 기분이었다.

역시 쇼핑몰에서 즐거운 추억을 쌓는 것은 무리였다.

José

두 얼굴의 미국
체크아웃하기 전 마이애미에서 마지막 해수욕을 하러 나갔다. 한산해서 좋은 노스비치였다. 스콜이 쏟아져서 금방 들어가야 했지만 우리에게는 역시 쇼핑몰보다는 바다였다.

차에 짐 싣고 요즘 핫하다는 남쪽으로 향했다. 문제는 주차였다. 자리가 비었나 싶어 가보면 소방 전용구간이었다. 노스비치 쪽은 시간당 1불이었는데 사우스비치로 오니 싸면 2불, 비싸면 4불 넘게 내야 했다.

어렵사리 주차시키고 사람이 꽤 많이 들어앉아있는 '마제스틱 (Majestic)'이란 호텔 겸 식당에 들어갔다. 알고 봤더니 얼굴만 한 잔에 칵테일을 담아 파는 'buy 1 get 1 free 해피 아워 이벤트'에 넘어간 사람들이다. 우리도 그 엄청난 크기의 칵테일을 한 잔 사면 한 잔을 더 준다고 하는 데 넘어가서, 무알콜 피나콜라다와 딸기맛 음료를 시켰다. 치즈버거와 리조또도 함께였다. 여행 초반이라 한식이 그다지 그립지는 않은 상태였다. 그러나 며칠 뒤, 미국음식에 질리게 될 거라는 것은 불보듯 뻔한 일이었다.

뜨거운 뙤약볕에 감히 사우스비치까지 가 보진 못하고 멀리서 사진만 찍었다. 나는 노스비치에서 충분히 놀았다고 생각했는데 아내는 살짝 아쉬운 눈치였다.

이대로 그냥 공항으로 가기엔 뭔가 아쉬워 아내의 래쉬가드를 살겸 링컨로드쇼핑몰로 향했다. 하지만 아무리 물어봐도 직원들은 '없다'고 하거나 '그게 뭐냐'는 거였다. 마치 '이 좋은 곳에서 왜 가리고 다니니? 그냥 태워~!' 라고 하는 것 같았다. 굳이 뭘 사지 않더라도 마이애미 곳곳은 어딜 가나 높은 건물과 북적거리는 인파가 있어 이곳이 세계 최고 경제력을 자랑하는 미국임을 느끼게 했다.

미국은 분명 대국이었다. 탄성과 찌푸림을 동시에 가진 두 얼굴의 나라, 돈쓰기 좋은 소비의 나라, 모든 것들이 구비된 안정된 선진국이다. 미국은 최고의 나라임과 동시에 최악의 나라이기도 했다. 때로는 구역질이 나기도 하는 모습도 많았지만, 역시 배울 점도 많은 곳이기도 했다.

어떤 곳이든 좋은 점이 있으면, 안 좋은 면도 있는 법. 한국도 그렇고 아르헨티나도 그랬다. 좋은 사람들을 만나고, 그리고 좋은 면을 보려는 관점을 잃지 않는다면 어디서든 행복하게 살 수 있지 않을까 싶다. 그러면서도 건전한 비판의식은 잃지 않고, 긍정적인 삶의 방향을 잃지 않는 것은 쉽지 않다. 삶의 장소가 그렇듯 우리네 삶도 그렇지 않겠는가? 나도 누군가에겐 좋은 사람이지만, 또 누군가에겐 싫은 사람일 수도 있지 않겠나 싶다. 누구에게나 좋은 사람일 순 없겠지만, 다른 사람에게 피해를 주지 않는 삶이었으면…. 많은 사람들에게 긍정적인 에너지를 줄 수 있는 사람이었으면 좋겠다.

유준이가 덜 심심하라고 가져갔던 이솝우화 책은, 부에노스아이레스에서 수백번도 더 읽어 이미 낡을 대로 낡았던지라 마이애미를 떠날 때 결국 버려버렸다.

퇴근시간이라 그런지 한참 밀리고 지난했던 공항까지의 한 시간 동안 혹시라도 늦을까 싶어 마음이 조마조마했다. 겨우 렌트카를 반납하고 터미널에서 다시 전철 타고 국내선 수속을 마쳤다. 시원한 공항에 오니 더위에 봉인되었던 아이들의 질주본능이 해제되었다. 공항은 춥기까지 했다. 늘 긴팔과 긴 바지를 준비해야 한다는 것을 명심 또 명심해야 한다. 아내가 그토록 기대했던 올랜도에 드디어 도착했다.

05

미국(플로리다 올랜도),
애들보다 더 신난 어미, 아비

Ceci

스콜과 함께한 유니버셜 스튜디오

유니버셜 스튜디오와 디즈니월드를 가기 전, 유준이에게 애니메이션, 영화를 보여주기도 하면서 우리 나름대로는 준비시간을 가졌다. 유니버셜 스튜디오도, 디즈니월드도 공부 없이 무작정 찾아가면 고생만 할 것 같아서, 익스프레스 서비스나 패스트 패스 서비스에 대해 조사하고 유준이가 좋아할 만한 놀이기구와 최적의 동선을 연구하여 예약을 하는 등 또 밤잠을 포기했다. 약 한 달 정도가 걸렸다.

마이애미를 거쳐 올랜도로 향했다. 어린 두 아이와 7월 플로리다의 뙤약볕을 어떻게 이겨낼까 걱정이 많이 되었다. 매일 오는 스콜을 어떻게 피할 것인가도 우리에겐 난관이기도 했다. 이번 여행의 최고난

이도 코스임에 틀림없었다.

우리는 도착한 첫날은 호텔이 아니라 여인숙이라 할 수 있었던 수퍼 8(Super 8)에 묵었다. 하루 종일 밖에 있는 날이라 굳이 좋은 데서 묵을 필요가 없어 검색 끝에 찾은 저렴한 숙소였지만 방마다 전자레인지도 있었다. 셔틀이 있어 유니버셜 스튜디오까지 편하게 갈 수 있다고 들었다. 하지만 다음날 아침, 셔틀에는 워낙 타 있는 사람들이 많아서 이를 악물고 구겨 타야 했다.

유니버셜 스튜디오는 플로리다스튜디오와 아일랜드오브어드벤처의 두 곳으로 나눠져 있고, 두 파크를 연결하는 호그와트 급행열차를 타려면 파크 투 파크 입장권이 필요했다. 시간이 하루밖에 없었지만 우리는 이 파크 투 파크 입장권에다가 줄 서는 시간을 줄이기 위해 익스프레스 플러스, 그리고 한 끼 식사권까지 패키지로 구입했다.

두근거림을 안고 드디어 입장해, 모두가 그 앞에서는 한 번씩 기념촬영을 한다는 지구본 앞에서 우리도 포즈를 취해 보았다. 입장권의 다이닝 플랜에는 무한 리필컵이 포함되어 있어 음료수대가 보이는 족족 음료를 받아 다니고, 아이들은 생수를 사 마시게 했다. 나는 몸이 두 개, 세 개였으면 좋겠다고 생각했다. 아이들을 돌보는 나와, 내가 타고 싶은 것을 마음껏 타고 구경하고 싶은 것을 마음껏 구경하는 나.

우리는 플로리다스튜디오부터 둘러보기로 했다. 유준이가 좋아할 줄 알았던 트랜스포머 4D 체험은 소리도 크고 로봇의 눈도 무섭게 생

유니버셜 스튜디오 도착, 육포 먹고 힘내자

겨 그런지 무서워했다. 중간에 한번 나갈 뻔했지만 밖에 나오자마자 아빠보고 자기가 지구를 구했다며 의기양양해 하는 유준이를 보니 웃음이 났다. 지구를 구한 기념으로 노란 범블비 로봇자동차를 사 주었다. 한국의 로봇자동차에 비할 바가 못 되었다. 역시 한국의 로봇만화 시장과 그 기술력은 세계 최고인 것 같다.

 아이들이 낮잠시간에 떼가 늘고 밥 먹이는 것도 고려해야해서 발 닿는 대로 움직이기엔 무리가 있었다. 머리를 제법 써서, 해리포터마을, 다이애건 앨리로 가기 전 시간을 조금 보내야 했다. 대체로 큰 아이들과 어른들 눈높이에 맞는 듯한 유니버셜 스튜디오에도 영유아를 위한 전용 놀이공간이 마련되어 있다. 하지만 아쉽게도 오래 머물진 못했다. 부에노스아이레스에 있을 때 며칠 간 시간에 맞춰 어플로 어느 때 어떤 놀이기구의 대기 시간이 길어지는 지 미리 확인했었다. 그에 따르면, 사람들이 대체로 오전에 파크하나를 다 보고 난 뒤의 오후 무렵부터 급행열차 줄이 길어지곤 했었던 것이다. 그래서 우리도 점심이후에 더 인파가 늘어나기 전에 넘어가기로 했기 때문에 유아 전용 놀이공간에서 아이를 수영복으로 갈아입히고 물놀이를 시키는 부모를 약간 부러운 눈으로 바라볼 수밖에 없었다. 시간도, 돈도 충분했더라면, 하는 아쉬움은 늘 우리와 함께 했다.

난 소위 해리포터 '사생팬' 이다. 다이애건 앨리에 입성하기도 전에 내 심장은 미친 듯이 뛰었다. 남편은 그런 나를 이상하게 쳐다봤다. 몸은 아이들과 함께 있었지만 마음은 이미 빗자루를 타고 지팡이로 주문을 외치고 있었다. 아씨오, 유유남매! 어린이뿐 아니라 어른들도 이곳에서는 해리포터의 등장인물이 될 수밖에 없을 정도로 영화 속 공간을 완벽히 재현한 곳이었다. 시간마다 불을 뿜는 용 앞에서 사람들은 모두 카메라를 들고 대기했고, 곳곳에서 허공에다 대고 지팡이를 휘두르고 있었다. 지팡이는 IR(적외선 통신)을 이용한 리모콘의 일종으로, 살짝 스냅을 주어 아래 위로 휘두르면 지팡이와 연결된 장치를 켜고 끌 수 있다. "루모스!" 하고 외치지 않더라도 지팡이 끝에 불도 환하게 들어온다. 남편은 모호한 웃음을 지으며 "헛짓거리 한다."

고 했지만 나는 그들의 지팡이가 부러워 입을 헤 벌리고 바라보다 침까지 흘릴 정도였다. 다음에 다시 방문하게 되면 미리 해외직구로 지팡이를 주문해 유유남매 손에 하나씩 쥐어주고 나도…. 흐흐흐….

　버터맥주 코너가 보인다. 달짝지근한 캐러멜맛이 톡 쏘는 소다와 제법 어울린다. 이런 맛일 것 같다고 상상했지만 막상 먹어보니 정말 그런 맛이 나서 신기했다. 유나는 입을 벌리며 "나도 줘."하는 눈빛을 보냈지만 녀석에게 아직 소다는 일렀다. 점심은 다이애건 앨리 안의 식당에서 긴 줄을 뚫고 피쉬앤칩스, 피셔스 파이, 맥앤 치즈 등, 입장권에 포함되어 있던 선불 식사권으로 살 수 있는 것 중 제일 비싼 것들로 골랐다. 아이들은 맛있게 먹어 주었다. 그리고 배부르니 잠이 오기 시작하는 모양이었다. 집에 있었으면 시원한 곳에서 엄마 자장가를 들으며 편히 잘 수 있었을 텐데, 이런 부모를 만나 그린고트 은행에서 안긴 채 세상 불편한 자세로 잠을 자야 했던 유나. 우리의 티켓종은 익스프레스였음에도 줄을 꽤 오래 서서 기다려야했던 이 놀이기구는 'Harry Potter and the Escape from Gringotts' 란 4D 라이드였다. 물론 유나와 유준이는 키 제한에 걸려 우리 부부만 '차일드 스왑(child swap)' 이란 제도를 이용해 번갈아 다녀와야 했다. 어린 아이들을 데리고 온 부모에게는 상당히 매력적인 시스템이었다. 에어컨 빵빵하고 기저귀 가는 곳도 있는 차일드 케어 룸(child care room)에서 아빠는 언제 오냐며 부르짖는 아들에게 "니 에미도 좀 이따 재밌는 거

타고 올 것이야." 라는 말은 차마 할 수 없었다.

그렇게 우리 부부는 번갈아 해리포터와 함께 세상을 구하고 밖에 나오니 유준이까지 유모차에서 뻗어 버렸다. 나는 급행열차를 꼭 타봐야겠고, 저 녀석은 꼭 낮잠을 자 주어야 하고, 그 와중에 줄은 더 길어지고, 열차에 태우면 잠을 깰 것이고…. 그런 내 고민이 전달되었는지 결국 유준이는 얼마 안 가 깼고, 우린 다른 파크로 가기위해 급행열차 줄에 가담했다. 오예! 호그와트로! 듣던 대로, 헤르미온느와 론의 그림자가 기차 객실 밖 창문에 어른거리며 그들의 목소리가 들린다. 열차 창문으론 빗자루 탄 마녀가 날아다녔다.

'우리 제대로 온 거 맞아?' 하는 생각이 들 정도로 호그스미드는 눈 덮인 세상이었다. 아쉽게도 사람이 너무 많은 데다 잠을 충분히 못 잔 아이들이 보채기 시작해 구석구석 둘러보지는 못하고 유준이를 위해 쥐라기 공원으로 향했다.

그리고 비가 오기 시작했다. 아뿔싸! 오후에 비가 멈추지 않고 계속 올 줄 알았다면 야외 라이드가 많은 아일랜드 오브 어드벤처를 먼저 갔을 텐데…. 반면 플로리다스튜디오는 3D, 4D 라이드가 많아 실내에서 비 피할 곳이 많았다. 비 오기 직전에 쥐라기 공원에서 하늘에 매달려 한 바퀴 돌고 오는 놀이기구를 겨우 한 번 탈 수 있었는데 유나는 매의 눈으로 바라보고 있다가 "유나차례야!" 하며 달려들었지만 키 제한에 걸려 못 탔다. 빗줄기가 거세어지자 놀이기구가 하나씩 하

호그와트행 기차타러 가는 길

나씩 문을 닫았다.

다시 재개할 때까지 식당에서 죽치고 비 멈추길 기다려보지만, 이 비는 스콜이 아니라 '스톰' 때문이었다. 세 시간 넘도록 비는 멈출 생각을 안 해 유나가 또 한 번 자는 사이 유준이만 데리고 조심스럽게 나가봤으나 킹콩, 스파이더맨 등 사람들이 순식간에 엄청나게 몰린 어트랙션을 제외한 거의 모든 놀이기구가 다 운행을 멈춘 상태였다.

다시 돌아온 식당에서 유준이가 범블비와 노는 동안 유나는 계속 떡실신한 상태였다. 우리는 휴대폰을 충전하며 저녁까지 해결했다. 제법 입맛에 맞는지 자기 팔뚝보다 큰 터키다리를 손에 쥐고 오물거리는 아이들…. 비가 조금 잦아들고 아직은 보슬비가 내리는 바깥으로 나가니 한층 쌀쌀해져 있었다. 뜨거웠던 공기가 스콜인지 스톰인지가 한바탕 지나간 뒤에 일순간 차갑게 식어버렸던 것이다.

닥터수스 랜드 쪽으로 향했다. 영어교육에 관심이 있었던 내게는 반가웠던 닥터수스였지만, 아이들은 낯설었는지 선뜻 가까이 가려 하지 않았다. 비도 조금 오고 날도 쌀쌀하지만 그냥 나가긴 뭔가 아쉬워서 잠깐만 둘러보았기로 했다. 여기서 유나는 회전목마, 유준이는 닥터수스 하면 바로 떠오르는 'the cat on the hat'이라는 라이드를 타고 웃음을 되찾았다.

디즈니 리조트로 옮겨야 했기에 밤늦게까지 지체할 수 없어 드래곤볼을 뺏긴 손오공처럼 언젠가 꼭 다시 이곳을 찾고 말거라는 믿음으로 퇴장해야 했다.

나는 아쉬움도 있었지만 동심의 세계에 빠져 그저 즐거웠던 데 비해 남편은 조금 다른 생각을 하며 돌아다녔던 것 같다. 남편은 아침 일찍 들어선 유니버설 스튜디오에서 그 규모에, 엄청난 인파를 손쉽게 감당해내는 그들의 준비된 모습에 놀랐다는 감상을 쏟아냈다. 먹는 것도, 쇼도, 탈 것도 모든 것이 완벽하리만큼 준비가 된 느낌이었다며, 역시 이들은 돈을 벌 자세가 되어 있는 것 같았다는 것이다. 신이 나서 어쩔 줄 몰라 하는 나를 보며 자신은 언제 이렇게 동심을 잃어버린 건지 궁금해졌다는 남편은 금방 곯아떨어지고, 나는 다음날의 일정을 위해 또 예습을 하다 잠이 들었다.

디즈니 애니멀 킹덤, 헐리우드 스튜디오

올랜도에 도착해 여인숙 같은 곳에서 하룻밤 묵고, 지난밤에서야 리조트로 짐을 옮겼다. 우리가 묵은 곳은 팝 센츄리 리조트였다. 가격, 위치를 고려한 최선의 선택이었다. 호텔 리셉션에서 미리 아마존으로 호텔 체크인할 때 찾을 수 있도록 날짜까지 계산해 가며 주문해 놓았던 방수가방과 판초형 우의를 찾았다. 신뢰도 있는 호텔의 좋은 점은 택배 보관 서비스가 가능하다는 것이었다. 아르헨티나는 우리 같은 이방인이 택배 서비스를 사용하기엔 너무 힘들었고, 질 좋은 우의를 구하기도 어려웠다. 또한 미리 이름을 새긴 팔찌형 웨어러블 기기인 매직밴드를 디즈니월드 홈페이지 상으로 주문해 놨었다. 물건을 사고, 방에 들어가고, 어트랙션을 타는 것 모두 이 매직밴드 하나로 만사 오케이여서 우리는 이것을 무적팔찌라 불렀다. 하지만 받은 지 한 시간도 안 되어 유나는 팔찌를 분실하였다.

우리가 입장권과 함께 선택한 옵션은 퀵다이닝 플랜이었다. 퀵다이닝은 한 마디로 패스트푸드 같은 것이다. 시간도 없고 아이들도 어려 분위기 좋은 고급 식당에서 식사를 할 수 있는 다이닝 플랜은 별로 효용이 없을 것 같아 선택한 것이었다. 매대에서 바로바로 집어 계산해 먹을 수 있는 퀵다이닝 플랜은 당시의 우리에게는 훌륭한 선택이었다. 조식을 먹자마자 애니멀킹덤 셔틀에 올랐다. 입구를 가득 메운 사람들 틈에서 아련한 응가냄새가 났다. 우리 것은 아니길 간절히 바랐지만 안타깝게도 셔틀버스에 탄 이들 중 아기는 우리 둘째밖에 없었다.

가방검사를 마치고 남편이 유나의 기저귀를 갈러 간 사이, 이틀간 사용할 수 있는 더블 스트롤러를 빌렸다. 말이 쌍둥이 유모차지, 우량한 아이 한 명이 타면 딱 맞을 법한 사이즈였다. 부랴부랴 첫 번째 패스트패스 플러스(PP+) 서비스를 예약한 사파리로 향했다. 디즈니 리조트 투숙객들에게는 60일 전부터 예약할 수 있는 놀이기구 우선입장권을 3개씩 제공한다. 일반 손님들은 디즈니 입장권을 사면 30일 전부터 예약할 수 있어 성수기에는 리조트를 이용하는 것이 더욱 유리했다. 또한 평소 대기줄이 긴 인기어트랙션 세 개를 오전에 다닥다닥 붙여서 예약하는 게 포인트였다. 세 개를 다 쓰면 또 하나씩 예약할 수 있는 PP+가 생기기 때문이었다. 그러나 아직 키가 쪼매난 아이들 탓에 선택권이 넓진 않았다.

아침 일찍부터 먼저 사파리를 예약한 이유는, 날이 더워지면 더 힘들 것 같아서였는데 조경이 밀림이어서 그런지 생각보다 나무그늘도 많고 차 천장의 그늘도 고마웠다. 에버랜드 사파리와 비교해보면 대지도 넓고 훨씬 자연스러운 풍경이었다. 사파리는 아프리카 존에 있었는데, 부랴부랴 들어가면서 대강 지나쳤던 아프리카 가옥들도 볼만했다. 아이들은 디즈니의 동물 캐릭터 분장을 한 이들을 보고 "저기 봐~! 저기 봐~!" 하며 박수를 치며 좋아했다. 우리는 입장권에 덧붙여 포토패스 서비스를 구입하였는데 직원이 이런 캐릭터들과 함께 사진을 찍어 주고 무적팔찌를 찍으면 어플이나 인터넷으로 손쉽게 다운받을 수 있는 편리한 시스템이었다.

그리고 판도라! 말이 필요 없었다. 판도라에 들어선 순간 "아~ 아~~ 아아아아~" 하는 배경음이 절로 들리는 듯했다. 아바타를 몇 번이고 볼 정도로 상당히 감명 깊게 보았었다.

"유준아, 엄마 여기 살고 싶어."

"안 돼."

"왜?"

"그럼 내가 슬프고 또 밤엔 무섭잖아요."

며칠 고민하던 사이 예약이 다 찬 '아바타 플라이트' 어트랙션은 그 이후로 다시는 예약시간대가 비질 않았고, '나비 리버(Na' vi riber)'라 는, 유나도 동승 가능한 판도라 라이드에 만족해야 했다. 정말 감동적 이었던 내 생애 최고의 놀이기구였다. 고작 놀이기구 하나에 이런 감 동을 받게 될 줄이야! 이곳은 단순히 1회성의 스릴이나 재미가 아니라 사람의 추억과 스토리를 파는 엄청난 곳이라는 생각이 들었다.

저 멀리 아시아 존의 에베레스트가 보였다. 잠시 '아이들이 없었더 라면⋯.' 하는 아쉬움이 생겼지만 금방 도리질하며 그런 생각을 떨쳐 버렸다. 그럼 지금의 나도 없을 테니까.

패스트패스 두개를 쓰고 나니, 전날 폭우 탓인지 세 번째로 예약해 두었던 '칼리 리버(Karli river) 라이드'는 임시 폐쇄 중이었다. 우린 우 비까지 챙겨가며 기대했던 이 후룸라이드를 포기한 채 〈니모를 찾아 서〉 뮤지컬을 보러갔다. 니모를 찾아서 입장시간까지 여유가 있어 디 노랜드에서 하늘을 나는 트리케라톱스에 유유남매를 태웠다. 나 혼자 스릴 만점 놀이기구를 타는 것보다 이 아이들의 웃음을 보는 것이 더 욱 행복한 것임에 분명했다.

〈니모를 찾아서〉 입장시간이 되었다. 우리는 바다거북이 등장해 온 무대와 객석을 휩쓸며 열창하는 모습에 기립박수까지 쳤다. 자전거 타는 가오리, 상어아저씨, "Just keep swimming"이라고 노래하던 도리와 진짜 살아 움직이는 것 같았던 니모까지, 유나도 흥얼거릴 정도로 무대장악력과 흡입력이 굉장했다.

헐리우드 스튜디오로 가기 전, 왠지 아쉬워 〈라이언 킹〉 뮤지컬을 보기 위해 다시 아프리카 존으로 향했다. 앞자리에서 봤으면 이 마당극도 더 흥겨웠을 것 같았다. 밖으로 나오니 다시 스콜이 찾아왔다. 우린 씨익 웃으며 준비해둔 우비를 착용했다. 우리는 이제 천하무적이었다.

빗줄기에 쩔쩔 매는 사람들을 뚫고 셔틀을 타러 갔다. 헐리우드 스튜디오에 내리니 다행히 빗줄기는 약해져 있었지만 셔틀 내 빵빵한 에어컨 탓에 두 녀석 다 갑작스럽게 콧물이 나왔다. 한여름이라도 긴 팔이 필수였다.

'토이스토리 매니아' 라는, 총을 빵빵 쏘며 돌아가는 이 어트랙션을 유준이는 또 타고 싶다 졸라댔다. 다시 예약하려하니 다음 시간대까지 더 기다려야했는데, 그 사이 우리는 '더 그레이트 무비 라이드' 와 '프로즌 싱어롱' 두 가지를 즐길 수 있었다. 첫 번째 것은 헐리우드라는 타이틀에 맞게, 미국의 클래식한 영화에서부터 오늘에 이르기까지의 대표영화를 재구성한 무대를 느린 라이드로 구경하는 것이었는데 고전영화가 주는 감상에 흠뻑 빠진 아주머니들도 더러 보였다. 아무리 역사가 짧다는 미국이었지만 단기간 이런 팝문화를 만들어낸 것은 대단해 보였다. 프로즌 싱어롱에서는 두 남녀가 나와 만담하듯 프로

판도라를 재현한 디즈니월드의 애니멀킹덤

스콜 속 헐리우드 스튜디오

신데렐라 성의 조용한 아침

즌 줄거리를 얘기해주다가 〈겨울왕국〉의 대표곡을 자막으로 띄워주면 남녀노소 할 것 없이 떼창을 했던 것이 볼만했다. 모두가 하나가되는 분위기였다. 이런 것을 만들어내는 디즈니의 전파력과 새로운문화 창조의 힘이 다시금 우리를 놀라게 했다.

유준이가 남편과 '토이스토리 매니아'를 한 번 더 타러 간 사이 나는 잠든 유나를 안고 토이스토리 캐릭터와 사진을 찍는 줄에 30분 넘게 서있었다. 유나는 쌕쌕거리며 내 어깨에 볼을 대고 안겨 있었다. 기다림이 지루하지 않게 중간 중간 침실, 장난감상자, 버즈라이트이어 광고 등등 사진 찍을 공간이 재밌게 꾸며져 있었다. 돌아온 유준이는 집에서 화면으로만 보던 우디가 살아 움직이는 것을 보고 깜짝 놀라는 눈치였다. 우디는 자는 유나를 가리키며 '조용히 하라'는 신호를 보냈다.

두 아이 다 짧지만 번갈아 낮잠도 잤고, 전날처럼 비가 오는 것도아니어서 기왕 왔으면 즐겨야지 하는 심정으로 마지막 패스트패스로판타스믹(Fantasmic) 공연을 예약하였다. 시간이 가까워지자 다들 우르르 야외극장으로 몰려가는 것이 보였다. 마치 월드컵 응원을 위해광화문으로 향하는 붉은 악마들처럼 대단한 움직임이었다. 모두들 공연의 시작을 기다리면서 파도타기도 하는 등 분위기가 한껏 고조되었다.

초등학생 때, 비디오플레이어로 〈판타지아 2000〉을 수십 번이나 돌려봤던 나였던지라 이 공연은 내게 진한 향수를 불러일으켰다. 영상 자료를 받아 초등학생들에게 클래식 음악을 안내할 때 음악을 들으면서 이렇게도 상상할 수 있단다, 하고 몇 번 보여주기도 했었다. 그중 대표작인 뒤카의 '마법사의 제자'를 서두로 이 공연은 시작되었다. 엄청난 효과음과 배경음악에 유나는 조금 무서워했지만 치솟는 분수에 빔으로 쏘는 화면이 궁금했던지 힐끔힐끔 무대 쪽을 보았다. 선과 악의 대결 끝엔 힘없지만 영리하고 정의로우며 우애 깊은 디즈니 친구들이 승리한다는 내용이었다. "안 봤으면 어쩔 뻔했어?" 하며 나와 남편은 박수갈채를 보냈다.

나가는 인파 탓에 극이 끝났음을 알리기 직전에, 헐리우드 스튜디오 출구가 아닌 공연장 출구에 유모차를 서둘러 반납하고 각자 한 명씩 안고 가능한 한 빨리 뛰어나가 제일 먼저 리조트행 셔틀에 올랐다.

기대에 가득 찼던 나와 달리 남편은 큰 기대 없이 찾았던 디즈니월드의 애니멀 킹덤과 헐리우드 스튜디오. 그랬던 남편까지 큰 감명과 감동을 받았던 곳. 시간이 아깝기만 할 정도로 엄청난 규모의 공간에 꽉 채워진 볼거리는 역시 디즈니월드임을 자랑하고 있었다. 장소를 다 가볼 정도로 여유 있는 일정이 아니어서 헐리우드 스튜디오는 가지 말까 하는 마음을 가지기도 했었다. 그런데 역시나 예상을 뒤엎는 많은 볼거리로 우리를 행복하게 해주었다. 온 종일 큰 박수와 함성으로 하루를 보냈다. 더위에 지쳐 쓰러질 무렵 보는 시원한 공연은 최고의 선물이었다. 유유남매는 호기심 가득한 눈으로 긴 기다림도 잘 이겨내 주었다. 고산병, 장기간의 여행도 잘 이겨낸 유유남매가 아니었다면 한 여름의 플로리다는 꿈도 못 꾸었을 것이다.

팝센추리 리조트에 도착하자마자 유준이는 부리나케 수영복으로 갈아입었다. 리조트의 수영장을 보자마자 결의를 다졌던 그였다. 시간이 충분했더라면 리조트에서의 시간도 즐길 수 있었을텐데….

길고도 짧았던 하루의 여운이 식기도 전에 아이들은 꿈나라로 직행했다. 아이들의 꿈에는 판도라가 나왔을까, 사파리가 나왔을까…. 아니면 불꽃놀이?

디즈니 매직킹덤, 앱캇, 그리고 다시 매직킹

인적 없이 고요한 신데렐라 성을 보기 위해 우리는 이를 악물고 정신력으로 일어나 셔틀에 올랐다. 또한 매직킹덤 안의 미녀와 야수성에 위치한 비 아워 게스트(Be our guest)라는 식당에서 아침식사를 하기 위해서였다. 그곳은 유일하게 퀵서비스 다이닝플랜을 받아주는 레스토랑이다.

애니멀 킹덤, 헐리우드 스튜디오, 매직 킹덤, 앱캇의 네 파크로 이루어진 디즈니월드에서는 날마다 매직 아워라 하여, 입퇴장시간이 한 시간 씩 늘어나는 파크가 달라진다. 그럼 그날 해당 파크엔 사람들이 몰릴 것이 분명했다. 바캉스라 인파가 몰릴 데니 조금이라도 수월하게 다니기 위해 매직 아워를 피해 첫날은 여유 있게 리조트에서 아침 식사를 하고 애니멀 킹덤으로, 둘째 날은 예외적으로 조식 서비스를 예약한 이들만 매직 킹덤 8시 입장이 가능하다는 장점을 이용해 일찍 들어가기로 했다. 이렇게 사람은 참 사소한 것에 목숨을 건다.

미녀와 야수 성에 도착할 때까지, 잠이 덜 깬 아이들 표정은 일관성 있게 멍했다. 그곳은 세 공간으로 나뉘어져 있었는데 우린 들어가자마자 애들을 앉히고 싶었기에 벨이 춤췄던 볼룸에서 먹었다. 하나같이 음식 맛도 일품이었다. 제일 인기 있는 자리는 야수가 들어가지 말라고 했던 장미보관구역이었던 것 같다. 이 외에도 갤러리를 연상케 하는 다이닝 공간도 있었다. 거대한 오르골을 연상케 하는 미녀와 야수상이 돌아가고 있었다.

감동의 아침 식사 후 첫 번째 패스트패스로 예약한 '피터팬 플라이트'로 향했다. 유나도 탈 수 있는 느린 라이드였다. 첫 번째로. 팅커벨을 만나 웬디의 방에서 출발한 우리의 배는 피터팬의 모험을 따라간다. 후크선장의 가랑이가 악어의 벌린 입에 끼여 있는 모습조차 원작과 똑같았다.

'It's a small world' 노래가 무한 반복되다 각국의 노랫말로 나오며 세계의 인형을 구경할 수 있는 라이드 역시 아이들 수준엔 안성맞춤이었다.

"우리 사는 이 세상, 아주 작고 작은 곳."

노랫말을 실감한 순간이었다.

매직 킹덤의 회전목마는 유니버셜 스튜디오에서 만났던 닥터수스 회전목마의 캐릭터 캐로셀에 비하면 정말 클래식한 목마였다. 유나는 눈은 반짝이며 "유나는 이거 좋아해!" 라고 외쳤다.

유준이가 홀딱 반한 투머로우랜드의 '스피드웨이' 라는 라이드도 언급하지 않을 수 없다. 패스트패스로 예약하지 않고는 도저히 못 탈 정도의 인기 어트랙션이었다. 그 자동차는 핸들과 엑셀 모두 실제 움직여 정말 실감났다. 유준이가 핸들을 이리저리 움직이는 통에 레일에 쿵쿵 박고 난리도 아니었지만 그렇게 좋아하는 표정은 처음 봤다. 뜨거운 땡볕을 피할 곳 없이 휘발유 냄새를 맡으며 두 번 기다리긴 힘들어, 더 타고 싶다고 징징대는 유준이에게 "모든 사람들이 한 번만 탈 수 있어."라고 열 번도 더 얘기해 주어야 했다.

열 시 반 밖에 안 되었는데 땀이 비오듯 흐른다. 무적팔찌를 들이밀며 '스낵찬스' 를 쓰려는데 유나가 유준이의 딸기 맛 아이스크림이 먹고 싶다고 떼를 쓴다. 이미 우루과이와 뻬루에서 아이스크림의 신세계를 맛본 유나였다. 유준이에게 한 입만 주라고 하니 둘 다 세차게 도리도리를 한다. 하는 수 없이 유나에게도 하나 사 주기로 했다. 그런데 녀석이 고른 것은 딸기 맛이었다. 유나는 딸기를 안 좋아하는데…. 역시나 한 입 먹더니 "다른 거! 다른 거!" 한다. 당황해하니 직원이 하나 더 준다. 친절도 하시지.

캐릭터에게 사인 받기 위해 맞추어 입힌 흰 티는 반은 녹고 반은 흘린 아이스크림으로 인해 이미 빨갛게 물들었다. 티셔츠를 입은 채로 등에 연예인이나 운동선수에게 사인을 받는 모습을 많이 보았던지라, 별 생각 없이 입혀 갔었는데 나중에 알고 보니 옷감에 사인을 받으려면 입고 있지 않은 상태여야 했다. 미리 알았더라면….

다음 어트랙션은 '버스라이트 이어 라이드'였다. 이것도 토이스토리 매니아와 비슷한 컨셉의 어트랙션이었다. 빙글빙글 돌며 과녁 맞춰 점수를 따는…. 끝나고 나면 얻은 점수도 확인할 수 있었다. 역시 유준인 이것도 좋아했다. 유나는 빙글빙글 돌다 잠이 들었다. 내키면 아무 때나 잠드는 아이들이 부럽기도 했다.

유준이도 밖에 나와 유모차를 타더니 잠이 들었다. 12시 반부터 퍼레이드를 한다고 했다. 역시 디즈니는 퍼레이드지, 라고 하며 잠든 유유남매를 퍼레이드 전까지 시원한 곳에서 재우려고 메인스트리스 끝에 있는 핫도그집에 들어갔다. 하지만 남매는 아주 오래도록 꿀잠을 잤고, 그 사이에 퍼레이드는 지나갔다. 일어나자마자 유준이는 빤쵸와 빠빠 프리따(papa frita, 감자튀김)를 달라고 졸랐다. 손을 잡고 계산대에 가서 'hot dog', 'french fries'를 달라고 하니까 유준이는 같은 음식인지 모르고 어리둥절해 했다. 제일 큰 핫도그 하나로 네 식구가 배터지게 먹었다.

식당을 나가니 또 비가 온다. 유모차에 우비를 씌워 후다닥 달리고

포토패스 알차게 이용하기

달려 급히 예약해 둔 캐리비안해적 라이드로 향했다. 캡틴 스패로우를 만나러…. 어두운 공간에 들어가자 유나는 자동으로 찰싹 안기며 "무서워, 무서워~!" 한다. 유준이도 평소에 "Soy un pirata, tengo un pata~"로 시작하는 스페인어로 된 해적 노래를 부르며 해적이 좋다고 했었는데 음향과 조명 탓에 조금 무서워했다.

비옷을 단단히 챙겨 입고 앱캇으로 갔다. 앱캇까지는 모노레일로 이동할 수 있다. 모노레일 안도 춥기는 마찬가지였다. 다시 짐 검사를 하고 입장하는데 매직킹덤에 비해 더욱 한산해 보였다.

줄을 설 필요도 없었던 '스페이스쉽 어스(Spaceship earth)'를 함께 타고 나오자마자 유나를 데리고 기저귀를 갈아주러 화장실에 다녀오니 부자가 나란히 3D게임에 흠뻑 빠져있었다. 계속 하고 싶단 아들을 보며 유준이는 커서 게임을 시키면 곤란하겠다고 우린 혀를 끌끌 찼고, 핫도그로만 아이들의 배를 채우기에는 미안해, 호숫가를 즐비하게 둘러싼 월드푸드 코너로 향했다. 그런데 호수가 왜 그리도 크던지…. 앱캇은 느긋하게 걸으며 산책하기 참 좋은 곳인 것 같다며 우린 또 짧은 일정을 아쉬워해야했다.

이탈리아, 영국, 모로코, 미국 등을 테마로 한 작은 마을이 나란히 있었다. 구석구석 안보고 못 배길 성격이지만, 아이들에게 얼른 뜨끈한 우동 먹이고 싶어 일본 마을로 가야 했다. 역시 비 오는 날에는 국물이지!

중간 중간 포토패스 덕분에 많은 사진을 남길 수 있었다. 멕시코의 상을 입은 도날드덕을 보더니 와락 안기는 유준이와, 독일 미녀 언니들 사이에서 꺄르륵 거리는 유나의 사진을 후에 찾아보니 고생했던 것이 모두 잊혀 지는 것 같았다.

한 바퀴 후다닥 돌고, 부자는 '소어링' 이라는 놀이기구를 태워 보냈다. 디즈니에도 차일드 스왑 제도가 있어, 나도 한 번 타볼까 했지만 이미 시간이 늦어, 더 랜드 존에서 잠깐 쉰 뒤에 함께 '리빙 위드 더 랜드(Living with the land) 라이드' 를 타며 식물원과 수족관 등 미래기술을 활용해 친환경적으로 키우는 모습을 보고 나왔다.

여기서의 마지막 패스트패스권은 디즈니캐릭터와의 만남에 썼다. 일반 줄이 한 팀 들어가는 동안 패스트패스 줄은 두 팀 들어갔다. 내심 사인을 받으려고 부러 사 입힌 흰 티셔츠에 사인을 아무것도 받지 못해 아쉬웠는데 여기서 한 큐에 미키, 미니, 구피까지 만날 줄이야! 사인 받으려고 여벌옷으로 급히 갈아입힌 터였다. 유나는 미키마우스를 보자마자 뛰어나가려 했다. 나는 생각도 없었는데 미키는 나까지 안아 주었다.

그리고 우리는 다시 모노레일타고 매직킹덤으로 되돌아갔다. 그 유명한 불꽃놀이를 보기 위해서였다. 저녁 9시, 9시 45분에 각각 'Happily ever after' 와 'Once upon a time' 이란 테마로 신데렐라 성을 배경으로 한 불꽃놀이가 진행되는데, 이미 사람들 몇은 자릴 잡

쉿, 유나가 자잖아.

고 앉아있었다. 우린 바로 앞에 누군가의 머리가 가려져 보이지 않는 사태를 대비해 화단 바로 뒤쪽에 자리 잡고, 또 한 차례 잠든 유유남매를 각각 안고 있었는데 그것은 탁월한 선택이었다.

남편이 자리를 맡고 서 있는 동안 나는 스타벅스로 가서 아직도 8개나 남은 스낵권을 사용하기 위해 긴 줄에 합류했다. 다행히 이번에 시킨 휘핑 듬뿍 녹차프라푸치노는 썩 맛이 괜찮았다. 유나가 잠이 깨어, 남은 스낵권중 일부로 아이들을 줄 미키모양 라이스크리스피를 샀으나 지나치게 달기만 했다.

신데렐라 성이 도화지가 되어 시시각각 변하기 시작했다. 무너지기도 하고 곰이 올라가기도 하고 주인공이 튀어나오기도 하는 성, 음악

앱콧에서

과 조명이 하나가 되어 어우러진 불꽃놀이는 감동 또 감동이었다. 신데렐라성의 무한변신은 잠까지 설칠 정도로 상당한 여운을 선사했다.

José

에필로그 | 나는 Ceci에게 아이들이 좀 더 큰 이후 다시 이곳을 찾아온다면 어떨까 물었다.

유니버셜 스튜디오와 디즈니월드는 돈을 펑펑 쓰게 만드는 소비의 세상임에 분명했다. 종종 우리는 오래되고 낡은 것을 잊어버리고는 하는데 우리는 이곳에서 오래된 만화나 영화 속 캐릭터와 스토리를 새로운 역사와 문화로 승화시키고 재창조하는 모습을 보았다. 이런 것들은 우리에게 분명 시사하는 부분들이 있는 것 같다.

유니버셜 스튜디오는 물론이거니와 디즈니와 함께 큰 어른, 새로운 디즈니 세대와 함께 큰 아이들이 함께 어우러지는 곳, 할머니도 미니마우스 머리띠를 하고 손녀와 함께 손잡고 다니는 곳, 모든 것이 자연스러운 동심의 세계가 디즈니월드에 있었다.

멕시코(깐꾼), 지상의 낙원?

José

Isla Mujeres, 여인의 섬에서의 1박

마이애미, 올랜도를 거친 숨 가쁜 일정에 유준이는 열도 났다. 그래도 다음날이면 씩씩하게 일어나서 새로운 일정에 대한 기대감으로 가득했던 여행이 중반을 넘어가고 있었다. 디즈니월드만 넘어가면 여유가 있으려니 생각했지만 우리의 일정에 여유란 없었다. 더운 여름나라를 여행하는 우리 가족은 지쳐가고 있었다. 그래도 어쩌겠는가? 어렵사리 만든 기회에 조금이라도 더 보고, 느껴야 하지 않겠나하는 마음에 우린 일정에 계속 채찍질을 했다. 좀 더 많은 것을 보고 싶은 욕심에…. 그러고 보면 우리 부부는 여행 성향이 비슷한 편이다.

깐꾼 공항에 도착하자만자 우린 항구로 향했다. 애 둘에 캐리어 둘,

이슬라 무헤레스에서

유모차, 가방까지 들고 섬으로 들어가기 위해 이동했다. 찌는 더위 속에서 이슬라 무헤레스 섬으로 향했다. 공항에서 대강 급한 돈만 환전한 뒤 슈퍼셔틀로 후아레스 항(puerto juarez)까지 740페소, 적지 않은금액이지만 아이들을 덜 힘들게 하고 싶어 깊이 생각하지 않고 항구로 갔다. 이슬라 무헤레스나 코수멜까지는 울뜨라마르(ultramar)라고큰 선박업체가 꽤 자주 배를 운행한다.

　배로 20여분 만에 도착한 이슬라 무헤레스, 사람이 분빈다. 일요일이라 그런가, 북적북적. 깐꾼에 오니 시차가 한 시간 더 벌어졌다. 부에노스아이레스와의 시차는 두 시간, 아이들은 이미 점심 먹고 한잠잘 시간이었다. 노스비치 근처에 잡은 숙소 뽀사다 델 마르(posada del mar)는 다행히 걸어갈 만한 거리에 있었다. 캐리어 위에 유나를 앉히고 유모차엔 유준이를 앉히고 힘겹게 좁은 보도블록을 덜덜거리며 가다, 가이드북에서 봤던 식당에 들어갔다. 생선킬러인 유준이와, 배고팠을 유나는 더위 탓인지 졸음 탓인지 좀체 먹으려 하지 않았다. 결국 우리 부부만 해산물 따꼬를 신나게 먹어 치웠다. 새우, 조개를 곁들인 따꼬라니!

찜통도 이런 찜통이 없는지라 숙소의 에어컨이 너무나 반가웠는지 애들은 도마뱀처럼 엎드려 뻗어 잠들었다. 내가 유유남매를 끼고 자는 사이 아내는 혼자 나가 환전을 더 하고, 골프카트대여료와 센뜨로 위치를 파악해뒀다. 자고 일어난 유준이는 창 밖으로 호텔 내 수영장을 보더니 떼를 쓰기 시작했다. 그래도 여기까지 왔는데 바닷물에 몸은 담가봐야지, 하며 달래어 숙소 바로 앞 서쪽해변에 나가봤다. 물색은 하늘이 흐려서 그런지 생각보다 별로였다. 조금 실망이었지만 내일 가볼 북쪽해변에 기대를 걸어보았다.

어느 덧 저녁 먹을 시간인지라 다시 방으로 와 씻고 센뜨로로 나갈 채비를 했다. 저녁은 애들 입맛 따라 밥을 사주고 싶었지만 마땅치 않아 이탈리아 음식점에 들어갔다. 센뜨로는 물가가 더 높아서, 낮에 먹었던 항구 옆 식당보다 두 배 더 지출해야했지만 해산물 듬뿍 올린 피자는 꿀맛이었다.

이슬라 무헤레스 노스비치와 거북농장, 뿐따 수르(Punta Sur)

유준이가 눈뜨자마자 외친 첫 마디는 "밥!" 이 아닌, "골프차!"였다. 전날부터 골프카트타고 자기도 곁다리로 운전해보고 싶다는 유준이었다. 밥 먹고 수영을 좀 한 뒤에 빌리자고 꼬드겼는데, 지나고나니

거북이농장에서

그냥 편하게 종일 빌려서 여유 있게 다닐걸, 하는 생각이 들었다.

이슬라 무헤레스는 번화한 호텔가로 즐비한 깐꾼 보다는 좀 더 멕시코의 느낌이 살아있는 섬이었다. 호텔에서는 조식 서비스가 제공되지 않아서 골목을 뒤진 끝에 한 까페를 찾았다. 아침 식사를 하다 우유와 주스를 쏟고 개판을 친 아이들 탓에 미안함에 팁을 두둑히 놓고 나왔다. 아침부터 땀이 주르륵 흘렀다. 이때 제일 필요한 것은? 숙소의 에어컨? 수영? 드라이브? 우린 노스 비치로 향했다. 두 블록 정도 가니, 전날의 해변과 물색부터 차원이 다른 아름다운 풍경이 펼쳐진다. 이래서 사람들이 북쪽해변, 북쪽해변 하는구나. 월요일 아침이라 인적도 드물어 마치 프라이빗 해수욕장 같기도 했다.

체크아웃 전에 조금이라도 낮잠을 재워 놓으려, 유나와 아내는 먼저 숙소로 올라가고 우리 부자는 수영장에서 더 놀았다. 대단한 체력의 유준이다. 수영을 마치고 체크아웃 후 짐을 보관부탁하고 점심을 먹으러 다시 호텔 뒷골목 메인스트리트로 갔다. 자리 잡고 앉으니 스콜이 쏟아졌다. 반가운 비였다. 더위가 잠깐은 식겠지 싶었다.

골프카트는 저렴한 곳에선 한 시간에 250-300페소, 세 시간 이상은 800페소, 24시간은 천 페소면 빌릴 수 있었다. 국제운전면허증도 잘 챙겨갔으니 이젠 유준이가 그리 원하던 드라이브를 할 차례다. 섬 최남단 뿐따 수르까지 두 시간 만에 찍고 오는 게 목표다. 우루과이에서 유나를 안고 골프카트 뒷자리에 뒤보기로 앉았다가 멀미한 적이 있어서 네 식구 모두 앞을 보고 앉았다. 경찰이 보이면 뜨끔했지만, 다행히 경찰들은 큰 관심을 두지 않았다.

뭔가 아쉬워 거북이라도 보여주자 싶어 향한 곳은, 거북농장(Tortugranja)이었다. 바다거북, 참 매력적이다. 알에서부터 새끼, 청년거북 등 거북이를 잘 보호하고 길러 방생하는 곳인 듯했다. 아이들이 어려 스노클링이나 해양 액티비티를 못 즐기는 우리 같은 가족들이 많이 찾아온 모양이었다.

다시 드라이브를 하다 보니 뿐따 수르(Punta Sur)에 이르기 전, 엄청난 에메랄드빛의 해상공원이 눈앞에 펼쳐졌다. 셀하나 스칼렛같은 공원이 여기도 있다더니. 그리고 무심결에 지나칠 뻔 하다 겨우 뿐따 수르에 도착했다. 뿐따 수르의 잇첼(Ixchel) 유적지는 시간도, 체력도, 애들 컨디션도 받쳐주지 않아 멀찌감치에서 감상했다. 처음 이 섬을 발견했을 때 여인상이 많아 이름이 그렇게 붙여졌다는데, 마야인들이 숭배하던 잇첼이라는 여신이 출산의 신이며 그 관련 유적으로 섬 이름이 무헤레스(여인들)가 되었다고 한다. 뿐따 수르에서 동쪽 해안을 따라 다시 북으로 올라가는 드라이브코스에서 눈요기를 하다가 아이들은 잠이 들었다. 부부가 잠든 애를 하나씩 안고 카트를 몰고 가는 모습을 보고 다들 한 번씩 쳐다보았다.

어딜 가나 에메랄드 빛 바다는 우리가 카리브해에 있음을 실감케 해주었다. 시간에 여유만 있으면 한시간정도 느긋하게 이 절경을 바

카트타고 지나다 본 에메랄드빛 바다

라보며 산책을 했을 텐데 하는 아쉬움도 남았지만 모든 일정을 숨 가
쁘게 완주하고 우리는 셀하 투어가 예약되어 있는 깐꾼으로 향하는
배에 몸을 실었다. 아쉬움이 있어야 다음을 기약하는 법 아니겠는가?

셀하는 거의 종일투어라, 경비절약을 위해 이슬라 무헤레스에서 들
어오는 날과 셀하에 가는 날은 올 인클루시브 호텔이 아닌, 비교적 저
렴한 요트클럽 딸린 소따벤또(Sotavento)라는 데서 2박을 묵기로 했
다.

아이들은 쌀밥을 제대로 먹지 못한지 일주일이 넘었는데도 스파게
티와 빵조각, 고기로도 잘 버텨주었다. 본인은 육식공룡이라 고기를
먹어주어야 한다며 어딜 가나 고기를 찾는 유준이가 참 고맙게 느껴

졌다. 원하는 게 많으면 힘든 법. 더 보고 싶은 욕망이, 더 경험해야 한다는 생각이 우리의 일정을 힘들게 했다. 어쩌면 평생 우리의 고민이 될 이 인생의 화두가 아닐까? 내게 주어진 삶에 감사함으로 만족하는 여유 있는 삶보단 아직은 도전하고 부딪히고 경험하는 것이 더 어울리는 우리 가족. 우리의 삶의 도전은 우리 가족을 어떤 삶으로 우리를 인도할지 기대가 되었다.

Ceci

자연이 만들어 준 해상공원 셀하

스칼렛(Xcaret), 셀하(Xel-ha), 엑스플로르(Xplor) 등, 스칼렛 회사의 세력이 깐꾼에 미치는 영향은 실로 놀라웠다. 그중 애들을 데리고 가기엔 셀하가 더 낫다는 세정언니(미까 엄마)의 말에 바로 예매해 조기 할인을 받고 버스까지 예약해 두었다. 이날 렌트카라도 있었다면 2시간을 절약할 수 있었을 것이다.

아침 6시에 기상 후 부랴부랴 조식을 챙겨먹고 7시 맞추어 픽업 장소로 갔지만 출발은 한 시간도 더 뒤에 했다. 여행은 역시 기다림의 연속이었다. 스칼렛, 엑스플로르 등 여러 군데 가는 이들을 한데 모아 한 버스에 태우는데, 이름을 부르고 신분증과 결제한 카드까지 확인하고, 팔찌를 나눠주는 데 시간이 무척 오래 걸렸기 때문이다. 아침부터 습기와 찌는 더위에 아이들은 땀을 뻘뻘 흘렸다. 이럴 때는 무조건

노약자, 어린이가 우선인 아르헨티나 문화가 그리워진다.

아무튼 우리는 알록달록한 버스를 타고 시원하다며 기분이 좋았는데 그도 잠깐, 버스는 스칼렛회사 소유의 터미널에 가더니 내리라고 한다. 다시 행선지별로 찢어져 버스를 갈아타야 했다. 2시간 정도의 이동 시간도 끝이 아니었다. 주차장에서 가이드가 탑승하더니 스페인어와 영어로 번갈아 아주 긴 설명을 했고, 버스기사와 함께 선블록과 모기퇴치제를 판매하는데 또 무려 30분 넘게 걸렸다. 우린 마이애미에서 구매한 선블록이 대용량이란 이유로 공항에서 압수당했기에 또다시 선블록을 사야 했다. 셀하에서는 친환경 선블록만 사용할 수 있다는 말을 들어서 어차피 하나 사려고 했었다. 그리하여 11시 10분경에 셀하에 진입했다. 숙소에서 나온 지 4시간 반 만이었다. 부랴부랴 나와 남편의 래쉬가드를 샀다.

락커는 네 군데로 나눠진 베이스 중 한군데를 선택해 짐을 보관할 수 있었고, 스노클링을 빌리는 곳도, 구명조끼 입는 곳도 여러 군데여서 편하기는 했다. 그러나 혹시나 싶어 디즈니 리조트로 주문했었던 방수가방은 락커에 한번 들어가서는 그 뒤로 퇴장할 때까지 다시는 빛을 보지 못했다. 방수가방은 그리 필요 없었다. 선블록, 모기퇴치제를 챙겨 다닐 겨를 없이 우린 아이들 챙기느라 바빴다. 바캉스 기간이라 사람은 또 어찌나 많던지. 그리고 디즈니에서 이용하고 나서 정말 만족했던 사진기사 서비스를 이곳에서도 추가요금을 내고 이용해 보

해상공원 셀하 투어, 튜브타고 동동

기로 했다. 뷰포인트마다 서 있는 기사에게 바코드를 스캔 받아 사진을 찍고 저장하거나, 아니면 무인사진기에 스캔하고 사진을 찍을 수 있는 서비스가 도처에 있었다. 인당 요금을 받는데 우린 아이들이 어려 성인 둘만 58불에 계약하였다. 그러니 포인트가 있는 곳마다 사진을 안 찍을 수가 없었다. 나중에 받아본 파일들 중에는 모르는 이들의 사진도 꽤 있었지만, 방수인 것을 감안하더라도 물속에서 버튼 누르기가 굉장히 불편한 방수팩 안의 휴대폰 카메라를 덜 사용 할 수 있다는 것만 해도 만족스러웠다.

물이 비교적 차가운 상류에서, 줄을 서고 튜브를 하나씩 챙겨 내려갔다. 유속이 너무나 느려서 팔로 휘젓지 않으면 도무지 나아가지 않

앵무새와 함께

는 튜브. 혼자였다면 세월아 네월아 둥실둥실 떠서 내려가다가 짚라인이나 다이빙 등의 액티비티를 하고, 물고기가 보인다 싶으면 스노클링도 했을 텐데…. 강과 카리브해가 만나는 자연적 위치가 만들어준 해상공원 셀하에선 할 거리도, 먹거리도 풍부했지만 우리는 모든 것을 즐길 수는 없었다. 유나는 칭얼대고, 유준이는 엉덩이가 자꾸 빠지는 바람에 결국 짚라인은 줄도 못 서보고 튜브는 타다 버려버렸다.

올 인클루시브 워터파크인 셀하에서는 무제한으로 식사와 음료를 즐길 수 있었다. 현지식과 퓨전 요리 등 가짓수는 다양하나 식당마다 메뉴는 크게 다르지 않아 보였다. 남편이 홀딱 반했던 것은 칵테일 서비스였다. 자리를 잡고 앉아 웨이터에게 주문만 하면 칵테일이 예쁜 색깔로 짠! 완성되어 나오는데 입맛에 맞지 않음 다시 달라 하면 그만이었다. 팁이라도 놓고 와야 하나 싶을 정도로 유유남매가 온 자리를 개판치고 있는데도 배불리 잘 먹었다.

수영하고 나니 진이 빠지는지 유준이가 보채기 시작해 일단 유모차에 눕히니 뒤척거리다 잠이 들었다. 그 사이 나는 남편에게 초고층 미끄럼틀을 타 보라고 등을 떠밀었는데 거기서 시간이 한 시간 반이나 소비될 줄이야! 아무리 기다려도 남편은 나올 생각 않고, 약속했던 자리에 계속 있자니 그늘이 점점 사라져 땡볕이 되어, 근처를 왔다 갔다 하다가 유준이가 깨서 울고 유나는 응가를 하는 바람에 순간 패닉이 되었다. 나는 직원들에게 동양 남성을 보았냐며 수소문까지 하고 다녔다. 10시간 같은 한 시간 반이 지나고 고생 끝에 다시 남편을 만나고 나니, "이젠 내가 다녀올게요." 하면서 등대로 올라가기에는 시간이 많이 지난 데다 체력까지 너덜너덜해져 있었다.

어느덧 네 시라니…. 유준이에게 미안해서, 이번엔 유나가 잠든 사이 남편은 바에 남겨놓고 아들이랑 나랑 둘이서만 스노클링을 하러 나갔다. 하와이에서도 이렇게 많은 물고기를 본 적 있었나? 마우이에서는 유속이 심해 멀미가 날 지경이었는데 셀하 같은 인공 자연 해상 공원에서는 하루 종일 해도 질리지 않을 것만 같았던 안전한 스노클링이었다.

6시 10분 전까지 안 오면 버스 떠난다고 가이드가 두 번, 세 번 강조했었던 터라 부랴부랴 퇴장을 준비했다. 저녁 먹고 씻기까지 하려면 시간이 너무 부족했다. 어쩔 수 없이 우리 모자만 스노클링을 잠깐 즐기고, 등대 전망대 찍고, 저녁 먹고, 씻고 나가는 것으로 일정을 마무리해야 했다.

버스가 호텔 존을 지나며 승객들을 하나씩 내려주고 나니 우리가 마지막 내릴 차례였다. 하늘이 깜깜해졌다. 하지만 괜찮았다. 우리도 내일은 호텔 존에 제대로 진입할 계획이었다. 애들이 저녁을 제대로 안 먹은 게 내심 마음에 걸려 3분 카레와 햇반을 데워 저녁을 먹이고 재운 뒤, 우리도 나초와 함께 술 한잔 기울이며 뒤풀이를 했다. 울면서도 피곤한 몸을 이끌고 물놀이는 만끽해준 유준, 열이 있는 상태에서도 하루 종일 많은 웃음을 준 유나, 힘든 과정에서도 묵묵히 함께 해 준 남편 모두에게 감사하지 않을 수 없었다. 이제 우리에게 남은 것은 올 인클루시브 리조트 휴양 뿐이었다. 그래서 오늘 하루 힘들었지만 잘 마무리 된 것은 더 할 수 없는 기쁜 일이었다. 선블록에도 새까맣게 탄 유유남매, 그리고 우리 부부는 하루하루 조금씩 촌놈처럼 더 타는 얼굴조차도 즐기고 있었다.

José
올인클루시브 인 그랑 까리베(Gran Caribe)

먹고, 마시고, 자는 모든 것이 포함된 리조트 휴양 시작이었다. 지난 밤 약한 에어컨에 찌든 땀까지 흘리며 잔 우리 가족에게 아침에 도착한 리조트에서는 모든 것을 제공해 준다고 했다. 방에는 오후에 들어가더라도 오전부터 리조트의 서비스를 부담 없이 즐길 수 있었다. 칵테일, 음식, 바다, 수영장은 우리에게 여유와 안정을 찾아주었다. 하루 종일 먹고, 놀고, 자고를 반복하면 되는 2박 3일간의 일정.

리조트 앞 바닷가는 생전 보지 못한 에메랄드 빛 바다가 펼쳐져 있었다. 바다 빛은 바다와 하늘이 함께 만들어내는 공동의 작품 같았다. 누가 조연, 누가 주연이랄 것 없이 함께 만들어내는 자연의 콜라보였다. 깐꾼의 바다를 보니 역시 깐꾼은 깐꾼이구나, 하는 생각이 들었다. 하와이 신혼여행에서는 오아후의 호텔 밖에서 먹고, 즐길 거리가

역시나 깐꾼

충분했다면 깐꾼에서는 리조트 내에만 있어도 충분할 정도로 예쁜 바다가 눈앞에 있었다. 아이들을 위한 수영장도 완벽하리만큼 좋았으며, 곳곳에 있던 바와 식당에서 하루 종일 먹고 마시고 즐길 수 있었다.

유유남매가 어리다보니 조식-수영-중식-낮잠-수영-석식-야식으로 이어지는 하루코스도 쉽기만 한 것은 아니었다. 그래도 시원하고 깨끗한 숙소에서 그동안 더위에, 수많은 일정에 찌든 유유남매와 우리 부부에게 조금이나마 위로가 되는 치유의 시간이 되기엔 충분했다. 다만 한국의 가족들과 함께 하지 못하고 우리만 호강하는 것 같아 미안하기도, 죄송하기도 했지만…. 여행을 하면서 힘든 것, 우리가 겪어야 하는 크고 작은 사건들은 당연한 것이다. 가족 모두 무사히 건강하게 모든 일정을 소화할 수 있음에 감사할 따름이다. ¡Gracias a Dios!

　다녀온 이후 Ceci는 중이염에 여행 후유증을 앓기도 했지만 유준이는 유치원에 등원한다며 신바람이 나서 아침을 준비했다. 내가 출근한 사이 유나는 새까만 얼굴로 자유를 만끽하며 집안의 온갖 저지레거리를 찾아다녔을 것이다. 이 여행을 끝으로 이제 17일 남짓 남은 아르헨티나 생활을 마무리해야하는 아쉬움에 눈시울이 붉어졌다.

"아르헨티나와 우리의
인연의 끈은
아직 끝나지 않았다"

이별파티 초대장

1_긴 여행을 마치고 한국으로 돌아오다.

Ceci

부에노스아이레스에서 사용하던 물건들을 중고로 처분하고, 짐을 싸면서 놀란 것이 있었다. 네 식구가 단출하게 생활하면서 늘어난 짐이 그렇게나 많았을 줄은…! 많은 것들을 이웃에게 나눠주고, 필요 없는 것들은 버리고 온다고 했음에도 짐은 엄청났다. 이민가방만 세어도 열 개가 되었다. 이런 상황을 생각해 귀국 행 비행기는 짐 규정이 제일 여유로운 것으로 선택했었다. 짐을 싸는 것만큼이나 공항으로 나르는 것도 엄청난 일이었다.

그동안 각지를 여행하면서 그렇게나 첫줄을 간절히 요청했었건만 모두 거절당했었다. 그래서 부에노스아이레스 공항에서 귀국할 때는 유나도 이제 곧 두 돌을 앞둔 큰 아기였고, 첫줄 배시넷 자리는 기대도 못할 것 같아 처음부터 한 칸을 띄우고 좌석을 배정받는 블록시트를 요청했었다. 그런데 터키항공 직원은 눈을 크게 뜨고 만석이라 블록시트는 불가능하다는 답변과 함께, 영유아를 동반한 성인은 반드시 ('sí o sí') 첫줄에 앉아야 한다며 한국까지 배시넷 자리를 받아야 한다고 했다. 나 역시 놀란 눈을 크게 뜨고 그런 것은 금시초문이라 하니 자기도 나 같은 사람은 처음 본다는 눈빛을 한다.

그래서 일단 감사하게도 이스탄불까지 16시간의 비행은 상당히 넓은 레그룸이 확보된 앞자리에서 편히, 배시넷에 들어가지 않는 사이즈로 커 버린 유나는 다리를 바깥으로 척 걸치고 잠깐씩 재우며 편하게 왔다. 화장실 바로 앞자리여서 왔다 갔다 하기에도 좋았다. 하지만 영화 한 편 못 보고 아이가 잘 때는 나도 같이 자야 했다.

만 한 살, 만 세 살 아이와 함께 33시간에 육박하는 장거리 비행 팁은 다른 것이 아니라 '시간은 어차피 간다'는 마음가짐이라고 생각한다. 아이가 기내식을 안 먹으면 다른 것을 먹이면 되지, 라는 여유로운 마음도 필요하다. 쌀과자나 달달한 간식뿐 아니라 유아용 팩우유를 가져간 것은 탁월한 선택이었다.

또, 아이패드, 활동지는 꺼내지도 못한 대신 의외로 색종이를 가지고 잘 논 유유남매였다. 비행기에서 가지고 놀라고 출국할 때 유나는 플레이도우, 유준인 레고를 사주었는데 레고는 비행기에서는 잃어버릴 수 있으니까 굳이 한국에서 뜯을 거라고 해서 둘이 점토놀이를 같이 하면서 잘 놀기도 했다.

아르헨티나에서 미국, 멕시코 노선은 안대를 제공하지 않았던 경험이 있어 안대도 미리 챙겼는데 이번엔 장거리 여정이라 터키항공 어매니티 키트에 안대가 들어있었다. 챙긴 안대 덕에 일단 빛에 예민한 나도 조금씩 쪽잠을 잘 수 있었고 유준이에도 한번 유용하게 써먹었다.

또한 밤비행기라 애들이 잠이 쏟아져서 중간 중간 깨고 보채는 와중에도 다행히 한 여섯 시간 정도는 연속해서 잠을 자 주었다.

음식 맛이 보장되었기로 소문난 터키항공은 역시 키즈밀도, 어른음식도 훌륭했지만 남편과 두 아이들은 거의 먹지 못하고 우유를 두 팩 먹고 잠이 들었다. 자면서 기침하다 내 옷에까지 왈칵 토하는 것은 예상치 못했지만 다행히도 여벌옷을 넉넉히 챙겼었다. 안 그랬으면 토냄새와 함께 20시간을 더 갔어야 했겠지.

아이들을 동반한 여행에서는 PP카드는 거의 필수이다. 그 덕에 우리는 이스탄불을 경유하면서 공항 라운지에서 샤워도 하고 옷도 갈아입어 꼬질꼬질한 상태를 벗어날 수 있었다. 얼마 못 가 원상복구 되었지만 말이다. 이스탄불에서 한국까지 가는 비행기가 3시간 넘게 연착이 된 바람에 라운지에서 제대로 휴식을 취하며 유아공간에서 아이들을 놀게 한 뒤, 게이트로 가니 죄다 한국 사람들이었다. 갑자기 한국

이민가방 12개와 애 둘

사람들이 많아지니 적응도 안 되고 말도 조심해야 했다.

다시 한국으로 향하는 비행기에 오르니 배시넷 자리에 앉을 줄 알았던 우리는 그 뒷줄로 지정되어 있었다. 알고 보니 부에노스아이레스에서 한 번에 티켓팅을 할 때 직원이 실수했던 것이었다. 그래서 승무원에게 부탁해 좌석을 바꿔줄 사람을 찾는데 아르헨티나였으면 1분 만에 가능했을 일을, 한국 사람들이 가득 차 있는 그 비행기에서는 다 딴청부리거나 심지어 화까지 내는 아저씨도 계셨다. 친정 부모님 연세 즈음 되어 보였는데 내가 다 죄인 같고 송구스러울 정도로 큰 소리를 내며 투덜거렸다. 내가 자리를 왜 바꾸어 주어야 하냐고, 아이가 있으면 다냐고 하면서…. 심지어 다른 승객들도 나서서 "거 어린 애

둘이나 있는데 배려 좀 해주라."며 한 마디 거들 정도였다. 일행이 다가와 "좋은 자리 얻으셨네요." 하며 웃으며 농담까지 주고받는 거 보니 조금 부아가 치밀어 오르기도 했지만 우선은 다른 승무원을 불러 달라고 했다. 결국 그라운드 스탭이 와서 자리조정을 해 주었고 42번째 줄 가운데에 낀 자리에서, 11번째 줄 배시넷 자리로 배정받아 가면서, 자리를 흔쾌히 바꾸어 주신 아주머니의 행복을 기원했다. 이스탄불에서 한국까지의 9시간도 짧은 여정이 아니었기에 쉬운 일은 분명 아니었을 터였다. 아르헨티나에서처럼 어린 아이에게 보이는 무조건적인 호의와 같은 친절을 어디 가서나 받을 수 있다고 당연하게 여겼던 내가 부끄러워졌다. 세상에서 제일 민망스러운 순간이었다.

그리하여 유나가 배시넷에서 4-5시간정도 자 주는 덕분에 수월하게 지나갔고, 한편 유준인 잘 자다가 일어나 고래고래 소리를 지르며 난동을 부렸다. 보습제를 충분히 챙겨 수시로 발라 주었는데도 건조한 공기 탓에 피부가 가려웠나보다.

드디어 한국. 고작 2년 남짓한 시간인데 뭐 눈물이야 나겠어, 했건만 훌쩍 다 커버린 조카 시유를 보니 눈물이 펑펑 쏟아졌다. 시댁에 친정까지 온 식구가 다 나와 차 세 대에 그 많은 짐을 다 싣고 나니 어찌나 감사함이 밀려오던지….

짧고도 길었던 긴 여행길을 마무리하고 한국으로 돌아왔다. 우린 지난 2년 가까운 남미 생활에서 호세(José)로, 세실리아(Cecilia)로, 호수에(Josué, 여호수아)로, 클라라(Clara)로 살았다. 어쩌면 현지의 이름으로 불리며 지냈던 지난 2년이 우리에게 자유를 주기도 했던 것 같다. 한국에서 살면서는 해보지 못할 경험을 하고, 평생 보지 못하고 살아갈 수도 있는 아름다운 것들을 보았다. 우리와 다른 그들의 문화 속에서 다시금 우리들의 모습을 돌아보기도 했으며, 우리가 앞으로 살아갈 삶의 방향에 대한 많은 고민을 할 수 있는 시간이었다.

한국으로 돌아와서 가족들을 보니 물론 좋다. 아르헨티나를 비롯한 중남미에 살아가는 그들의 삶에도 가족이 있었고, 어쩌면 우리보다 더 정이 넘치고 가족과 함께하는 것을 더 중요하게 생각하는 그들의 삶을 통해서 오늘날 변해가는 우리의 가족문화에 대해서도 깊은 성찰을 했다.

호세(José). 호세라는 이름은 현지에서 우리나라 철수나 영희 같은 이미지의 이름이었다. 젊은 사람들의 이름이라기보다는 아주 대중적이지만 어른들의 이름으로만 존재하는 이름. 외국인이 호세라는 이름을 가지고 있다는 것은 그들로 하여금 많은 웃음과 관심을 가지도록 했다. 이제 호세라는 이름을 뒤로하고 다시 나의 한국이름으로, 한국의 삶으로 돌아왔다. 하지만 아직도 나는 아들을 하루에도 몇 번씩 호

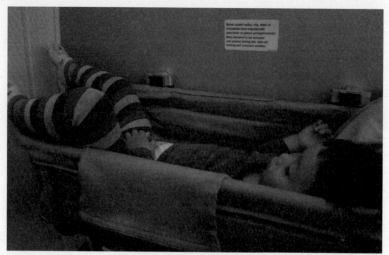
자이언트 베이비 베시넷에서 자다.

수에(Josué)라고 부르곤 한다. 나는 돌아왔지만 나의 마음은 아직 그
들을 잊지 않았고, 그 때의 우리 또한 잊지 않았다.

2_중남미(아르헨티나)를 추억하다.

Ceci

내가 사랑했던 부에노스아이레스의 하늘, 그리고 매일 보아도 지겹
지 않을 정도로 아름다운 일몰이 생각난다. 어린왕자는 외로울 때마
다 해 지는 것을 본다고 했다. 마흔 세 번이나 본 날도 있을 정도로 그
가 외로워했던 것은 왜였을까. 가족이 없어서였을까? 까칠하지만, 장

미도 가족이라 할 수 있으니 그건 아닌 것 같다. 모든 사람들이 누군가와 함께 있는 상황에서도 외로움을 느낄 수 있듯이, 어린왕자도 사람이기에 겪을 수 있었던 자연스러운 감정이 외로움이었던 것 같다. 나를 챙겨주는 배우자가 있고, 돌봐야 하는 자식들이 있어도 나 또한 외로움을 느끼지 않은 것은 아니었다. 내가 외로움을 느낀 순간들은 아이들로 인해서 자유롭지 못하다 느낄 때, 그리고 내가 그런 감정을 느낀 것을 깨달을 때, 배우자와 다투었을 때, 뜻하지 못했던 불운이 찾아왔을 때, 큰 실수를 했을 때와 같은 상황들에서였다. 갑작스럽게 등을 돌린 이들도 있었다. 하지만 내가 차까부꼬 공원에서 메다샤 밀라그로사 성당 너머로 해가 지며 하늘이 붉게 물드는 것을 볼 때나 서쪽으로 난 베란다의 창문 너머로 해 지는 것을 볼 때 느꼈던 것은 외로움이 아니라 행복과 감사였다. 내가 겪는 좋은 일, 힘든 일 모두 가족과 함께여서 감사했고, 때때로 집을 나가 여행을 할 수 있다는 것도, 돌아올 집이 있다는 것 또한 감사했다. 타국에서 위안을 주는 종교생활을 남편과 함께 한다는 것도 감사했고, 우리가 떠난 뒤 시부모님과 시누가 친정부모님의 기도와 함께 성당에서 세례를 받았다는 소식을 들었을 때에는 가슴이 뜨거워질 정도로 감사했다. 한국에서 우리를 기다리는 식구들이 있다는 것도 감사할 따름이었다.

집은 돌아가기 위해 있는 곳이라는 말을 다시 한 번 더 떠올려 본다. 우리는 구석구석 다 돌아보지는 않았지만 아르헨티나에 근접한 여러 나라를 다니면서 부에노스아이레스에 있는 우리의 집에 돌아가면, 정말로 집에 돌아온 것처럼 느꼈다. 나고 자란 집, 내가 소유한 집이 아니라도 가족과 함께 매일의 일상을 함께 했던 공간도 집처럼 아늑하고 편안할 수 있다는 것을 느꼈다.

어린 아이들과 함께 집을 나서면 고생이지만, 우리에겐 집에만 있는 것도 고생이었다. 아이들은 넓은 세상에서 더 풍부한 표정을 보여주었고, 우리와 더 깊은, 더 많은 대화를 함께 할 수 있었다. 돌아오면 금방 잊어버릴 나이였지만, 순간순간을 남긴 사진을 틈틈이 보여주며 함께 했던 소중한 시간을 추억하다 보면 어느새 내가 미처 잊어버렸던 일들에 대해서도 기억을 되살려 이야기해주기도 한다.

중남미는 한국과 문화적인 차이가 큰 곳이다. 더욱 개방적이고, 아이들에 대한, 연인에 대한, 가족에 대한 애정표현도 더욱 자유롭다. 아껴서 잘 살자, 라기보다는 지금 이 순간을 즐기며 잘 살자는 사람들이 많다. 정신적으로 더욱 건강하게 느껴진다. 한국에서처럼 딩크족과 'YOLO(You Only Live Once)' 족도 많이 보인다. 하지만 어떤 형태로든 가족을 제일 중요시하고, 저녁이 있는 삶을 누리는 그들의 모습이 인상적이었다. 우리나라와 또 다른 점은, 스페인에 점령당했다가 혁명, 독립을 겪으며 오늘날의 아르헨티나가 되기까지의 역사를 학교에서 모든 학년의 학생들, 심지어 유치원생도 체험적으로 배우고 간접경험을 할 수 있도록 계기교육을 철저히 한다는 것이다. 아르헨티

알파카와 교감하는 아들

나 사람들이 스페인에 대해 가지는 감정이 궁금해진다. 겉으로는 스페인의 문화를 존중하고, 어떤 이들은 자신이 스페인계라는 것을 밝히기를 꺼려 하지 않는 모습을 보기는 했지만 내면적인 관계와 감정이 어떨지는 알 수 없었다. 안타까웠던 것은, 나라 경제의 시스템으로 인해 많은 이들이 고통을 겪고 있었다는 것이었다. 2년 사이 물가가 치솟고 빈익빈 부익부 현상이 악화되는 것도 보았다. 아르헨티나뿐만의 문제는 아니었다. 베네수엘라, 브라질, 멕시코 등 중남미의 많은 국가들이 위기를 호소하고 있다. 언젠가 다시 방문하게 될 중남미는 우리 교민들뿐 아니라 자국민 모두가 안정적으로 살아갈 수 있는 터전이 되어 있기를 바란다.

3_한국에서 다시 만난 마르띤

José

아르헨티나에 있을 때 연을 맺었던 마르띤(아르헨티나인, 롤리의 오빠)이 한국에 왔다.

우리가 돌아오는 마지막 이별 파티에 롤리는 일이 생겨서 오지 못했지만 마르띤과 어머니는 참석해서 아르헨티나 전통의 고급 마떼잔 세트를 사서 와주었다. 지금 우리 집 진열장에 자리하고 있는 마떼잔 세트. 볼 때마다 이들을 언제 다시 볼 수 있을까? 생각했었는데 롤리에게 갑작스레 연락이 왔다. 마르띤이 아시아 여행 중에 있으며 서울에서 5일간 지낼 거라는 것이었다. 전화연결도 되지 않고, SNS 연결도 잘 되지 않는 상황에서 묵고 있다는 호텔이름을 듣고 토요일 아침 무작정 전화를 했다. 프론트의 연결은 한국말로 쉽게 이어갔지만, 마르띤과의 통화는 쉽지 않았다. 한국에 온지 얼마 되지도 않았는데 말이다. 천천히 의사소통을 해서 오후에 집으로 초대하기로 약속했다. 괜히 들뜨는 마음이 드는 것은 나 혼자만의 마음이었을까? 아침부터 병원, 이마트(문화센터), 축구클럽까지 들러야 하는 일정에도 장을 보고 마르띤과의 만남을 준비했다. 집에서 가장 가까운 지하철 삼송역으로 오기로 한 마르띤을 만났다. 자연스러운 운 베쏘(un beso). 마르띤의 여자친구 후아나도 함께 왔다. 비싼 서울동네에서 벗어난 시골동네라는 말에 마르띤은 오히려 편안하고 좋단다.

　대가족이 사는 우리 집에 어머니가 안계시니 손님 준비가 쉽지 않았다. 우물쭈물 하는 사이 어머니가 오셨고 숯불구이 고기와 샐러드, 만두, 치킨 등을 곁들인 저녁식사를 했다. 아버지를 제외하고 마르띤과 후아나까지 11명이 모여서 식사를 했다. 한국 문화에 적극적인 마르띤은 김치에 상추쌈도 척척 먹었다. 역시 다른 문화를 이해하고 받아들이는 모습이 예전에 아르헨티나에서의 배려심 많던 모습 그대로였다. 아이들과는 즐겁게 놀아주고, 누나내외와도 자연스럽게 대화를 나누는 마르띤. 그 친화력에 감탄했다. 부담스럽지 않게 의사소통하

업고 메고, 남미육아여행

는 모습이 고마웠다. 식사를 하고나서 간단한 후식과 마르띤이 해주는 마떼잔도 서로 나누어마셨다. 역시 아르헨티나 친구들끼리는 마떼를 나누어 마셔야 친구를 만난 기분이 난다. 누나의 배려로 파주근교 프로방스를 구경시켜주러 아이들은 두고 Ceci와 넷이서 길을 나섰다.

마침 빛 축제 중이었던 프로방스. 사진도 찍고 분위기 좋은 까페에서 차도 나누어 마셨다. 손짓, 발짓 의사소통으로 나누었던 아쉬운 시간을 뒤로 하고 호텔로 향했다. 끝까지 고맙다고, 가족들 한 명, 한 명 얘기하며 고맙다는 인사를 전하는 마르띤. 아르헨티나에 오면 언제든 본인의 집에서 묵으라고 했다. 듣고 있던 후아나도 같이 그런다. 아쉬운 마지막 운 베쏘 후 늦게 집에 도착했다. 집에선 누나, 매형, 어머니가 조촐한 맥주파티를 하고 있었다. 아르헨티나에선 롤리가족과 함께 했듯이, 한국에서는 우리 가족과 함께했던 마음이 따뜻해지는 시간이었다.

이렇게 우리가 다시 만나게 될 줄 누가 알았을까? 사람의 인연에 다시 한 번 놀랐고 감사했다. 마르띤 뿐 아니라 아르헨티나에서 연이 닿았던 이들을 한번쯤은 다시 만나볼 수 있기를 기도한다. 아르헨티나에서의 생활은 끝이 났지만 아르헨티나와 우리의 인연의 끈은 아직 끝나지 않았다. *